疯

HOUSE OF MADNESS

园

西元

著

SPM
南方出版传媒
广东人民出版社

图书在版编目（CIP）数据

疯园 / 西元著 . — 广州：广东人民出版社，2018.7
ISBN 978-7-218-12646-3

Ⅰ . ①疯… Ⅱ . ①西… Ⅲ . ①中篇小说－小说集－中
国－当代 Ⅳ . ① I247.5

中国版本图书馆 CIP 数据核字（2018）第 045295 号

Feng Yuan

疯 园

西元 著

出 版 人：肖风华

责任编辑：马妮璐　刘　宇
责任技编：周　杰　易志华
装帧设计：广　岛（@广岛 Alvin）

出版发行：广东人民出版社
地　　址：广州市大沙头四马路 10 号（邮政编码：510102）
电　　话：（020）83798714（总编室）
传　　真：（020）83780199
网　　址：http：// www.gdpph.com
印　　刷：北京时尚印佳彩色印刷有限公司
开　　本：787mm×1092mm　1/16
印　　张：14.5　字　数：144 千
版　　次：2018 年 7 月第 1 版　2018 年 7 月第 1 次印刷
定　　价：39.80 元

如发现印装质量问题，影响阅读，请与出版社（020－83795749）联系调换。
售书热线：（020）83795240

目 录

疯园 ▍

一

　　深秋冰冷的午后，我来到办公楼十三层大窗旁，侧脸向下望去。苍灰色天空漫漶出淡白的光，让我的脸一半明亮一半黯淡。

　　经过一中午的挣扎，我异常疲惫和恍惚。眼前尘世间的景色变成了一幅无声无息，且十分陌生的画。画面很真实，却又不知在哪里有道裂缝，仿佛一下子就可以撕开。一团团可怕的黑暗从缝隙中洇渗出来，墨汁似的，把世界染上一层令人隐隐不安的颜色。

　　我木然推开窗子，一股寒风吹在脸上。我竟然很认真地在思量，是否可以从这里跳下去，那样的话，随着砰的一声，我会砸在下面的水泥地面，血肉飞溅，扭曲丑陋，从此也就不再受那大恐惧的折磨了。

二

　　这个夏天炎热、鼓噪、憋闷，我真不知是怎么扛到现在的。

我是一个政府部门的处长，四十来岁，主管某领域的综合计划工作。这个领域涉及很广，几乎遍布全国。所以，不用说也知道，这个处很重要，是核心中的核心。

我大学是学数学的，农村出来的孩子，三十岁之前没有什么抱负。上大学时，想着能在县里高级中学当个有编制的数学教师就很不错了。大学毕业那年，交上好运，被招进某研究院的财务部门当会计，一年不到，被调到党委办公室工作，写了几年材料。后来，又被指派去了科研处，负责整个研究院的科研工作。

老实说，那些年我从没想过自己能有什么出息。在这个城市，两眼一抹黑，活得战战兢兢，能落下脚，不回农村老家，下一代也能成为这个大都市的人，就很不错了。

三十出头的某一年，我在毫不知情的情况下，被选调进这个核心中的核心，先是普通科员，后来当上副处长、处长。我的生活也发生了巨变，先是单位给了一套不小的房子，地处二环附近，无形当中我就一下子有了几百万元家产。然后，是无穷无尽的饭局、光怪陆离的阿谀、天文数字的好处……

但是今年夏天，一切都戛然而止。一手将我提拔起来的老领导被双规。当时，正开着很重要的会议，在全体干部的注视下，他被纪委的人叫起来，抓住双手带离会场。

三

我的办公室仿佛是暴风骤雨中心，坐在椅子里，觉得周围时而陌生，时而扭曲，似乎有无数股巨大的暗流在这里交汇、角力，突然响起的台式电话机会把我吓得一哆嗦。我把手机调成静音，振动也关了，麻木地盯着手机屏幕亮起，显示一个个号码和名字，却连一个也不接。直到一个上午或一个下午过去，才挣扎着打起精神，挑选一两个绝对必要的号码回过去。

我负责的工作还在艰难地推进，似乎有一线希望。侥幸和惶恐仿佛一台绞肉机上的两片刀刃，日复一日地折磨着我，一会儿在冰窖里，一会儿在钢水里。在无数个夏天灰蒙蒙的早晨或潮闷的夜晚，我都会预感到有一个电话将把我叫去，或者有人敲开我的家门，把我带走调查。

不久，我开始严重失眠，每当有那么一点点可怜的睡意，马上会有个声音冷冰冰地在黑暗角落里说，可怕的事情将要来了！然后，我会被瞬间惊醒，思绪像脱缰的野马，混乱地思考下去，完全不受控制，也不能阻止。这种情况会持续一整夜或一个白天，直到彻底筋疲力尽。

不知你们遭遇过这种情况没有，莫要说一年两年，只要持续个把星期，最长一个月，一个人就会完全垮掉。这种恐惧是如此的强烈，以至我不知道它将从何处向我袭来，因由何事而起，怎么去消除它。我无法阻止这个狂乱的东西，也不知道它是什么，就像一个完全被摧垮了的人，无力作任何反抗，然后被丢进冰冷幽深的湖里，下沉，看见清晰的景物逐渐地摇动混乱，又无法发声，不能求救，这时，从湖底蹿出一个庞然大物，力大无穷，搅动得天翻地覆，一口把我咬住，拖入淤泥。

四

我站在楼第十三层的走廊大窗旁，望着雾蒙蒙、空荡荡的城市。此时，心像冬天的湖水一样平静，暂时没有被恶鬼追逐，或者精神崩溃，或者混乱迷狂，或者颓废厌世的感觉。我竟然生出悲喜交加的情绪，于是，就把一只脚迈上窗台……

不远处的电梯响了一下，门轻轻打开，走出四五个其他部门的人。我慌忙伸出手，在皮鞋尖上轻抚，装作擦去那并不存在的灰尘。

我愣了许久，然后走出大楼，开上车子，一直向北，来到一条叫清河的河边。我记得那里有一家安定医院，坐落在河边密密的树林里。这一带过去很荒凉，附近没有居民区，一到夜里，没有灯光，没有人影，只有旷野里传来的轰隆声。

河岸边，有一条小路通向树林深处。我丢弃车子，徒步走了进去。尽头，是一扇铁门。

我站住，心想，是否决定了？当我走进这道门后，就彻底地与这个世界划清了界限，从此，不再有提拔的希望，在人生的道路上，我出局了。在众人眼里我变成一个病人，一个陌生人，一个可怜人。

我回头望了望，背后是苍灰色的天空，半干涸的河水，没有一点生气，一阵大恐惧袭来，惊得我的脊柱猛然战栗。没有任何选择，回不去了！停了半刻，我轻轻一甩手，仿佛把世上万千烦恼抛在身后，毫不犹豫地穿过那道铁门。

五

迎面看到的是一座五层的红砖楼，看样子建于半个世纪前。我惶惑不安地想，不知多少疯子在这里生老病死！

我坐在一个男医生对面。他看起来比我大一些，五官端正，面无表情。一般来说，性命垂危的病人去找医生，都非常脆弱，渴望得到善意、关怀、安慰。反观医生们，多是一脸漠然，让病人觉得自己在他们眼里，比一只虫子还无足轻重。

男医生扫了我一眼，仿佛从脸上就看得出我是否有病，然后，轻描淡写说道，到二楼去做个测试，看看结果再说。我迟钝地站起身，一时间很失望。

我做了大概一两百道选择题。题目挺古怪，比如，看见美丽的异性是否会产生欲望？是否会觉得有人在你身后吐痰？是否感觉脑子里有异物，比如窃听器、钢针一类的东西？总之，这类题目五花八门，越做越让人害怕。

坚持着做完了。期间不时会有一阵窒息感，脑子里一片混乱。我把答题卡递给护士，她将卡片放进一种类似影印机的机器里。片刻，机器显示了一组数字，吐出卡片。

医生看了看那几张纸，沉吟片刻，对我说，过会儿再去做一下脑核磁和血检，如果没有物理病变，就基本可以确诊，你患的是中度精神抑郁症，是属于……

医生的话还未说完，走廊里传来一声尖厉、痛苦，但更多的是愤怒的喊叫声。一瞬间，我心底空荡荡的，不知这是哪里，在干什么。我和医生对视一眼，走到门口，看到不远处诊室里冲出一个白发苍苍的瘦弱老人，喊着，老人家啊，你睁开眼看看吧，现在都是什么世道了呀！老人一头白发，眼光毒蓝，怒火冲天。四五个身材高大，穿白大褂的年轻医生严严实实地抱着他的腰、腿、胳膊，企图制服他。

但狂怒状态下的老人竟然力大无穷，疯狗一样凶狠抓咬阻拦他的人，一下子就挣脱了。他操起放在楼道里的暖水瓶，高高举过头顶，眼睛血红，用高亢的声音喊道，你们这些所有坏蛋中最坏的大坏蛋们！边喊边把暖水瓶砸向医生，只听一声沉闷的巨响，暖水瓶在医生脚下炸裂了，冷冷的走廊里腾起水汽。老人轻快地猫下腰，又抓起一只暖水瓶。千钧一发之际，一个医生从后面拦腰抱住了老人，把他扑倒在地，其他几个一起扑过去，压在上面。老人用拳捶打着地面，声嘶力竭地反复叫喊，我和你们誓不两立，誓不两立……

这时，有个小护士跑过来，把一只黑色的东西递给压在上面的医生，医生试了一下，原来是高压电击器一类的东西，然后使劲按在老人肋下。老人抽搐一下，但令人吃惊地并未受任何影响，仍在一声接一声地喊叫，虽又被电击了好几下，却异常顽强地坚持号叫着。后来，医生将他按在地上，扒下裤子，在他干瘦的屁股上，狠狠地打了一针。三五分钟后，老人安静下来，目光呆痴地趴在那儿，像要睡去一样。年轻医生们这才爬起来，一个人身上满是暖瓶胆的水银碎片，浑身湿透，其他几个人的脸上、脖子上、手上也都有被抓破的血痕或咬出的青紫痕。

老人躺在地上失去了知觉。一个壮实的医生很轻松地横着抱起他，消失在走廊远处。老人在医生的怀里显得很瘦很小，像条老得快死掉的狗，这让人又一次惊奇，这样一个躯体里竟还有如此不可思议的力量。

我懵懵懂懂地回到屋里，坐下，努力地回忆这是哪里，是在干什么。我迟疑地问，我也有可能成为他的样子吗？医生司空见惯地笑了笑，说，不会，他的病属于精神分裂症，而你的病，不必害怕，属于心境障碍。我问，可我刚才却分明觉得只差一步之遥。医生想了会儿，说，精神分裂症是一个人丧失了理性，他的精神世界没有逻辑，没有因果，一句话，是支离破碎的，而你呢，理性还健全。

六

我很怀疑这个医生是否理解我生不如死的痛苦。

我拼尽力气，说道，我已经不知多少次走到办公楼十三层的窗前，死，已经不是最可怕的事情，也不是最后的界限。

医生静静地看了我一小会儿。我盼望他听懂了我的话。

医生道，每个来这里的人，最终要做的并不是治好病，而是重建自己的世界。你得牢牢记住，一切要靠自己，除了自己之外毫无办法。

我突然喘不过气来，因为此时处在最危险境地的就是"自己"——他已经不能思考，已经临近崩溃，已经生死一线，彻底无法自救，只求通过自我毁灭来寻求解脱。

我紧张地望着医生的眼睛，不知该说什么。

医生避开了这个话题，身体前倾，脸接近我，柔和地说，在这里，我们不审判你的所作所为，无论你觉得自己犯过多大的罪行，都会得到宽容和理解。我们也不把任何对与错强加于你，只希望这里是一片土地，而你，是一粒种子，可以按照自己的方式重新生长。

他向后靠在椅背上，笑了笑，说，这一点也不难，你要做的，就是放下一切虚妄固执的念头，像个新生婴儿那样成长起来。

不知为什么，我猛然间泪流满面，跪在水泥地上，把额头压在医生的膝盖，浑身剧烈地颤抖。医生拍了拍我的肩，道，你看，你会哭，说明你有感情，你渴望新生，这就是希望啊！

七

于是，我就决定留下来。这天里，还发生了一些琐碎的事情。比如，下午，大吃一惊的妻子赶过来。她眼睛通红，鼻尖冻得粉红，很难过的样子。可是在她的目光里，却有一丝害怕、恐慌，仿佛看着一个很陌生的人，更确切地说，好像看着一个将要不在了的人。我漠然地与她对视，心里空虚，暗想，那个她熟悉的，曾经与她过过苦日子的男人，似乎真的，死掉了。

我坐在一张白色病床上，望着窗外。地平线上有几座特别巨大的建筑物，告诉我，城市在远方。

有个个子不高，身体粗壮，头发略秃的男人很有精神地走进来。他是我的室友。他和我一样，穿着病号服，外貌很普通，看过一眼，很难留下什么印象。我摸出一包烟，放在嘴上一支，也递给他一支，点上。他用手指敲了敲我的手背，道，好烟啊！在哪儿高就啊？

他是一个远郊县某局的副局长，也是公务员。彼此熟悉是件好事，可我却很不自在，他让我又记起了过去的生活。他兴高采烈地吐口烟，说道，局长刚调走，县里有个很大的规划要批下来，我马上要回去担起这个重担。你看，老领导很信任我！

我困惑地看着他，心想，谁会把重要的事情交给精神病人去做呢？

同屋和我聊了几句，煞有介事地出去了，仿佛要去办要紧事。这时，手机响了下，某个新闻客户端推送一条消息，又有几个不大不小的官员自杀，有跳楼的，有投河的，有上吊的，说是生前患抑郁症。而且还有专家建议，这些人死之后，对他们的调查不能终结，不能一死了之，要将贪污的财富彻底追回，对人民有个交代。

我眼前一黑，许久才艰难地喘口气。又一个我的同类死掉了，完蛋了。

我默默关上手机，再也受不了外面世界对我的恫吓了。从此彻底断绝一切联系。

八

有一种治疗方式是吃药。这是种粉红色的药片，菱形，上面压着三个英文字母，中文名字叫百忧解，还有其他几种叫法。我身边的大部分病人都选择吃药，我也吃过一两回，药下肚后特别能睡，人很迟钝，像傻子一样。我暗下决心，除非熬不过去，否则，绝不碰这些药。

还有种方法是倾诉。五到七个病人结成治疗小组，一起活动，一起倾吐心声，有个主治医生带着。经常会听到五花八门，且很怪诞的事情，初听时有点吓人。

第一次上课时的情形我还记得很清楚，那是在一间类似于教室的房间里。屋子墙裙刷着淡绿色的漆，有些地方因为年久翘起了皮。棚顶垂着两支日光灯，落了很多灰，挂灯的线上隐隐可见蜘蛛网。有点冷，大家坐在小板凳上，围成一圈。

第一个讲话的是一个五十岁左右的男人，姓赵，是个瘦高个儿。当然，我还会提到几个人，您记不住也没关系，他们大多无关紧要。

此人年轻时在某工厂上班，十多年前下岗，谋过各种生计，比如往朝鲜卖过家电，在批发市场倒过服装，在邮市鼓捣过邮票，都没挣着多少钱。两年前，又不幸在股市上栽了大跟头，半生积蓄一夜亏空，还欠下不少外债。不过，据他自己讲，从今年春天起，他重新振作起来，写了十几篇小说，某大导演已经找过他，要投资亿元拍电影。

他讲话时低着头，浑身紧张地颤抖，食指使劲划着膝盖上的布料，留下一道道白色的印痕。突然，他特别气愤地说，我媳妇真没见识，我只买了十几套名贵西装就把她吓坏了。要办几亿元的事情，没像样的行头怎么行？

接下来，是个来自山区的中年女人，显得挺苍老。因为生了个女儿，婆婆和丈夫对她很不好，岂止是不好，差一点死在他们手里。比如月子里没人照顾，她只好爬下床，咕咚咕咚地喝水缸里的凉水。比如丈夫会把她和女儿用电线捆起来，然后抡起军用宽腰带就打，原因可能仅仅是从饭里吃出一只虫子，或女儿不小心摔碎了一只碗。

这几年，女人说自己经常看见观世音菩萨。菩萨给她讲了许多道理，也教她做过一些事情。有许多次，她亲耳听见菩萨说，她是大梵天七界天女下凡，在人间的苦业已尽，马上就要回上天享福。还有一次，菩萨给了她一件美艳绝伦的衣裙，是天女朝拜王母娘娘时穿的。于是，她把衣服套上身，兴高采烈地在镇子上走了一圈。这样，镇子上的人从此认定，这个赤身裸体的女人是彻底疯了。

女人痛哭流涕，浑身哆嗦，之后一句话也说不出来了。一个二十五六岁的小伙儿接着开了腔。他是个北漂，混迹在中关村一带，攒电脑、倒水货手机、修理硬件，连蒙带唬，有了几万元积蓄。一年前，交了一个女友，为她花光了所有钱，女友却跟一个在北京有房子的老头儿结婚了。他找上门去，打伤了女友，被拘十五天，还要赔偿一笔钱。

小伙儿狠狠咬着牙，说，看吧，这贱女人会后悔的。我找到活儿干了，卖肉包子！娘给了我一个做包子的秘方，祖传的。不出五年，我要开连锁店，等过十年，我三十五岁的时候，我就能成为千万富翁！到那时，她白给我睡，我都不睬她。

小伙儿上身蜷起，胸口贴膝盖，浑身紧绷，脚尖抖动，眼里满是凶光，像一条要发动攻击的狗。可是，怎么说呢，我在他的眼神里，却分明看到一股隐隐的迷惘、绝望。

九

这些事情并不稀奇，每个人都或多或少听过。可是现在，却有种莫名的惊恐。过去，我是个局外人，自认为理性健全，对那些疯子有优越感，有审判权。此时，这些界限没了，我失去了判断力，并且有朝一日还有可能变成他们那个样子。会这样吗？

快轮到我，可我却不知该说什么。又一个年轻人开口了。他满脸稚气，身材高瘦，有点不健康的苍白，还不完全是个成年人。他高中时学习不错，高考之前却意外地精神崩溃，再也无法面对任何考试。之后，他做过一些体力工作，比如在搬家公司、工程队干过，但因为身体还没长成，没干多久就被赶走。最后一次是在做皮鞋的小厂子里，在流水线前，他望着密密麻麻的半成品鞋子，突然感到头晕眼花，浑身出冷汗，从此再受不了任何刺激。

这几个月，他觉得有人在他脑子里装了窃听器。这个东西在靠近耳朵的地方，发出轻微的振动。

我身边是个女性，三十岁出头，看上去胖乎乎、白净净的，挺怕冷，即便在室内，也紧裹着乳白色的羽绒服。她把手握在胸前，犹豫地端详着自己白嫩的手指，迟迟不说话。

她是某国企财务出纳，大学一毕业就到了那里工作，生活一直很安逸。在别人看来，她是个很有福气的女人，无论从面相上看，还是从她实际生活来看。

在别人看来，她文静、随和、单纯，生活一直波澜不惊，只要她愿意，直到老死，也会如此下去。可是有一个冬天早晨，她路过大院子里的花园去上班，有两只没人管的土狗在雪地上做交媾之事。四五个男孩子不知从哪里冲出来，操着棍子，把两只狗打得惨叫不已。一只狗被打瘸，没逃掉，被孩子们打死了。

她在远处愣愣地看着，雪地上丢着狗尸，头部流出一摊血。不知站了多久，有人打电话她也不接，直到下午，居委会找来了她的家人，才把她从痴迷中解救出来。从那以后，她很少说话，总是呆呆地坐着，经常把财务账目搞错，险些捅出大娄子。

她说过一句话，让我印象深刻。她说她的世界似乎什么都没变，只是多了一种颜色，是恐惧的颜色，说不好是黑色，还是红色，或是紫色，虽说只有那么淡淡的一层，却彻底让她痴了。有一种持久的，像钝刀子一样的惶恐尾随着她。

我是在毫无防备之下突然开口说话的。

我说，我是一名公务员，当过不大不小的官，前不久，老上级被双规了，组织上正在调查我。我承认，我做过不少严重违纪的事情，前途肯定是没了，还会坐许多年牢。简单地说，我完蛋了。

这是我想说的话，可说到一半，也就是说到组织在调查我的时候，我突然感到一阵猛烈的恐惧。在惊恐万状之中，我觉得我被打碎了，被连根拔起，一切都没指望了。也就是说，我的后半辈子都会在这种"完蛋了"的情境之下过完，直到进棺材，直到进焚尸炉。那个"完蛋了"和死一样可怕，是一扇黑色的闸门。

只在一瞬间，我就改变了念头。我说道，我没做过什么坏事，我将要和大家一起努力，让自己的精神状态健康起来，以良好的姿态回到工作岗位，明天充满希望！

说完之后，我浑身冷汗。我知道自己在胡扯，却莫名其妙地觉得自己暂时安全了！

十

时间一到，我急不可耐地出了屋子，站在打开的窗子前透气。我按捺住惊魂未定的心绪，摸出一支烟，对着窗口吹进来的冷风长长吐了口气。

正巧我的同屋也刚从另一间屋子出来，笑道，第一次上"互助组"的课吧？我一脸困惑，他解释道，这里的病人把一个治疗小组称为"互助组"。他又说，第一次上这种课大家都不适应，没关系，以后就没事了。

老实说，我不太愿意和他谈话，不是因为他总让我勾起过去的记忆，而是觉得他比我更危险。他拼命地想让自己正常、健康起来，而且使劲地表现出热情、希望，可我预感，越是这样，越适得其反，因为问题不是出在这里。

我递了支烟给他，便沉默不语。他有种场面人士善于察言观色的本领，三口五口抽掉了烟，然后满脸堆笑道，那您忙吧，我还有事，不奉陪了。说罢，哈着腰，退后几步，小跑颠着走远了。

在他消失掉的走廊拐角，出现一个瘦高的女人，穿着病号服，头发蓬乱，神情憔悴。我觉得好像在哪里见过她，便多看了几眼。她似乎在顾着别的事情，一直盯着顶棚某个角落。

我猛然受到惊吓，迅速低下头，把脸朝向窗外。我记起她来了。那是在几年前的酒宴上，有一个高中同学，一个画家，一个慈善家，几个企业老总，总之，真真假假，各色人等，云山雾罩。这女人是其中一个做蓄电池生意的老板的表妹。

那时，女人可不是现在的样子，很漂亮，也很有魅力，身材丰满，黑色羊绒毛衣下散发着淡淡的香甜味，不是香水的味道，而是女人身体的味道。她似乎是个油滑老辣的女人，但又会随时流露出既悲观又单纯的情绪。那晚，她敬了我三杯三十年陈的茅台酒，每一杯都能装下三两。她面带桃花，眼泪汪汪，说不出来的惹人怜爱。

我呢，明知道很危险，可那晚还是喝醉了。我隐约记得和她在一个五星级酒店楼道里拥抱，又开房做了些疯狂的事情。第二天早晨醒来时，她已经走了。

后来我帮了那个卖蓄电池的老板一个小忙。虽是小忙，但他肯定狠赚了一大笔。大大小小此类勾当，我做过不计其数，不是指男欢女爱，而是违规的那些事情。记得当我第一次把别人送我的一枚住宅钥匙交到妻子手里时，她眼中满是惊喜和感激。而我呢，没有一点罪恶感，我甚至在想，我终于可以好好报答妻子这么多年为我吃过的苦头了。

后来，这些东西越来越多时，我也就麻木了。当我在后半夜竭尽心血写报告时，会时不时望着楼下的万家灯火，会记起抽屉里几把散落在城里各处房产的钥匙，心中想，我再也不是为蝇头小利而挣扎绝望的芸芸众生了，我是多么有力量啊！

现在，当我失去这一切，成为一个很脆弱的人，还可能成为阶下囚时，过去那几近疯狂的时光只会让我害怕。所以，当我看到那个女人时，感到一种活生生的恐惧，从掩埋着的时间深处被带回来。

十一

我凌晨四点钟醒了，被一件平时看起来微不足道的小事惊醒，被窝里燥热，后背、大腿上全是冷汗。我好像梦见儿子正背着书包上学，他回头看了我一眼，然后慢慢消失在学校的大门里。这个场景又黯淡，又昏黄，我仿佛再也见不到儿子了。他的时间有条不紊地向前走，而我，却永远地停顿下来，眼睁睁地看着他越走越远。

我还梦到这样的场景，在夜总会昏暗的小包房里，一个浓妆艳抹的年轻女孩子坐在我身边，肩膀和大腿光裸，放荡地对我笑，泛绿的眼睛和紫色的嘴唇格外吓人。而我，正醉醺醺地把手放在她的腰间。一个黑色的影子，用一种沉默的方式冷冷地说，你看看你，多么的丑陋，多么的肮脏！让众人看一看你现在的样子吧！

我就这样突然间吓醒了，心中充满恐惧。在一阵强烈的虚妄之中，我清楚地感到，过去暧昧、荒谬的日子真是彻底完蛋了。别人都可以重新开始，可以见到新世界的样子，而我，没有任何机会，只能跟着一起完蛋！

当我被惊醒时，发现同屋也醒着，在黑乎乎的屋子里，隐约看见他垂首坐在床头，双手无力地垂着，灰心丧气。他见我睁着眼，似乎有点浑身不自在，好像什么见不得人的事情被人发现了。

他的眼睛在黑暗中闪了闪，咕哝道，他们为什么还不让我回去？局长已经调走了，项目也已经批下来了，没有道理啊。

我感到一阵惊慌，看来，继续睡下去是不可能的了。我疲倦地坐起来，本想说，都到这个地步了，还想那些做什么呀？如果这些都放不下，别说回去工作，连疯人院你都出不去。

可是这个念头把我吓了一跳，于是，我改了口，道，别胡思乱想，也许组织上有其他考虑，等你养好了病，自然会找你的。

同屋沉默不语，思考了很久，从床头抓起药瓶，向嘴里扔了一片药，咕咚咕咚灌几口凉水，倒头睡过去。

不久，他打起鼾，而我，开始与坏情绪做旷日持久的斗争，一点一点给自己讲道理，一步一步从混乱的境地走出来。我穿好衣服，用冰冷的水洗把脸，又刷牙漱口，当牙刷尖碰到舌根时，险些呕吐出来。

外边一片灰蒙蒙。我蜷缩身体，搂紧衣服，迷茫地走在花园小道上。两只土狗不知从哪里跑过来，看了看我，又嗅了嗅我的脚。我什么也不能给它们，只好继续走。两只土狗跟了我几步，发现确实什么都没有，便消失了。

十二

一直熬到天亮。太阳浮出地表，天际变成了乌蓝色。我的心境慢慢地稳定了下来。看着温暖的阳光，淡蓝的天空，感觉一切都真实、熟悉起来，一股久违了的，类似于劫后余生的情绪涌上心头。尽管我知道这种情况保持不了多久，午后，或者傍晚某个时刻，因为某件微不足道的事情，这种心境就会被出其不意地击碎。但我还是异常珍视它，小心翼翼地维护它。

我痴迷地站在小路中央，让阳光照在脸上，看着远处或一群或一队越来越多的人出来散步、做操，眼里莫名其妙地流下泪水。

这时，旁边有人大声叫道，嘿！老兄，给我支烟。这声音很有活力，隐隐还带点幽默味道。我转过身，发现两棵树之间的阳光里停着一辆轮椅，上面坐着一个满头银发的老人。他腰板笔直，头发一丝不乱，虽然坐着，却极有神采。

他微笑地看着我，眼睛稍稍瞪大，一种很有力量的东西马上感染了我。我忙摸了摸裤袋，竟然还真有半包。我抽出一支，递给他。他夹在了耳朵上，像是在生气，说道，你这人真小气，何不都给我？我不由自主地笑了，把剩下的半包放在他干瘦的手里，又为他点上烟。

老人深吸一口，沉思片刻，冷不丁说道，你这病治得好，要不了多久就能离开这里。

我大吃一惊，看着他说不出话来。老人很得意，又很诡异地说，你的同屋就不行，他出不去，不仅出不去，可能还会有个可怕的结果。

我的心怦怦乱跳，几乎站不住。我靠近了一点，认真打量他，检验自己是不是出现了幻觉。老人翘起嘴角，略带轻蔑地一笑，道，别盯着我了，你没撞见鬼。

我问道，你又是怎么看出来的？老人嘿嘿一乐，道，我可是个老疯子，在这里待了三十年，什么风吹草动能逃得过我眼睛？

老人又说，现在医院里的一百五六十个病人，连同后院关着的二三十个疯子，我都如指掌。比如说你吧，你是不是某月某日进来的？那天我正巧出了点小情况，可我第二天就认出你是个新来的。

一个年轻护士从远处走来，有点着急，对老人说道，你怎么跑出来了？不是跟你说过不要到前院来吗？

老人做出一副义愤填膺，却又带着哀求的表情道，可我现在是个正常人，你知道把一个正常人关在后院是多么残酷的事吗？人不是猴子，不能关在笼子里啊！

护士毫不通融，道，你要不回去，我可叫医生了。老人垂头丧气地转过头，对我说，你看看吧，人是怎么迫害自己同类的？

轮椅转了个弯，老人又道，老兄，你好像不是个笨蛋，记得有空来看我，咱们可以好好聊聊。现在，我要回去喽！

我一时间呆住了，猛然记起来，他就是我进医院那天，在走廊里精神病发作的老头。

走出不远，老人扭过头，大声叫道，那边有个女人一直在瞧你，而且，今天她和往常不一样。依我看，她对你有意思。

十 三

我转过身，十几步开外站着那个女人，半靠在一棵光秃秃的杨树下。她看我一眼，低下头。我愣了一小会儿，心想，不知她什么时候认出我来的，有些事，恐怕不容易躲得过去。我向她走去，祈祷着千万不要再勾起什么可怕的回忆。

她似乎精心打扮过一番，乱蓬蓬的头发扎了起来，脸上擦了些油脂，眉毛和嘴唇都淡淡地涂了点东西，看起来脸色不再那么病态苍白。而且，她还在头上插了朵淡红色的小菊花，被白色的病人服映衬着，竟然有种说不出来的生气。

她抬起头，有点躲闪地在我下巴上扫视了一下，然后盯着地上的某块石头。我尴尬地问，你现在还好吗？

她说，不好。我打量着她的嘴唇。多年前，这嘴唇丰满、圆润、魅惑，现在，却是瘦薄、无助、颤抖。我鼓起勇气，问道，这些年你都在做什么？

她盯着自己的指尖，道，王某某几年前跑路了，消失了，而我呢，不知该干点什么，完全没有重新开始的机会，度日如年，精神就出了问题。

我记起来，王某某就是卖蓄电池的老板，叫她表妹的那个男人。女人长吐了口气，又道，王某某告诉我，你让他赚了一大笔钱。他还算有良心，给了我一套房子，一辆车子，等于给了我个家。当然，别误会，他对我没想法，纯粹只是一种交换，我用身体替他挣了大钱，他给我报酬。

我迟疑地问，你真的是他表妹吗？女人好像放松了一些，眯起眼睛盯了我一会儿，道，当然不是。我们是合伙人，合伙挣钱。你呢，是不是觉得酒后把他的表妹睡了，心里很过意不去，才给他办了点事情？

我心里一片茫然，过去的事情越恶心越变态越疯狂，我此时就越恐惧。现在，我是为从前的事情还债。要还清这些债，我得付出多少惶惑、害怕、焦躁、绝望啊？我还能熬过去吗？

女人冷冷一笑，又道，你看，仅仅换了个称呼，就能卖上个好价钱，我是不是比那些站街的小妹更幸运呢？

女人伸出瘦弱的手，在我胸前轻抚，仿佛在想什么。许久，她问，有烟吗？我摸了摸身上，烟刚才给了老人，遂摇摇头。她轻笑一下，从自己衣袋里掏出一包普通香烟，递给我一支。

她连抽烟的样子也变了。那晚，我记得她吸烟时特别优雅，令人着迷，抬起下巴，向斜上方轻轻地，长长地吐出一道烟雾，有点玩世不恭，还有点冷傲不驯，好像在说，她是不会轻易让你得到的，你得付出代价。

女人吐出一口烟雾，微微闭上眼，好像在闻一朵花的香气。她说，前几天看到你也来了的时候，我以为我会恨你，是那种牙齿把指尖咬出血的仇恨，可是没有，我心里竟然有一点温暖，你说怪不怪？

十四

来这里有段时间了，各种疗法都接受过，但好像对我并没什么深刻的触动，还是原来的样子，如果出去，我仍然会旧病复发。但有一点感受很明显，我似乎好受了一些，是这里稀奇古怪的氛围帮了忙。我不用面对外面世界里的坚硬与秩序，虽然心里有很多陌生的东西得不到解释，但没关系，这里更加怪诞。病人与病人之间都不可思议地宽容，还有毫无来由、毫无保留的温情、支持和鼓励，因为大家都知道自己是有病的人，所以也不必把什么东西强加给别人。

怎么说呢？其实依我的感觉来描述，所有人都生活在一个巨大的、敞开着的黑洞上方。黑洞很可怕，而且不能理解，它对每个人来说，都是一个未知的宿命。你可能从那里得到点什么，并且得救，但也可能就此掉进去，再也出不来。所以，所有的傲慢，所有的自以为是都是不必要的，也是虚妄的。

但也有例外，比如说我的同屋。我真不知该用什么来形容他，固执？坚强？疯狂？

今天晚饭过后，大约七点多的样子。对我来说，一个白天和黑夜的小轮回已经结束。折腾了一整天的神经极度疲惫与麻木，并且有了点淡淡的幸福感，眼皮像灌了铅，如果没有搅动情绪的事情发生，我就能安然入睡，直到凌晨三四点。然后，另一个挣扎与彷徨的小轮回即将开始。

同屋显得有些焦虑，怒气冲冲地说，有些人哪里是来治病呀！看看吧，越来越不像话了。我安稳住神经，问道，怎么了？同屋生气地说，你们互助组的两个人，在楼道里搂抱着亲嘴呢！

同屋又道，就是某某某和某某某，真不知道他们两个想不想出去了？我琢磨着，一个女友跟别人跑了，另一个呢，谈过一次失败的恋爱。这两个人到了一块儿，似乎还可以理解。当然，也只能在这里，出去之后，那就是不能想象的事情了。

同屋还在不停地说，食指在空气中指着远方，话题来到了他那个"很快就会审批下来的规划"上。我吓了一跳，感到睡意全无的危险。

我抓起桌上的烟，裹上毛衣毛裤，披了件大衣，借故出去。外面已经全黑，刚下过雪，很冷。我沿着一条墙边小路走，漫无目的，在忍受严寒的同时，也竭力制服内心混乱的情绪。

这条小路围绕前院一周，有一截会经过后院的住院楼和高墙。那里有个小门，还有个值班室，医生和保安住在那儿。我不知里面是个什么样子，但想来，一般人肯定不容许随便进去。

黑暗里传来一个声音，向我讨烟抽。我四下里看，全无人的踪迹。那声音又笑了笑，重复一遍。我向后扭过头，原来是一楼的窗子推开了，里面很暗，只有昏黄的灯泡亮着。

我仔细看去，是那个老人，正喜滋滋地趴在手指粗的铁栅栏后面，兴高采烈地望着我。不知为什么，一看到他，就会有种很愉快的感觉。这老人似乎天生有这样的本领。我把烟递给他，他照例拿走一整包，还我一支。

十五

老人用小手指弹了弹烟灰。他的小手指指甲挺长、挺尖，有点像鸟的爪子。

老人略带嘲讽地问，病好了些没有？

我答，没有，摸不着头脑。

老人鼻子里嗤出一声笑，冷冷道，那些庸医，别指望了。

我道，可别这么说，他们现在是我唯一的希望。离开这儿，我怕是一天都撑不下去。

说来也怪，当我跟老人谈这些生死攸关的事情时，竟然特别坦然，既不害怕刺激了他，也不害怕惊吓自己。

老人突然用很坚定的语气道，我给你治吧！

我有点吃惊，迟疑地说，怎，怎么治？

他说，来这儿和我聊天！聊上半个月，准见效。

他神秘地朝我一笑，双手抓住铁栅栏，稍用力一晃，松动的钢条就歪到一边，露出能钻过人的口子。

老人笑嘻嘻地说，这个秘密我可是保守了十多年，来，用点力，爬上来！

我愣着不动。老人生气了，道，我把心掏出来，你却当驴肝肺，好吧，你走！

我盯着他亮亮的眼睛，暗想，一个三十年的老疯子，能活得好好的，这还不是奇迹吗？于是，一狠心，决定冒这个险。

屋子里的气味很难闻，是那种经年累月沉积下来的臭味、骚味、馊味，以至很陌生。空间不大，有张床和桌子，棚顶吊着一只落满蜘蛛网的黄灯泡。倒是走廊里的灯光很亮，门上有个玻璃窗，一块方形光束打在地上。

我问，就你一个人？老人忙道，嘘！小声点，有巡视的医生！我忙闭上嘴。老人又道，你坐在床角，我坐在椅子上，这样，他们从门上的窗子向里面看时，就不会发现你了。

我多少有点焦急地看着他。老人说，别那么愁眉苦脸地看着我，精神病嘛，不是一个东西，就摆在哪里，或者长在你脑子里。它完全是另外一个样子。你越死乞白赖地想找到它，就越白费功夫。高兴点，快乐点，看看我，在这儿，有人打你、骂你、逼着你干这干那吗？根本没有人。

我继续沉默不语。老人像个江湖术士，或者像个推销大力药丸的骗子，知道此时不拿出点真家伙吸引我，我就可能走掉。

他说，你现在是不是很害怕？我说，是一种随时随地的恐惧，仿佛头顶脚下、四面八方都有黑洞，没人救得了我。

老人说，放心吧。他笑着拍了拍我的肩，道，这恰恰说明你的病不重。嘿嘿，你听我给你讲啊，为什么害怕呢？无非是原来的、熟悉的东西不存在了，得面对另一些你不知道、不理解的东西。

我低声道，这可是一种大恐惧，不像你说的那样轻描淡写。老人轻蔑地一挥手，道，我是个老疯子，什么样的折磨没经历过？你那点小感受、小情绪，对我都不值一提。相信我，你是个再正常不过的人。你现在要做的，就是毫不怀疑地顺着我指的路走！

我抖着胆子问道，那照你说，怎样才算是严重的呢？老人不耐烦地说，明知道原来的想法不对头，还要硬着头皮走下去，或者换个说法，从来不觉得自己有问题，而是要与这个世界，要与大家同归于尽，这才叫严重呢！比如你的同屋，呵呵，等着看结果吧。

老人的情绪似乎不太稳定，他很激动地说，恐惧并不可怕，它是一个谜，如果你能从它身上赢得一星半点东西，你就是个新人，如果你胆怯地退回去，那你就等死吧！

突然，他指着我的鼻子说，所以，你没有退路！

十六

在这里住得久了，大多数人都会有朋友，或者说是赖以倾诉的对象。比如，我在前面交代过，一个跑掉了女朋友的小伙子和一个恋爱失败的少妇有了暧昧关系。我不相信他们出去之后还能保持下去，而更倾向于把这看作是一种治疗的方式。

还比如，那个被家人迫害而产生了幻觉的山里女人，和一个体格健壮的中年女人成朋友了。我经常看见两人抱在一起大声哭嚎。这个中年女人声音粗哑，据说是做过一些年的皮肉生意，得过梅毒，吃下大量的抗病毒药物，把嗓子搞坏了。

那个曾经的下岗工人，现在的小说家，时常来找我，和我聊一聊小说方面的事情。当然，对于文学我一窍不通，但我们会谈一些故事、人物、细节方面的东西，比如小人物的生活，还比如他的追求，他的梦想，他的痛苦之类的东西。奇怪的是，这些很卑微的事情，似乎对我是一种安慰，就像一只婴儿的小手，放在我某个剧痛之处。我没法解释，只能听之任之。

当然，他会把这些东西转到另一个方向，比如说某某大导演的关注，还有天文数字的投资，每当话题到这里来的时候，我就会有窒息感。因为我曾经通过不正当的手段拥有过类似的东西，很清楚这些东西绝对不会无缘无故地和他发生什么关系。

我也在某个瞬间，试图提醒他要有现实感。可是我的话没有用，他只是一愣，或者眼睛向别处溜一眼，就滑过去了，只有大醉之中的人才能做到这一点。我觉得这是唯一的通向现实的裂缝，既然他总也看不到，而且竟然有如此神奇的漠视能力，我干吗还非要折磨他呢？

某些时候，我倒是有点喜欢他。他乐观、善良，没有暴力倾向。或许将来，他真的可能发表一些小东西。

还得提一提我的同屋。他一直不屑于和任何人建立倾诉关系。他固然承认自己有病，但又似乎认为其他人都不正常，这些类似于朋友的关系是建立在错误、软弱、虚幻的基础之上。这种方式不仅不会对病情有任何疗效，只会让精神更加病态。他坚信他的未来就是回到工作岗位，所有希望都寄托于那个"很快就要审批下来的规划"上。

十七

我和那个女人经常在一起。没有任何欲念之类的东西掺杂在其中，仿佛在极寒之中，两个人抱在一起取暖。对于抑郁症患者来说，欲望是不存在的，欲望意味着恐惧。

我慢慢了解到，女人生在一个南方小县城里，考上了一个师范学校，本想毕业后回去当个小学老师，这想法和我当年一样。可是，干了好几年也没有正式编制。彻底绝望之余，出去打工赚钱，在某某的蓄电池厂流水线上过了大半年灰头土脸的苦日子，后来被"表哥"看中，选到身边当文员。

女人向我要了一支烟。她看了看商标，沉醉地嗅了一下，很妩媚，很做作，很古怪地对我笑了一下。她说，那晚，我看到你抽这个牌子的烟，就莫明其妙地很有安全感，现在也是。你到底怎么啦？还能回去吗？

我茫然地望着雪地，光亮刺眼。我狠狠心，说道，回不去了，还会坐牢。女人吐了口烟雾道，最近，我总是回忆起小时候的事情。比如，老家县城的西门外，有个树林子，树林子中央有个芦苇塘，夏夜里，妈妈会带上我们几个女孩子去洗澡。水面上满是雾气，水像丝绸一样光滑，弯弯的月亮朦朦胧胧地挂在头顶。

女人叹了口气，鼻尖微红，嘴里冒出浓浓的雾气。她说，算了，不说这些了，我们都是没有将来的人。

她笑了笑，道，要不这样吧，我们讲讲过去，怎么样？

我感到，一只凶悍的怪兽正在被解开铁索，而且就蹲在几步远的地方。我甚至是拿出了与猛虎搏斗的勇气，来打量女人翕动的嘴唇。

她说，就从那个晚上开始吧。

我想，躲也没用，这一刻早晚都会来。

女人用一种惆怅的眼神看着我，问，那一晚，我美吗？

我点点头。

她说，就像开在午夜里的娇嫩花朵，花瓣上落着水珠，散发着诱人的芬芳，而且，只在黑夜里开放，一到白天，就消失得无影无踪。黑夜充满了魔力，它让我的指尖，让我的发丝，让我的嘴唇，让我的腰身，让我的肌肤都染上了不能抗拒的魅惑。它仿佛是某一种活的东西，它来到了我的体内，于是我魅力四射，那一夜，我的声音，我的笑容，还有……总之一切一切，都很美，惊艳得让你万箭穿心，是不是？

我低声说，是的，在某种程度上说，是这样的。可是，可是那晚我们喝醉了，喝得酩酊大醉。而且，我们都做了什么事情呀！

女人看着远处的某个东西，小声道，别打断我，好吗？

她继续说道，深夜真好啊！它宽容有罪的人，它让罪人变成美人。它对我说，可怜的女人啊，你是无罪的。想想吧，它怎么会有这么大的力量啊？它为什么要赦免我无罪呢？我真想永远沉醉在它的怀抱里。

她看着我，问，难道这一切，你都感觉不到吗？

我认真地想了想，道，是的，在某一刻我感到了。可是，还像我刚才说的，那一晚是多么恶心啊！

女人眼睛里流露出很浓重的痴迷，我不知道她听没听到我的话。她说，你要知道，我是个可怜的女人，也是个下贱的女人。我的使命，就是引诱你们。可是，我有时也会爱上你们，但只爱一夜。

有多少个男人被我引诱过呢？数不清了。黑夜和美酒让我光芒四射，让你们心旌荡漾，让你们忘乎所以，让你们为所欲为，让你们晕头转向。有的男人像只残暴的野兽，使尽招数摧残我，凌辱我，迫害我，为的只是在大醉中获得无上的、变态的快乐。

而我呢，却像一个带了弓箭的猎人，来到一群吃饱了，动不了了的牲口中间。那个时候，你们真是任我宰杀。我恨你们，你们从我身上咬下的血肉越多，我从你们那里索回的赔偿就越多。我为所有被你们残害的人报仇！

女人似乎很兴奋，当然这种情绪不太正常，也不是什么好兆头。

十八

女人看着我，异乎寻常地快乐，很期待地说，你也说点什么，你看，我的感觉好多了，真的，比吃药还管用。

我沉默了一会儿，说道，这几年，最大的感受就是，世界对我来说很平滑。可能你很难理解"平滑"这个词意味着什么。比如，大学刚毕业那阵子，我不过是只蚂蚁，想得到蝇头小利，比如仅仅是不用再端茶倒水这类小事情，就得忍气吞声奋斗许多年。其实，我知道乞求别人的滋味，我熟悉那样的眼神，我清楚它是多么令人心碎！

后来，一切变了，我不用再低三下四地向别人哀求什么，原来那种处处碰壁的感觉没有了。过去，我不敢仰望东三环那里形状古怪的高楼巨厦，因为我渺小，我怕它把我那一点点脆弱的希望砸碎。而现在，当我站在办公楼的顶层，尤其是喝醉了的时候，遥望着这个灯火阑珊的巨大城市，心里会很狂妄地想，这一切对我来说，又算得了什么？

当我说这些时，觉得自己正在向一个很黑的地方走。可是很奇怪的是，这回我没害怕。

我痛心疾首地继续说道，那一晚，我其实明白这一切都是假的。比如那个画家吧，留着很长的头发，派头十足，说什么自己是美协理事，他的画值几十万块钱。另一个老板也帮他吹，说如今画家的画都有价格，理事的画一个价，副主席的画一个价，其他的，都不值钱。

当时，我别提多鄙视那个画家。可是，当他说把画送我，提出与我在画作前合影留念时，我还是欣然同意了。酒宴上的人都拿出手机给我们拍照，仿佛照下了什么了不起的大人物似的。我知道他们脸上的欢喜都是假的，装出来的，比卖淫女的呻吟还勉强。可是，当我面对那些肥得流出汁水的笑容，和不停啪啪作响的闪光灯时，还是说不出的心满意足和容光焕发。

有个细节我记得特别清楚，当时，我踩在光滑如镜的大理石地上，下面，就是我的倒影。那一刻，我仿佛站了万丈深渊之上，随时都会坠落下去。可是，我却完全没在意。

一切都变得自然而然，再也难分真假虚实。渐渐地，我也就不再顾忌，不再觉得有什么不正常的了。这种幻觉把我裹得严严实实，比真实还真实，很难有什么东西将它击穿！

如果说，那一晚有什么东西将它砸出一道裂缝的话，就是你给我敬酒时的眼神。也许是你比其他人更老谋深算吧，你很了解，一个女人与男人打交道时，不伪装更能摧毁他的理智。

不管怎么说，我从你眼睛里看到的是一种和乞讨毫无二致的东西。尽管你的口气很强硬，很粗野，可是你却仿佛在说，我除了乞讨已经一无所有，作为一个女人，我在乎我的尊严，可是，我愿意用尊严换取你的施舍。

怎么说呢？我也和你一样过。就算你是个老妓女，你还是能打动我。我知道，我手中的权力不是为了能让自己当菩萨。可是，可是，你看，我还是喝醉了……

那晚，我实在喝得太多了，几乎记不住任何后来的细节，你赤身裸体的样子也完全记不得了。你好像是一团白色的光，在我的怀里，或者不如说是在我的身体里颤抖。

十九

一种活生生的情绪在感染着我。说不上对，也说不上错，但它顺着一条不大容易寻到踪迹的河床，流到了我的心上，把已经风化、脆化的我重新一点点滋润起来。

当然，我还是有很多东西不能面对，或者说大部分东西都不能面对。恐惧依然如影随形，但是，我似乎看到了点希望。

我看着女人，没有害怕，也没有羞耻，道，对你说这些，并不是要把自己打扮成一个好人，现在，可以毫无疑问地说，我是个罪大恶极之人。

可是，可是，我一直在想，过去也一直在琢磨一件事情。有那么十来年吧，每当我们下发一项关系到全局的规划时，都仿佛是把一张网抛向巨大无边的黑暗中。我们不知道黑暗之中有什么，也不知道这个庞然大物会怎样反应，你不能相信，作为"核心中的核心"，我们是怎样惶惶不安地等待着结果。

出人意料的是，各种数据指标出奇地好。我预感到，这个大家伙在凶猛地生长，它其实并不受我们的控制。它看起来像个奇迹，甚至比奇迹更疯狂。我们有时试图去搞清楚它，去遏制它，去抓住它的缰绳，可是，没有用。我更倾向于，它是在以一种我们完全不能理解的方式向前狂奔。我甚至想，松一松它的缰绳或许会更好些。

有时，我望着茫茫夜空，觉得每个人都像一点灯火。我想，一定是有什么东西，把每个人的狂热彻底点燃了。想想，这么多人，这么多的欲望汇集在一起，该是多么力大无穷啊！

不过，狂热是怎么被燃烧起来的呢？这是个迷。似乎也没有人用鞭子驱赶大家去努力工作，或者，即便不工作，也不见得就饿死。但是，我眼见的每个人都在拼命工作。看看大清早往地铁里挤的可怜的年轻人吧，你就知道人们有多卖命。

总之，这是个谜一样的时代。说它疯狂，说它是奇迹，说它好，说它不好，似乎都不对。

二十

我，当然是时代生下来的怪胎。我觉得自己也是谜一样的东西。那个时候，我的胸中满是熊熊烈火，不能减弱，更不能扑灭，一不小心，身体就会像炸弹那样炸裂。

我只是想说，当然你可能不理解，但这却是真的。那时，我丝毫也没有对任何人的恶意。不错，我是个成功者，我是个当权者，可是，我的的确确怀着造福这个世界的心意！

听起来很奇怪，是不是？我疯了吗？

我怎么这么大言不惭！

可是，可是，如果把这仅剩下的一点善念也割除掉，我就真的成为十恶不赦的鬼了。可我不是那样的人啊！

我该怎样面对我自己呀？我该怎样继续活下去呀？

二十一

说到这里，我一下失语了，脑子里一片空白。就像一条小路，到了悬崖边，突然中断了。我高涨的情绪剧烈地低落，开始是惊讶，然后是空虚，再后来是慌张，最后又回到恐惧。我木然地望着雪地，心想，这是怎么回事呀？

女人拉住我的手，侧过身，面朝阳光。我看到她的头发在光线照射下，金灿灿的，目光迷离，身体变得透明起来。

她问道，你说，我为什么会来到这儿啊？我明明比过去得到的更多，就像你说的，没人用枪抵着我的头，我也没有饿死的威胁。可是，时间却成了一种折磨，没有将来，没有希望，过去的事情一件一件被推到我眼前。突然就有什么东西对我说，看看你这个坏女人，现在一切都结束了！你的路走到了头！

我有种被风干的感觉，这感觉离死不远了。

可是为什么呀？当我还是个中专毕业生时，我只有一个小小的愿望，那就是成为一个有编制的小学老师。可我辛辛苦苦地干了七年，有关系的入了编，给学校捐钱的入了编，和校长睡觉的入了编，唯独我，因为种种莫名其妙的理由总是个临时老师，所有最脏最累的活儿都推给我，所有的委屈都不能声张。

当然，第七年时，我干了点见不得人的事情，终于入了编，但我又随即离开了那所学校。

七年时间，彻底扭曲了我，无数的委屈、绝望、挣扎，成了极度的仇恨、下贱、无耻。这之后的生活，可以说，就是被无数男人糟蹋。当然，这也是一种交易，我是主动的。我用我的尊严、身体、私密做交易，换来我的生存。我觉得自己是浓硫酸，我疯狂地腐蚀着那个冷冰冰的世界，直到它坍塌、倒掉。

这不是一个赔本的买卖，每一次交易，我都是赢家。我的尊严并没有因为被侮辱、玷污而有丝毫损害，它反而愈加光亮纯洁。

我本来就没有罪！

可是，我哪里有那么坚强啊？每一次摧残、凌辱、迫害之后，我都会觉得自己快支撑不住了。我多么想回到七年前，回到善良与邪恶泾渭分明的世界里去呀！但我回不去了。

我必须一次又一次地给自己脸上涂满恶心的胭脂，装出疲惫而放荡的笑容，与一个个男人狭路相逢，并且战胜他们。

我知道，我必须与这种罪恶感做持久的、绝不妥协的斗争，否则，就意味着我的死亡！

你说这一切奇怪吗？

二十二

女人冷冰冰地看了我一眼，充满了赤裸裸的仇恨。

她微翘嘴角笑了一下，说道，怎么样？你是不是特别惊讶？

没错，我没有廉耻，我无情无义，我堕落下贱，可是在你们侮辱了我之后，怎么还会指望我的善良？指望我会拥有这样那样的美德呢？

现在，你害怕了，你脸红了，你尝到了家破人亡、身败名裂、绝望无助的滋味，你要明白，这都是你罪有应得！

二十三

那一晚，你喝得大醉，我也醉了。一切都很顺利，某某某会从你们那里得到好处，我也会分得一杯羹。我的生活充满肮脏，充满仇恨，但我是胜利者，它不能用对与错衡量，但它为我讨还了公道，这就是全部的意义！

可是，在某一刻，你突然语无伦次地小声说道，可怜的女人，你想要，好吧，拿去吧，这是你应得的。

你为什么要这样说呢？我不知道。你在渐渐失去知觉，我却放声大哭……

二十四

长久以来，仇恨与肮脏，甚至是不知廉耻，都成了我的衣裳。我必须穿着他们，否则，我就是赤身裸体的。我得披上这些衣裳，才能抬起头，才能在人世间活下去。

或者说，他们是我的铠甲，让我有勇气与这个世界展开殊死的斗争。

可是，可是，你的一句话，就像一个男人柔情地亲吻一个女人似的，轻而易举地就剥去了我的衣裳，让我面红耳赤，让我羞愧难当。

哎呀！那一刻，我看着自己光裸的身体，发现自己竟然像个少女一样，不知该如何是好。这之前，我手中还握着锋利的匕首，可现在，我却不知它还有什么用处了。

那一夜，我就像在大河里洗澡，忘情地洗，洗得浑身透明。在晶莹的水中，我伤心地尖叫，幸福地大喊，快乐地欢呼……

当然，黑夜总是短暂的，天慢慢亮了。现实世界像个怪物，一步一步爬到了近前。我擦去泪珠，重新成为坏女人，离去了。

二十五

无论是女人说的话，还是我说的话，都不是一次就说完了的，而是在不同时间，不同地点，不同心境下，断断续续地说出来的。所以，这其中难免重复，难免颠三倒四，难免不明所以。

那个晚上，对我和女人来说，似乎是个共同所有的黑洞。我们拼命地返回去，并一窥究竟。离奇的是，尽管那里不分昼夜、上下颠倒、支离破碎、一团漆黑、令人窒息，我们两个却找到了共同语言，用一种很古怪的方式相互抚慰。

我们找到了什么吗？我不知道。只是我的身心告诉我，这个办法在发挥作用。

二十六

某一天中午，我不寻常地吃得很饱，鼓着肚子，在玻璃窗子下面晒太阳。外面阳光灿烂，屋子里温暖如春。我的脑子渐渐变得迟钝，很想倒头就睡。

总之，这一切都很难得。

我正站在窗前望着外面的景色，那个刚刚高中毕业的男孩子悄无声息地走进来。他在我们互助组，是个很容易被忽略的角色，因为年纪小，沉默寡言，和谁也没成为朋友。

他把一只水杯举到我面前，让我看里面的清水。我不知他要干什么，困惑地看着他的眼睛。他说，他们想要害死我，让我慢慢地死，不信你看，这水里有毒。

我吓了一跳，因为我不清楚，到底是什么会让男孩子产生如此顽固坚定的想法。我小心翼翼地朝杯子底部看过去，的确是发现了几片尘埃一样的水垢。杯中水闪烁着灿烂的阳光，刺眼而又迷离，我透过这水看着外面世界，就像在一片水晶般晶莹的湖底向上张望，瞬间很恍惚，产生了一种再也不想离开这疯人院的感觉。

男孩子的眼睛像是透明了一样，既迷茫又无助。我试着说，相信我，这只是一点水垢，我的杯子里也有。如果你不信，我就喝一口，绝对不会有事的。

男孩子扭过头，伤感地看着窗外，说，这是一种慢性毒药。我的脑子会一点点变得痴呆，身体的某个器官会慢慢坏死，最后，莫名其妙地死在这儿。

男孩子忧郁地说，他们，还在我的脑子里装上了监视器，一举一动都在他们的眼皮之下。他们稍有不满意，只要轻轻一按电钮，我的脑壳就给炸开了。

我问，那你怎么办，去医院做个手术，把监视器取出来？

男孩子苦笑了一下，说，他们怎么会同意呢？他们盼着我早点死呢。

我说，总得做点什么吧？

他说，现在能做的，只有等死。

我借着阳光，打量着男孩子的脸。他的瞳孔在放大，有无数阳光照射进去，可还是像看不见底的深渊。

这是个很漂亮的男孩子，脸色苍白，身材俊秀，说话文雅。他的生活应该完全是另外一个样子。在大街上，像他这样大的年轻男女，是多么放荡、粗野、不羁、无序。他也可以像他们那样生活，当然，未必就更有意义，但至少不必抱着在这里等死的念头。

我相信，他面对的是一种真正的恐惧，和我的恐惧在本质上并没有不同。我是个中年人，我的恐惧可能仅仅是害怕深夜有人敲我的门，给我戴上手铐，把我带走。而他呢，是个孩子，还未等走进这个世界，就已经被摧垮。

他在某个狗窝一样的角落里，蜷缩成一团。世界就像个永远不停歇的暴风雨夜，到处是妖魔鬼怪，到处电闪雷鸣，到处一团漆黑。这样的世界当然也就不值得活下去了。

按照这样的逻辑，男孩子其实是在逃避。当然，我们都在逃避。我不是也害怕面对，"我已经完蛋了"这样一个事实吗？我不是也在自己骗自己，自己给自己编造谎言吗？对于一个垂死的人来说，谎言是必需品，信不信由你。

当然，男孩逃避得更彻底。他把所有可能的道路都封死了，不给自己留下任何生路。他背对着这个世界，可是，他的脸朝向哪里呢？

男孩子再一次将水杯举到我眼前，说道，相信我，这是有毒的。

我缓缓地说，就算有人监视着你，就算有人想毒死你，可是，你依然可以过上另一种生活。我们都一样，哪怕有一丁点希望，就不必等死。

他的瞳孔颤抖了一下，似乎有层泪水蒙上眼睛。可这仅仅是华光一现。我甚至都不知道他听进去没有。

几经挣扎，他说道，不，不对，这水里是有毒的，不是吗？

我看着他重新绝望的眼神，真不知应该承认这水有毒，还是应该猛烈地摇晃他的肩膀，告诉他逃避是无用的。那一刻，我甚至真的相信他疯了。因为医生告诉过我，当大脑的物理病变达到一定程度时，就会出现这种幻觉。

我灰心丧气地想，纵容一个人逃避或许是更仁慈的选择？

二十七

有一天凌晨，照例是被惊醒的。我长长吐了口气，伸出冰凉的手，从床底下拉出一双运动鞋，套上薄薄的衣裤，走进漆黑严寒之中。开始是缓缓地走，让身体暖和起来，也让乱糟糟的心绪平静一点。待身心状态好些后，脑子里还剩下几个总也摆脱不了疑问，这时，便开始跑步。一圈接一圈，寒风刺骨，身体与精神必须全力扭在一起，去抵抗它。

此时，与其说是一种斗争，不如说是一次拷打。身体与精神被双重拷打，打得遍体鳞伤，流血不止。我开始变得不那么固执，当然，也没有屈服。我体验到一种放松、宽容、自信的感觉，浑身暖洋洋的。这时候，那几个纠缠不休的疑问瞬间土崩瓦解。我仿佛重新站在了一个至高点上，从这里看着人世间，一切烦恼都烟消云散。

在冷风中，会有两行细弱的泪水流下来，但很快就吹干了。我很享受这种感觉，以至舍不得停下来。

天亮了，太阳红彤彤的。没什么比这景象更让人感动了。

我又一次跑到后院的围墙下，身后有扇窗子砰地推开，一个声音忙不迭地喊，老兄，歇一歇，给我支烟。

我扭过身子，是那个老人。他拿走一整包，还我一根。老人深深吞了口烟雾，眯起眼，看着橙色天空，仿佛把我忘了。我呢，继续原地小跑，以免寒风把我吹透。

他好像才发现什么，双手打开栅栏上的一根铁条，一扭下巴，道，来，来，来，到我这里来暖和暖和。

我也没什么力气了，而且知道，任何一种快乐都不可能无限地持续下去。我爬进去，坐在老人床上，浑身像棉花一样轻飘飘的。

老人看了我一眼，道，你的气色好了点。

我说，嗯，那种可怕的情况似乎给遏制住了，没再恶化下去。

老人问，是这样，找到了什么门道？

我答，完全没有，纯粹是误打误撞。有的时候，我发现，某一种感动，不仅仅是精神上的，怎么说呢，是感官、思想、情绪上共同产生的一种东西，会潜移默化地起作用。那种感觉，就像一块冰遇到一丝暖意，或者说一个干渴的嗓子落上一滴水。你完全不理解其中的道理，但它确实能治病。

老人不置可否地撇撇嘴，道，这倒也不失为一个办法。那好吧，你跟我说说看，这感动是怎么来的？

我迟疑地看着他，嘴像锈住了似的，说，都是些捕风捉影的东西，你愿意听吗？

老人不耐烦道，不瞒你说，我杀过人，放过火，见的事情多了去了。

我只当他信口胡说，沉默了很久，不知怎么开口。那感觉有点像，你可以在爱人面前脱去衣裳，却无法在众目睽睽之下也这样做。

老人突然来到我面前，仿佛一片叶子那样轻巧，以至我都没看清他的踪迹。他的眼睛离我额头只有几寸远，冷冷地说，老兄，你记住，这里是疯人院，不是法庭。你在跟一个老疯子说话，不会因为说错了什么就给判上十年八年。

二十八

我试着说道，我做过的事情，大概可以够得上枪毙了。可是，无论如何，无论你们多恨我，我都觉得，我只是个罪人，而不是个不可救药的坏蛋。

我看着老人，看他是否能与我沟通。他眼睛看着别处，轻描淡写地挥挥手，道，说下去，说下去。那神情，竟然有点像街头杂耍的猴子，很漠然，你甚至都不确定他是否在听。

我停下来，沉默着。他仿佛觉察了，忙说道，我在听，我在听，当然，我明白，说到底，这世上哪有坏透了的人？什么人不能宽恕呢？

我放下心，道，记忆最深的是，我当上处长的几天之后。那天，我的办公室在装修，一个穿着工作服，满身灰浆的年轻人抱着一个很重的编织袋，放在我桌旁，告诉我，这是某某人送来的。老实说，我一上午都没敢碰那个袋子。晚上，装修工人都走掉了。我关上门，试着去拎起它，很重，和一只装满了大米的袋子感觉差不多。因为每隔几个月，我都得从菜市场买回一袋这样的大米，然后把它扛上楼。

那一刻，我实实在在体验到了钱的重量。这种有重量的感觉真可以说是排山倒海。那只袋子几乎与我的腰部平齐。我蹲下来，把它抱在怀里，感受它的棱角硌着我身体，享受着那种微微疼痛的感觉。一种类似抚慰，又类似狂风；好像慌张，又好像大笑；仿佛镇定，又仿佛眩晕的感觉从四面八方涌进我的身体。当然，这些钱跟我后来得到的相比，就是小巫见大巫了。

当时，我有一种异常清晰，而且永生难忘的感受，我长舒了一口气，然后说，我再也不用害怕什么了……

二十九

当我说出这句话，尤其是这句话当中的"害怕"两个字时，脑中有种电闪雷鸣的状态，以至一片空白。愣了很久，当我再次张口时，仿佛是另一个人。一些句子从我嘴里流出，但似乎又不是我的话。

我说道，对了！今天的大恐惧，其实并不是刚刚才来的。它早就在我心里！当然，当然，它也是一种恐惧，只是没有现在这样强烈，以至我从前忽视了它。想一想，当我年轻的时候，是怎样一个人在这个大都市里战战兢兢地讨生活。当我还是个无足轻重的小人物时，是怎样地忍辱偷生。当我在一个个灰蒙蒙的早晨，走进空气憋闷的办公室，是怎样的灰心丧气。

那个时候，我并不知道，恐惧的根苗已经慢慢扎进了我的心里。

看看这里的每个人，他们难道不是被恐惧驱赶到这里的吗？恐惧就像捆在每个人身上的定时炸弹，你无法摆脱它，你时刻感受得到它对你致命的威胁，你必须在虚妄之中鼓起勇气、拿出热情，去干点什么，却不知为何要这样。但是，如若不这样，这颗定时炸弹就会爆炸，潜在的恐惧变成可以摧毁一切的大恐惧。

这样，你这个人就被清除掉了！

三十

我们生活的这个世界早已被恐惧的狂潮吞没。它无孔不入，每个人都不例外。看看那些打工活命的年轻男女，看看那些为几毛钱、几块钱垂死挣扎的农村人、山里人，看看我们这些年不顾一切做过的疯狂事吧。除了恐惧，还有什么能发挥如此的威力呢？

有人说是欲望，有人说是贪婪，有人说是愚昧，有人说是堕落，有人说是奴性，有人说是不懂得抗争，当然，这都没错，但是，这些统统只是恐惧的副产品。

恐惧来自哪里？我不知道。或许几十年前，在我还没出生的年代里，有一条堤坝曾经将恐惧拦在了我们的世界之外。但是今天，这条堤坝已没有了。而且，它能永远存在下去吗？它能永远保护我们像婴儿一样安宁地睡在摇篮里吗？

这恐惧由来已久，它如同鬼魅一样，它比空气还无形，比梦境还虚幻，但它很真切，它牢牢地根植在我们心里最晦暗的地方。我们不喜欢它，但是我们不能控制它，我们不能让它现出原形，同样也不能消灭它。而且我觉得，还没有一种思想，一条道路，或者随便怎么说，说是一个东西也行，真正地，一劳永逸地战胜了恐惧！

三十一

老人突然打断我的话，像猎狗一样警觉地看着某个地方，嗅着某种气味，道，等等！你刚才说的"副产品"是什么意思？欲望怎么会是恐惧的副产品？

我答道，有一种情形很多人都不理解，连我自己也不理解，但是，刚才我好像一下子明白了。从前，有人问我说，你看，某某在台上讲话时一个样子，在台下却是另一个样子？在台上讲一套东西，在台下却做另一套见不得人的事情。这个人是怎么做到的呢？这是多么卑劣的人格才做得出来啊！

有时想想，我是怎么做到的呢？

难道我在台上是违心说假话吗？不是。那个时候，我站在高处，或者说是在一个阳光充足的地方，这里，本来就容不得半点污垢。我慷慨陈词，既是在教育别人，也是在教育自己，既是警诫别人，也是在告诫自己。彼时彼刻，我是真诚地相信，某个宏伟的蓝图将在未来某一刻实现。我们会最终战胜敌对世界，即便不战胜他们，也至少会以一个强者的姿态，独立存在于这片土地上，按照我们自己的方式。

我没有说假话。想想看，这么多年来，我在加班加点地工作，无所顾惜地透支自己的健康，当然，是以一种有点变态的方式。但是，每当夜深人静的时候，每当我想到我起草的某项计划可能对这个世界产生不可思议的影响的那一刻，我的确是相信，世界正在因为这项事业的积极方面而变得更好。

然而，我也有筋疲力尽的时候，我也有因为过于持久的崇高而产生的茫然和虚无感。这个时候，是我最脆弱的时候。

此时，虚无乘虚而入。当然，这个虚无，就是换了张面孔的恐惧。我就是在这个时候，被俘获，并且堕落的。

其实，我并不是真的想要那些灯红酒绿、声色犬马，我很清楚一个浓妆艳抹的脸蛋，或者一个假装兴奋的女人身体，并不能彻底地消除我的虚无。但是，它就像一个黑洞，必须得不停地填进去点什么，才能消除我的恐惧。虽然一切快乐都是没有根基的，但那些邪恶的、放荡的、淫欲的狂欢却能带来不可思议的，虽然只是暂时的安慰。

我怎么也填不满那个黑洞，而且每填一次，我的恐惧就似乎更加强烈而且病态。那个时候，我其实无数次在想，尤其是在烂醉如泥之中想，我正在朝一条绝路上走，迟早有一天，所有的恐惧都会凝聚成一个旷世未有的大恐惧，以一种最恐怖的方式将我摧毁。

你看，它就来了。这一切都不出乎意料。真奇怪。

三十二

我低着头，灰心丧气地说，总之，这种恐惧是深入骨髓的。

老人神不知鬼不觉地蹿到我面前，悄无声息地伸出手，比画成一支手枪的形状，然后用食指在我头顶靠近太阳穴的地方，轻轻点了一下。

本来我就处在一种很激动的状态，被他这一惊吓，差点因窒息而晕过去。我惊恐万分地看着他，不知他要干什么。

老人静悄悄地退回到床沿处，严肃地说，我刚才听到你说出一个新的词。

我脑袋里一片空白，根本无法理解他在说什么。

老人带着笑意，又一次重复道，你刚才说了，恐怖，这个词，对不对？

老人垂下头，仿佛一下子就陷入某种沉思状态。他身体轻微颤抖，手指一下一下点着什么，小声道，对，对，对，就是这个词，我怎么就给忘了！

猛然间，他一下抬起头，挺直腰身，手臂高举，食指指着天空，高声大叫。

由于用力过猛，我甚至看到他的身体一下子从床上弹起来半尺高。

老人眼光发亮，瞬间炯炯有神，用一种极为戏剧化的声音尖叫道，我们代表的就是自我组织的恐怖主义——这话要先说清楚！

从这一刻起，老人的神情千变万化。

他用一种高亢的声调，而且沉迷在一种朗诵和背诵相混合的状态，大声说道，别以为我会寻求革命的公道途径。我们现在不需要公道，现在是面对面的战争，是你死我活的战争！

很显然，他正进入某种回忆的状态，一些过去曾看过、说过无数次的文字，正像一腔热血那样喷涌而出。他的嘴唇抖动，说道，除了空想社会主义者，没有人会武断地说：不遭到反抗，不用铁腕来对付旧世界，就可以获得胜利。

我看到，老人的愤怒已经到了无以复加的程度，但是他又用前所未有的意志力控制着，让自己还能清晰地说话。他一下子跳下床，站到我面前，指着窗外，好像真的发生了什么大事，叫道，只是今天，我才在中央委员会听说，彼得格勒的工人们要求用大规模的恐怖来回答沃洛达尔斯基的被杀，而您……没有动作。我坚决抗议！我们在败坏自己的名声：我们在工兵农代表苏维埃的决议中一直以大规模恐怖相威胁，而到事情真发生了，我们却又在阻碍群众的革命首倡精神，而且是完全正确的。这是不行的！恐怖分子将会认为我们软弱无能……应当鼓励对反革命分子实施强烈的、大规模的恐怖！

三十三

我愣愣地看着老人，心怦怦跳。我当然是不能理解他此时此刻为何要说这些话，以及这些话与我刚才说的有什么逻辑关系。我只是隐约清楚，他在情绪激动地复述历史上某个时代某个国家某几个人物的话。而且身临其境，仿佛真的站在了那个历史时刻。

他僵硬地站在那里很久，沉思很久。慢慢地，他松弛下来，好像才发现了我。他轻轻拍我的肩，道，你看，这个跳跃实在是太大了，你肯定是没听明白。

他扶着我的肩，顺势转了个身，背对着我，有点迟疑地说，也许，你真的不是个坏蛋……

还未等我有任何反应，他猛地转回来，逼视着我，道，但是，你竟敢替自己辩解！你更可能是个大坏蛋，比所有坏蛋都坏的大坏蛋！你应该被枪毙，替所有被剥夺得一干二净的穷人们赎罪！

我张大了嘴，无言以对。许久，我低下头，小声说，是这样，是这样，我的确是个十恶不赦的大坏蛋。

老人突然哈哈大笑，说道，老兄，别垂头丧气，相信我，你只是被吓坏了。

他笑得喘不过气来，又道，你忘了？你是来治病的，而不是来受审的。

我发现，我从精神上被老人控制住了。他明明疯疯癫癫的，我却甘心情愿任由他摆布，而且对他的话深信不疑。他的话一会儿像刀子，很准确地切中了我的痛处，一会儿又像棉球，恰到好处地按在了出血的地方，让我不至于一下子死掉。

他收住大笑，仿佛终于可以说出谜底那样，道，老兄，我来告诉你出路吧。

这句话倒是彻底把我吸引住了。

老人说，恐惧是个谜，迷雾里站着鬼！

我当然是一脸困惑。

他又说，这个鬼把恐惧散布在我们的世界，让人们屈从于它。你呢，只是被鬼迷住了心窍。你既是受害者，也是帮凶！正因为这个，我认为你虽然十恶不赦，但还有救！

我问，鬼？它是谁？在哪里？

老人说，鬼无所不在，它在雾里，它不现身，它神秘莫测，它无影无踪。但是，它总会露出马脚，就像狐狸精变成了人形，却怎么也藏不住尾巴。

老人继续说，鬼会把自己打扮得妖艳万分，仿佛世间少有。它会让自己光彩照人，让人睁不开眼睛。它会让大家神魂颠倒，不自觉膝头一软，就跪倒在它的面前。

它会说自己既在人世间，又不在人世间。它会说自己既能这样，又能那样，以至无所不能。它会说自己是先知，是救世主，是为人类创造未来的那个人。

它会放射出强烈无比的光，让每个人感到自惭形秽，感到丑陋万分，感到绝望无助，以至恨不得拿鞭子抽打自己，打得遍体鳞伤才能平息自己心中的悔恨。

它无端地让每个人感到自己有罪，必须终其一生来赎罪。

它会让每个人觉得自己是残疾的，必须一辈子接受治疗，无论这治疗多么血腥。

就在人们拜倒在它的脚下时，他们不知道，自己的血管已经被切开。在他们痛哭流涕之时，鬼正在畅饮他们的鲜血！

三十四

老人的精神状态又一次激昂起来。他说，但是，鬼怕一件事情。

酝酿片刻，老人大声说，对于恐惧，我们还以恐怖！谁把恐惧强加于我们，我们就用恐怖加以还击！

他的声调从高亢一下子转为婉转，用一种柔情似水的语调说，但我觉得他一定又是在背诵谁的话。他说，我想拥抱全人类，向她倾注我的爱，温暖她，洗净她身上现代生活的污垢。

老人转过身，坚定地说，没错！恐怖是热水，洗去人们灵魂中的污迹。恐怖是手术刀，割去人们精神上的毒瘤。

老人说的每句话，都好像鞭子，抽中了我。奇怪的是，我竟然不知道他在说什么。他这些话是意指谁？指我？指某一些人？指这个世界？但是，这些疯疯癫癫的话，在某些时刻，却显得惊人的精练、准确，而且完全可以交流沟通。

我有点犹豫不定地说，恐怖？它能治好我的病？可我不喜欢这个词。

老人反问道，你被恐惧蹂躏得死去活来，你却说你不喜欢恐怖？老兄，你该觉醒了！只有存在着一个彻底的公正，才可能有纯粹的善良、爱慕、仁慈。否则，一切都将是伪善。他们有军队、有警察，我们有什么？我们什么都没有！我们只有暴力，只有造谣，只有侮辱，只有亵渎，总之，就是恐怖！在一个没有公正的世界里，恐怖不可避免，否则，我们将如何生存？

我说，恐惧是个谜，像你说的，迷雾里站着鬼，但是，但是……

有个词电光火石般地出现在我的脑子里，我说道，但是，迷雾里也可能站着，希望。

老人有点发愣。他低下头，沉思了一会儿，大叫道，胡说！简直是一派胡言！鬼嘴里说出来的希望，不是真正的希望！只有彻底消灭了鬼，剩下的才是希望！

三十五

我突然决定，要鼓起勇气和老人最后争辩一下。

我问，我自己就是个谜，难道对自己也要施加恐怖吗？

我以为老人至少会迟疑一下。不料，他斩钉截铁地叫道，就是这样，对自己也要施加恐怖！

我又问，这，这如何才能做到呢？

老人缓和了一点口气，盯着我的眼睛，说道，你现在应当做的，不是为自己争辩，而是打碎重来。相信我，你的心里没有希望，只有鬼话。你不是个新人，而只是个垂死挣扎的将死之人。我好心解救你，你却把我当成一个疯子。

我说，可是你说的我并不理解啊！

老人说，好吧，我再费力气跟你解释一下，没有第二次！

他说，当恐惧来的时候，你就想一想监狱，想一想冰凉的手铐，想一想黑洞洞的枪口，甚至是想一想自己横尸的样子。

这些东西对于医治你的恐惧，绝对是一剂良药。

先清除心中的鬼，再谈希望。

三十六

这次长谈之后，我有半个多月没再见到老人。他没来前院，他的窗子也一直紧闭。有一次，我看见窗子玻璃碎了，不是一块两块，而是所有的都碎了。我着急地攀上铁栅栏，里面一团糟，空无一人。

我怕他死掉了。不想，过了几天，窗子恢复了，屋子里又整洁如新，只是仍然不见老人的踪影。

我觉得他说的话有些道理。但仅仅是有道理，却没有任何现实意义。怎么可能对自己施加恐怖呢？那人不是疯了吗？而且他说的有关监狱一类的东西，让我有种本能的反感，甚至是厌恶。

但总会有些事情超出了我的理解能力。

比如，今天早晨四点多钟，我突然被发生在很久以前的一件龌龊事情惊醒了。

就在我脑子乱成一锅粥的时刻，更形象点说，更像是海啸之中如山巨浪即将打在头顶的那一刻，我突然想，一切最坏不过是进监狱吧！

当然，我十分震惊，而且特别心慌。于是，我就想象我真的在监狱里，一切都被剥夺，一无所有，监狱窗子上胳膊粗的铁栅栏将我的人生永远隔绝起来。

我的心一再下沉，下沉，下沉，像烧红了的炭，慢慢变暗，变灰，变黑，最后成为煤渣。我转过头，望着窗外。严寒之中，正有一轮月亮挂在枝头。

此时，我的心仿佛特别清楚，什么是我有的，什么是不属于我的，什么是实实在在的，什么是虚妄无据的。虽然这仅仅是一种感觉，但这种感觉很珍贵，它好像在告诉我，即使我真的一无所有了，我还是拥有一些东西。

两行眼泪流下来。我想，等天亮了，我就给妻子打电话，让她帮我把所有的财物都交出去，一分钱都不留下，哪怕再一次回到许多年前贫穷无助的状态也在所不惜。那一刻的感觉，真是既畅快，又坚决。

三十七

这时，我的同屋翻了几个身，坐起来。他垂着头，不自在地扭了扭腰，脚尖剧烈地抖动几下。过了好一会儿，他缓缓走到窗前，凝视着外面微微泛蓝的天空。我一直微闭眼睛，以免他发现我醒了，又要找我谈话。

一阵冷风迎面吹来。我吓了一跳，发现他静悄悄地推开了窗子。他的脸麻木无神，没有任何表情。

我脱口而出道，你在干什么？

他猛地把后背一缩，转过身，带着歉意对我一笑，道，没，没什么，只是想抽支烟。

我有股很不祥的感觉，于是干脆坐起来，摸出一包烟，递给他。

他抽了半支，犹豫地说，昨天他们告诉我，单位的正局长已经到任，不是我。这下完蛋了！

当他说出"完蛋了"这个词时，我就知道他的心境有多坏。

我吐了口烟雾，道，老哥，咱们不会完蛋的，你看，不是活得好好的吗？

他说，可是，可是，我——完蛋了，彻底完蛋了！

这个时候，我真的不知该怎么办。是再给他一个虚假的希望，还是告诉他，这些希望从一开始就是自己骗自己？

前一个办法很容易，我相信也会暂时起作用。后一个办法很彻底，却很难。而且，我也是个病人，也很脆弱。我自己尚且没法完全做到，又怎么帮助他呢？

我发现，我害怕了。虽然刚刚痛哭流涕，想要痛改前非，但真的有个人拿着把刀子，指着你，恶狠狠地说，就是现在，来个了断吧！我还是马上给吓呆了。是啊！难道说，我，也，真的，完蛋了？！

于是，我再一次退缩了，说，你们那里又不是只有一个局长的位置，干吗死盯着它不放呢？好好养病，依你的才能，会有前途的。

同屋转过身，恳切地看着我，在黑暗中，眼光一闪一闪。他问，你真的这样想？

我抿起嘴唇，半闭眼睛，点点头。

同屋好像又有了精神，坐回床上，从药瓶里倒出一粒药，咕咚咕咚喝几口凉水，倒头睡去了。

我抽出运动鞋，心想，又要开始与恐惧做斗争。

我在院子里小跑，遇到了那个女人。我们一言不发，只听得见在黑暗中有鞋子落地的声音，有喘息声，有衣服摩擦声，还有一丝热气。

天亮了，我和她站在一棵大树下。天空出奇的湛蓝，橙红色的阳光再一次扑打在我身上。这种久违的感觉，真有点像劫后余生。

我和女人的脸冻得僵硬，以至笑起来的时候，很像在哭。她的鼻尖和脸颊愈加苍白，又有一点红晕。与那个晚上充满魅惑的她相比，显得异常真实，而且健康干净。

我们点上烟，一边说笑，一边跺脚，胃部慢慢放松，生出一股难得的饥饿感，只等着再过会儿，就可以吃上热乎乎的馒头稀粥。

三十八

大树的正北方向，是我住的旧式五层红砖楼。我面朝它，与女人谈话。此刻，它笼罩在一片灿烂的金色里，格外清晰，格外醒目。它的背景是深邃的晴空，不知为何，显得遥不可及，又透露着一丝异样。

女人兴致勃勃地对我说着什么，我看到我住的房间窗子被推开。窗子黑洞洞的，虽然离我很远，但我眼中似乎只有它。窗子很巨大，而且仿佛近在眼前，一丝一毫都看得清清楚楚。

我看见我的同屋正呆呆地站在窗前，向外望着，而且似乎就看着我。他的眼神倾泻着困惑、痛苦，但又找不到任何办法。他好像在向我求助，而我却在这关键时刻愣住了，脑子灌铅，嘴锈住。

我眼睁睁地看着他左右环顾，然后迈出一只脚，努力爬上窗台，直直地向下面倒去……

一个白色身影，像时装店里的模特一般僵硬，消失在耀眼的光芒里。半秒钟之后，砰的一声闷响传来，仿佛一只装满了水泥的麻袋摔在地上。

接着，红砖楼附近三三五五的人开始向四面八方奔逃，形形色色穿着病人服的患者尖声大叫。一个衣着单薄的疯子竟然以百米冲刺的速度向围墙方向跑去，嘴里大喊着，打仗啦！开始征兵啦！我要报名去参军！而且奇迹一般的是，他竟然翻过了两米多高，而且有玻璃碎片和铁丝网的水泥墙，逃到院子外面，消失在光秃秃的小树林子里。一片撕下来的白色布条挂在墙上，在寒风中剧烈飘动。

女人惊慌地想转过身去。我一把牢牢地把她抱在怀里，小声说，别看，什么也没发生。她的身体颤抖，像只落了网的猛兽一样拼命挣扎。

三十九

早饭是吃不成了。胃紧缩成一个半透明的固体，装不下任何混浊食物。

我和女人孤零零地远离事发地，在小路上茫然地闲走，不知去哪里，也不知这一天该怎么过去。我在想，连这里都充满了恐惧，我可真是无处可逃了。

我们又一次经过后院围墙，完全忘记了老人。可他却很意外地推开窗子，兴高采烈地在背后叫我的名字。

老人向我要烟，我摊开双手，表示已经抽光了。女人递上她的烟，老人仔细看了看，道，还不错。然后，他甜蜜蜜地对女人一笑，在她手背上轻抚了几下，又说，你过去一定是个坏女人，不知让多少男人神魂颠倒，也跟着干起了坏事，对不对？

女人笑吟吟地让老人抚摸自己的手，说，你肯定也是个老混蛋，干过不少混蛋事，对不对？

老人哈哈大笑，说，对，对，对，姑娘你说得太对了！

这时，我猛然发现，我和老人说过这么多话，对他的过去却一无所知。对呀！如此古怪之人，他的过去会是什么样子呢？

老人扭开铁栅栏，殷勤地说，你们俩进来呀！

爬进去后，我发现老人的屋子焕然一新。墙上的灰浆重新刷过，床铺和桌子换了新的，过去吊在天棚上的灯管变成圆圆的白色吸顶灯。最重要的是，这里积年累月的臭味、馊味、骚味没有了。仿佛一切都随着上次的某个变故而消失。但是，我心里却悲观地认为，要不了多久，一年两年，五年八年，一切又将是老样子，因为那才是人世间的常态。

我问，大概一个月前吧，你怎么啦？

老人笑呵呵答道，说起来还是因为你呢！

我皱了皱眉，表示不理解。

老人说，我是个老疯子，这我不否认。每隔一段时间，或长或短，那种疯癫的状态就要来一次。就像一桶水，积得满了，就得倒掉。或者像一瓶子硫酸，当你慢慢把它加热，在某个临界点，它就会爆炸。

而我呢，从一种清醒的状态进入到疯狂的状态，几乎没有过渡。我一下子就失忆了，失忆之后会跃升到癫狂的境界。那个世界也不坏，一切都很简单，很纯粹，很直截了当，完全没有世俗世界里的磕磕绊绊、牵牵挂挂。那里单纯到只需要好与坏，完全不讲逻辑，一个事情是好的就是好的，是坏的就是坏的。好会成为一束光，或者是一团热气，或者是一阵冲动，它大声告诉我，这就是好的。那种好会感动得我流泪，感动得我不顾一切、奋不顾身、赴汤蹈火地想要去实现它！

当然了，说那个世界不坏，只是对我一个人来说的，在外人看来，我已经不是我了，而是个很可怕、很可憎、很陌生，并且是个不可理喻的人。事后，当我恢复过来时，只能影影绰绰地记起很少的细节，而这些细节连我自己也不能理解。我看到的总是被我毁掉的东西，例如砸坏的暖水瓶、撕破的床单、满地的碎纸、倾倒的椅子、翻了个的桌子，墙上、玻璃上甚至还溅着我的血迹，总之，是满目疮痪。每当这个时候，我都会有那么点泄气，心想，这一切并不是我想要的呀！

老人又说，当然，如果什么东西刺激到了我的神经，我的疯病可能就会更快一些发作。比如，上一回，我对你讲得太多了。那天我有点过于兴奋，没有很好地抑制自己。

我带着歉意说，我真不知道是这样！

老人说，不过，那天我肯定说了些有用的东西，而且我的语言出奇的准确流畅。如果能对医治你的病有一丁点好处，那都是很值得的。

老人看了我一眼，眼光里有种说不出来的深情、温和，还有怜悯。

他又说，你们不用怕，我不会伤害你们。在一切失控、失忆之前，我大约还有十几秒钟。我会让你们离开。那之后，即使炸弹爆炸，也不会伤及你们。

不过，一定切记，你们必须迅速逃离，毫不犹豫，不要妄想还能救我。因为你们根本做不到，而且炸弹引信也不掌握在我自己手里。

四十

老人漫不经心地问我，你的病好点了吗？

我说，我不喜欢你那些荒诞不经的想法，但它好像有用。只是，只是，我还拿不定主意。

老人冷笑道，你在逃避，老兄。将来某一天，大恐惧会向你袭来，你绝望无助，你眼前一团漆黑，一切都会如同地狱一般不可解救。你只会一死了之，殊不知，鬼正藏在你心里哈哈大笑！

老人又道，在这里，我看过无数濒死之人的眼神，透过那无底的深渊，无一例外都鬼影重重。鬼引诱着你，驱赶着你向悬崖边缘走，直到你迫不及待地纵身一跃，还自以为是得到了大解脱。嘿嘿，趁我活着，还能帮助你，下决心吧。

我吓得浑身一哆嗦，因为我记起就在几分钟之前，我的同屋从窗子里跳下去了。而他的眼神……

老人嘲讽地对我一笑，然后转过身，大声道，嗨，坏女人，不要再做引诱人堕落的事情了。即便你做了鬼的帮凶，它也一样不会饶了你。

女人点燃一支烟，故态复萌，放荡地朝天花板吐了口烟雾，问，我是坏女人？老混蛋你看清楚喽！我可是天底下遭受苦难、屈辱、迫害、践踏最多的女人，但我又是所有女人当中最纯洁、最善良的一个。

老人生气地说，你看，你看，鬼话连篇，鬼话连篇。来，来，来，坏女人，让我看看你的眼睛，咱们看看到底是什么样的鬼藏在你心里？

女人把烟猛地掼在地上，大声地说，好吧，你看吧，你们好好地看吧！你们只会看到一颗钻石、一面镜子，你们还会看到自己肮脏丑陋的心！

女人眼中满是泪水，有种让人心碎的神情。她愤怒、无畏地看着老人。我看到老人愣了一下，似乎陷入某种沉思。当然，他还在继续说话，只是逐渐心不在焉。

老人说，可怜的女人，我给你讲一件事，一件很久以前的事，一件我的事。

女人大声说，不要再叫我"可怜的女人"，你们这群混账男人！

老人哀求女人说，不要再生气了，听我讲下去好吗？我的神经比你们想象的要脆弱得多。

四十一

我发现，老人很焦急，想说点什么。他语无伦次地说话时，似乎就是在紧张地思考。而且，他越是专注、沉迷，那种荒诞不经的情形就越严重，语气、神态、身形、手势就越是极具戏剧化味道。他仿佛在演讲，在与什么人争辩。

说实在话，我认为这可不是什么好兆头。我得在某一刻制止他。

老人说，有一天早晨，我们在劳动。我记得当时很冷，干冷干冷的，地皮上结着盐碱一样的霜。一铁锹下去，只能铲起拳头大一块土。我的手心火辣辣的痛……

他想起了什么，抬起头扫了我和女人一眼，道，哦，对了，对了，这是发生在很久以前的事情。那时，你们俩肯定还没出生，而我，只是个二十六七岁的小伙子。

突然，老人一个箭步蹿到屋子正中央，腰板挺直，下巴微抬，仿佛在与另一个人对话似的，愤怒地大声道，把希望寄托于人的优秀品质上，这在政治上是不严肃的！

老人笑嘻嘻地问，这下，你能猜出我过去是干什么的吗？

女人大叫着说，你肯定是个戏子！

老人的目光有点黯淡，好像自己出的谜一下子就被别人说中了答案。不过，他还是很惊喜地说，没错，姑娘，你真厉害，我就是个演员，一个很出色的话剧演员。

女人轻蔑地冷笑道，我就说嘛，一个装腔作势的老家伙！

我看了她一眼，目光里暗藏不安和责备，我想说，你怎么也有点疯疯癫癫的了？

老人好像刚猛醒过来，道，对了，对了，那是个寒冬的早晨，我正拿着铁铲翻地。

女人叫道，你在骗人，你不是个戏子吗？怎么会干农活呢？

老人眨了眨眼，狡黠地嘿嘿一笑，道，那个时候，每个政治上不可靠的人都要参加劳动改造。戏子嘛，大部分都是旧世界过来的人，当然要劳动了。

我愣愣地看老人。我没经历过那个时代，似乎对那个时代也漠不关心。它存在于一个很遥远的地方，既不是空间上的距离，也不是时间上的距离，而是一个感觉上的距离。

老人继续说，当然，我和他们不是一类人。他们大多是在旧世界就已经成了名的角儿，他们的根扎在旧世界。而我，是属于新世界的年轻人，并且也不相信他们能够真正地成为新人。所以，我觉得自己和他们不一样。不知你们是否能理解，当你觉得自己和某一些人不一样的时候，你对他们的感情就很难真正地建立起来，也就很难生发出一种超越于理性之上的，忘乎所以、不顾一切、生死与共的情感。

老人突然用一种很陌生的眼神看着我，说，而且，在某一刻，就是这一点点不同，会让你陡然间生出一种仇恨，还会让你做出极为残忍的事情。

他说，当时，我低着头，听见不远处有人在大声叫喊，是管理我们的郭队长。他把一张书籍大小的画片丢在地上，用脚尖踩着一角，防止它飞走了，让我们大家都过去看。

那是一幅外国油画的印刷复制品，纸张又硬又厚又亮。一个皮肤很白，浑身赤裸的长发女人，或者更准确地说是，长发少女，垂着头，坐在一匹披着红毯子的高头大黑马上，穿过一条空无一人的午后街道。

画片被揉出几道深深的皱褶，折痕发白，像打碎的玻璃，上面还散落着一些黄土颗粒。那个时候，我还未见过女人的裸体，也根本未曾想象过，她们的裸体会是这个样子。我有种很深的恍惚，以至不能说话，不能思考，只觉得可能有些东西，大概是世间没有的。

郭队长怒吼着。我隐约听出来，原来是在一个老演员带来的书籍中翻出的。那个老演员我熟悉，愿意穿西装、打领带，很有点潇洒派头。据说，和几个女人的关系比较暧昧。近几年，他不再那副打扮，而是老老实实地穿上劳动布外套，头发也不染，有些花白。

我不太喜欢这个人。我父亲是个农民，世代种地。我只是由于一个很偶然的机会，唱了回秧歌剧，被选进县剧团，又过了三四年，考进这个国家级剧团，与众多名角儿为伍。

我为什么不喜欢这个人呢？首先，我觉得他很做作。他经常有一些莫明其妙的悲观，突如其来的热情，经常流泪，经常说一些很冲动的话。而过不了多久，他好像就忘了这一切，又不可思议地乐观起来，开始歌颂生活，歌颂爱情。总之，我觉得他身上的一切都华而不实，让人反感。

其次，我不能想象，一个男人和几个女人都保持着一种暧昧的状态是怎么可能的？更不能想象他们之间可能会有一些……我觉得那是一种很脏的事儿。

第三，是两三年前，他带着我们几个年轻演员出去吃饭。有个老服务员不小心将菜汤洒在了他西装衣襟上。当那个瘦弱的老头儿弯着腰，一个劲儿向他道歉，并掏出抹布揩拭的时候，我非常清楚地看到他脸上冷漠、厌恶的表情。这个表情给我留下了深刻印象，尤其是和他见到漂亮女人时那种殷勤、浮夸、忘乎所以，或者用我们老家有点粗俗的话说，就是骚哄哄的表情相对比，你就越发难以忘怀，以至耿耿于怀。

四十二

那天，郭队长把他狠狠地骂了一顿，当然很是不堪入耳。然后，又命令他围着地头跑。那块地不小，得有几亩，跑一圈得半个小时。那天上午，我看见老演员像颗黑色的石子，远远地、慢慢地移动，腰弓着，破衣烂衫、摇摇晃晃。

有一次，他跑到近处，用一种哀求的眼神看着我们，低声说，我心口疼，快不行了，求求你们……

求我们什么呢？我不知道。我周围的其他老演员害怕地低下头，躲避着他的眼光，唯恐让郭队长发现我们在与他交流。

那晚上，老演员在床上哼哼一宿，第二天早上没了动静，死了。

四十三

我当时是怎么想的呢？刚才说了，我与其他老演员们不太一样。他们同情他，恨郭队长，恨他的不人道。我也同情他，但同情和同情不一样。他们的同情是一种同病相怜的同情，是害怕自己的命运。但是，他身上有的，他们身上都有。而我的同情很简单，我只是觉得他罪不该死。

但是，我的同情有多么强烈吗？似乎也没有。我当时想，历史实现它的内在逻辑时，肯定不会以一种很精确的方式来完成，甚至是由一些人格上并不高尚的人们来完成。可是，这种内在逻辑是正确的，而实现正确的东西要付出代价，这就是代价。

老实说，对这种内在逻辑，我是认同的。因为我觉得它和我的身世、和我的命运、和我对世界的理解是一致的。我喜欢一些干净的东西，而它是干净的。

干净的东西变成现实的时候，可能会有些不干净，但最终会变得更干净。这是历史的辩证法。

对了，刚才我不是说过，我和那些人有那么一点点不同吗？其实就在这里。

那些脏东西需要硫酸一样有效的手术刀或药物来清理干净。难道动手术会不疼吗？世上有不疼的手术吗？病好了之后，人才会过上好的生活。

你会骂我的暴力，骂我的恐怖，可是，我们的敌人不也是这么做的吗？哪一种手段他们没用过，哪一点他们不比我们更血腥？是的，我们曾经用恐怖清除了很多敌人，可是，你想过有多少无辜的可怜人因他们施加的恐惧而痛不欲生，而自杀求解脱的吗？成千上万，几十万，上百万人！

四十四

老人猛然间陷入沉默，紧闭双眼，好像在脑子里搜寻着什么。

他似乎有点头晕，含含糊糊道，其实，我刚才想说的不是这些。我想说什么呢？对了，对了，是那幅画。

他又恢复了慷慨激昂的状态，道，我对学生们说过，永远不要为世间不可能有的东西活着！

女人问，你不是戏子吗？

老人好像吃饭噎着了似的，涨红了脸，答，我曾经是个教授，某某大学的哲学教授。

说完，他竟然诡异地笑了一下，仿佛一个讲笑话的人被自己的笑话逗笑了，又好似一个骗子，觉得自己的谎言太过难以自圆其说，再也骗不下去了。

他痴痴地笑，断断续续地讲，相信我，相信我，我说的可都是真的。

女人道，你不光是个老混蛋，还是个大骗子！

四十五

老人换上一副不屑的神情，道，傻女人，真实的东西往往都是支离破碎、不可思议的。我为什么不能同时是戏子，又是哲学教授呢？呵呵，我真的是！

老人憋住笑，继续说，好了，好了，还是说那幅画吧。

后来，那幅画不见了。可能是被风吹跑了，腐烂在某个角落，春天一来，就融化在土地里。反正，肯定是不会有人敢再把它收藏起来。

可是，那幅画却给我留下很古怪的印象，这辈子恐怕都磨不去。怎么回事呢？是这样的。当时，有人把它揉皱了。上面一道道泛着白的折痕，仿佛是一条条鞭笞后留下的疤痕。尤其是当它被搞得脏兮兮的时候，这种感觉就愈是强烈。对了，就是一个伤痕累累的赤裸女人样子，既艳丽，又凄惨。

面对这样一个女人，你不得不去同情她、怜悯她，可是，你又觉得什么地方不对，因为她是赤裸着的。为什么她偏偏是赤裸着的呢？为什么她受了伤，偏偏又仿佛在诱惑你？为什么她好像是无辜的，又让人感觉是怀着什么罪恶的念头呢？为什么她似乎很纯洁，又在某些时候显得很肮脏、很虚伪呢？

我一直在思考这个问题，可是想不明白。我觉得这后面，有个巨大的黑洞，有个旷世的谜。也许这个黑洞并不需要我们去把它填满，这个谜也不需要我们给出确定的答案。他们的存在，只是告诉我们，有个未知存在着。

但是，后来有一段时间，我不再去想这个问题了。为什么呢？就像我刚才说过的，我觉得我们不应该为这世界不可能存在着的东西活着。那个赤裸女人的确很美，但是，她不属于尘世，她与我们的现实生活并无太大的关系。

我们要面对的是穷困的生活，是苦难的旧世界，是改变人压迫人的现实。而那个赤裸女人能做得到吗？显然，她对此无能为力。这样，她与我毫不相干。

年轻人，你看，我不是不懂艺术。只是，只是，我觉得我和艺术之间，有那么一丁点不同。"不同"这个词很难表达，但是，不同这个词意味着，它不可能完完全全地成为你，你也不可能完完全全地成为它。无论你怎样渴望与它融为一体，你都做不到。这是宿命！

四十六

的确，我有大约十多年时间不再去想这个问题，因为觉得自己已经找到了一个可靠的解决办法。那十年时间，我也做了不少实实在在的事情。可是，现在人们似乎给遗忘了。

直到有一天，我们生活的世界改变了。有很多个大事件，或者说是很多种兆头说明它变了。但我是在一件很小的事情上感觉到，这世界真的是被触动了。而且，整个世界会因为这个微末的事情而彻底变成新的样子。

我还得交代一点事情。到了那个时候，我们哲学系有两个中年老师自杀了。我可以很肯定地说，他们是因为信仰而死的。你看，那个时代的人很纯粹，他们靠信仰活着，按照信仰做事。

我呢？我是怎么过来的呢？那段时间，我有点疯疯癫癫的。我是属于新世界的人，也就是说，我没有经历过旧世界，也就不知道当时那个世界是朝着一个崭新的方向走，还是又回到了旧世界。

我一直很犹豫。其实，我当时也想过要来个了断。但是，我又想看看这个世界到底是向哪里走。我试着去理解它，去给出一个好一点的答案。后来才发现，这样做，比死去要痛苦一万倍。

对了，对了，事情是这样的。

有一天早晨，我万分疲惫恍惚。在街头，有一座小报亭，摊着几份报纸和六七本杂志。空气里的气味变了。杂志上印着很大的女人像，越来越明目张胆，越来越暴露。报亭的里面，还挂着一张年历，一个金发的外国女人，穿着细小的泳装，站在沙滩上。她丰满健硕，很有力量的样子，正遥望着什么。

我垂头丧气地想，这些女人个个心怀鬼胎，她们回来了，再也没有什么把她们挡在外面了。

我的心里有个声音大叫着，好吧，可怜的人们，你们跟着鬼走吧，迟早有一天，你们会看到，你们头破血流、遍体鳞伤、一无所有、孤苦伶仃！

这时，报亭里放着一段音乐，一个女人用一种近乎喘息的声音在喝软绵绵的歌。你要明白，我说的喘息是什么意思。就是呻吟，就是……

这一切对我来说，是一种持久的、重复的、强烈的惊吓。我一次一次鼓起勇气，又一次一次被摧毁。我有时会想，我的末日可能真的来了。

我像一个怪物，麻木地翻开那些杂志。

在某一本杂志的背面，有一幅画，我惊呆了。是那幅骑马女人的油画。我愣了很久，盯着她。她在那些搔首弄姿、面目可疑、庸俗堕落的女人中间，显得那么与众不同。

我在一瞬间感到，这个女人来复仇了！我们曾经迫害过她，可是她不会死，现在，她重生了。那种恐惧真是不得了，因为它来得无缘无因、无影无踪，我没办法制止。

可是奇怪的是，她回来复仇的时候，却没带来仇恨。她的神情里没有恨，是的，我怎么也无法对她恨起来。她依然很美，让我恍惚。

那一刻，我就疯了，直到现在。因为我不知道她是谁，她从哪里来，她意味着什么？

四十七

老人的小手指在微微抖动，他疲惫地笑着说，现在，我把所有的道理都讲给你们两个听，再也没有了。

他伸出瘦弱的胳膊，说，可怜的女人，让我抱一抱你，我们和解吧。

老人在她脸颊上嗅了嗅，轻轻推开她，说，还是有一些鬼味。可是，你眼里有希望，你曾经和它擦肩而过。

说完，老人坐回床上，垂着头，不言不语。

我和女人静静地站在不远处，不知所措。

这时，我看到老人的后背在剧烈抖动。他抬起头来，看我们一眼，又马上强迫自己低下头。然后，似乎又是不由自主地抬起头，盯着我们看一阵子。每一次的眼光都不一样，开始是疑惑，后来是憎恨，最后是狂乱。

他突然垂着头咕哝了一句，快走！

我和女人都呆住了，不知是怎么回事。他抬起头，用一种痛苦绝望的眼神看着我们，大叫道，你们快走啊！

我们这才清醒过来，跑到窗口，想扭开铁栅栏。老人拼尽最后的力气说，来不及了，隔壁第三间是个空屋子，你们俩躲到那里去吧！

那房间里久不住人。地板不知经过了多少年头，磨得中间凸起，有点硌脚。到处是灰尘，散落着几张发黄的旧报纸。尘土上有几串小动物留下的脚印。窗子上还留有一条落地式的淡蓝色窗帘，破了几个洞，而且颜色褪得很严重，一块绿，一块黄，仿佛被酸性溶液浸泡过似的。

我和女人刚刚躲进这条脏布后面，只听见不远处有扇门猛地开了，大概是被踹开的。然后，一个暖水壶落地爆裂的沉重声音传来。接着，是一块接一块的玻璃破碎声，凳子摔在走廊里的声音，以及那屋子里的家具的倾倒声、折断声。

老人仿佛已经忘记了我们的存在，冲到走廊里，大声骂道，好险啊，差一点被你们给骗了！你们这些所有坏蛋中最坏的大坏蛋们，我跟你们誓不两立，誓不两立，誓不两立……

在老人声嘶力竭地大叫时，另外一个房间门也被推开。一个疯子跑到走廊吼叫道，我上头有人！你抓不了我！

不久，有三五个人从远处跑过来。走廊里传来咒骂声、扭打声、电击声。折腾了好一会儿，一切又回归了平静……

我和女人紧紧抱在一起。

我轻声问，该如何重新开始呢？

四十八

大约又过了四个月，春天来了。

我大概是恢复了，恢复到可以面对最坏的情形而坦然。我觉得自己的确是经历了一个打碎重来的过程。这个过程琐碎而无趣，我就不再不厌其烦地将其记录下来了。但可以保证，那些给我触动最深的事情，差不多都已经在这里。

到底是怎样恢复的呢？我说不清楚，可能各种因素都有。生命是个谜，它自我重建，自我生长，自己鼓舞自己，自己肯定自己。对于这个谜，我只能说出一点点微不足道的答案，但也不过是管中窥豹。

准备离开的前几天，在门诊楼的大厅里，我看到一个年轻人与医生交谈着什么。这个年轻人很像一个人，可我一时想不起来。

我隐约听到他们在谈一些有关做手术的事情，好像是说，对于某些重度的精神分裂患者，只要做一个手术，切除大脑里的某一处病变器官，就可以确保他的精神病不再发作，就可以一劳永逸地解决他的精神疾病。

当我从他们两个背后经过时，年轻人正往一张手术单上签字。我无所事事地凑过去瞧了一眼，给吓了一跳，因为我发现，将要接受手术的正是那个老人。而且，年轻人是他的直系亲属，难怪刚才觉得年轻人很像谁。

我急匆匆地跑到后院，一路流泪，上气不接下气。可我发现一切都晚了，他的窗子被砸得粉碎，屋子里乱七八糟、空无一人……

我抱住一棵刚发出嫩芽的大杨树放声大哭，坚信这不是对待一个生命最好的办法，同时，我也为自己的命运痛哭。

这时，我看到那个男孩子，就是前面提到的高中生，正神情麻木地站在后院门口的警卫室前，手里拎着铺盖、衣服、洗漱用品。他的母亲在旁边抹眼泪，对他说着什么。但他似乎听不到、听不懂，很冷漠，完全没有任何回应。母亲一直在他面前伤心地哭……

我跌跌撞撞地跑过去，对着他的耳朵大叫道，如果你打定主意逃避下去，你就是个死人。可是相信我，你还年轻，谁也不可能十年、几十年做死人，做死人也是一种折磨，比世上最痛苦的折磨还可怕！

男孩子漠然地盯着我看，眼神空洞，别指望一点熟悉的东西。他用食指尖在我的手背上轻轻点了几下，一个火星似乎在他黑洞洞的眼睛里亮了一下，瞬间又熄灭了。

他推开我，谁也不理，拎着东西走进后院。

四十九

大约又过了两年，春天来了。

在我小心地维护之下，精神疾病再没有不可收拾地发作过。当然，心境比较差的时刻时常会有，但都处在一种可控的范围内。

妻子按照我的嘱咐，将所有非法所得交给了组织。我本人也将所有违纪情况都做了详细交代。组织给予了异常宽大的处理，仅仅是免去了我的职务，给了纪律处分，把我安置在一个经济方面的研究机构发挥余热。

现在的我，有时会出席一些经济论坛、年会、学术会议之类的活动，充当不太重要的角色，发表一些无足轻重、可有可无的言论。

这就是我现在的生活状态，像漂浮在大海上的一片枯叶。但奇怪的是，每一次发言，每一篇文章，我都会殚精竭虑地完成，而不计得到多少回报。我发现，我就是为那么一丁点微不足道的"意义"活着。这个意义无论多么小，只要它还存在着，我觉得自己就不会被压垮。

当然，枯燥的生活中会有一些意想不到的小插曲。

比如有天晚上，我参加朋友的饭局。一个老画家迟到了很久才来，不过，朋友给他留了两个位置，据说，他刚娶了一位年轻貌美的妻子。

等那个头发斑白的老画家在一片掌声中落座之后，我已经喝掉了半个高脚杯茅台酒。在有点刺眼的灯光下，我发现，他"年轻貌美的妻子"竟然是那个曾在精神病院里的女人。我想，她大概也恢复了，重新回到这个世界，找到了自己的位置。

一个老画家的娇妻？不知她觉得这个角色是什么滋味……

反正，在那晚的酒宴上，我们一句话也没说，甚至回避看对方。

她乖巧又端庄地依偎在老画家身边，又惊艳，又纯洁，虽然一言不发，但眼睛里闪着亮亮的光，几乎是那一晚的明星。而我，灰头土脸、志气全无、毫无神采，偶尔有人暗示我曾经在"核心中的核心"担任过重要职务，但随着几声装腔作势的惊叹之后，便是持久的沉默。

那晚，我许久以来第一次喝多了，有点不顾一切，因为我很清楚这有多危险。在酩酊之中，我仿佛把多年前和女人的疯狂之夜重温了一遍……

可是，当我第二天早晨睁开眼睛时，发现这一切竟然是真的。我躺在某个五星级酒店的宽大双人床上，女人赤裸着后背，坐在另一边。浓红色的阳光沐浴着她，仿佛神迹……

女人只说了一句话，过去，你曾给过我世间最宝贵的东西，现在，我还给你。说完，她默默穿好衣服，走了。

我晕晕乎乎地从酒店走进晨光里，不知这一切是怎样发生的，也不清楚究竟发生过什么。可这又是真的，我周遭的世界很真实，正按照它自己的方式向前走。

我当时想，如果从精神病院里出来之后，我和女人第一次相遇，第一次打招呼，以证明我们重新回到了尘世间，那情形会是什么样子呢？也许，这就是最好的。

前面，有个过街天桥。我要到马路对面坐公共汽车回家。天桥上坐着个给手机贴膜的年轻小伙。我仔细看了一看，发现他竟是那个高中生。他从精神病院的后院出来了！

我用快乐的语气问，贴张膜多少钱？他头也不抬道，五十！我又说，太贵了。他依旧不抬头，从兜里掏出一把蒙古刀，用力插在木板凳上，凶狠地说，贴就贴，不贴滚！

我笑着摇摇头，转过身，伸出手，抚摸着略带潮土气味的春风。我发现，我宁愿忍受那些习惯性的负面情绪，而不是硬生生地把它清除掉，甚至爆发出另一些更狂躁的情绪。因为，这些负面情绪固然是提醒着，我们自己和这个世界正在被不正义、不公平、不善良、不友爱，正在被暴躁、贪婪、丑陋、健忘所困扰，但另一方面，它却预示着还有希望存在。

▎壁下录

我坐在旧桌前，面对着墙壁。左手边是窗子，很久没擦过，几片玻璃还裂着缝。抬头往上看，泛黄的墙角里挂了张烂蛛网。之所以坐在这里，是因为前天首长被上级纪委的人带走了。作为他的秘书，我被要求协助调查。

一

这是一座三层红砖楼，在大院的角落里。来这个院子工作快十年了，我竟然没注意到它，更没料到有朝一日，我会坐在这座老旧矮楼的某间屋子里。冬日午后的阳光很淡很白，军人们陆陆续续通过驻有哨兵的门岗，走进苏式风格的主办公楼。我明白，我和他们再也不一样了。

两个穿迷彩服的年轻战士站在旧木门外，每隔一会儿，会向里面看看。我就这么一直坐着，坐了两天，一个字也没写下来。不是不想写，而是不知该从何处下笔。从第一次见首长到现在二十多年，满脑子素材，但我也知道，并不是所有东西都需要写下来。

不知不觉，天渐黄昏，人们又陆陆续续从大楼出来，加班的到食堂吃饭，不加班的回家，一辆辆班车的发动机轰鸣着，有序驶出大院。不久，夜色来临，一切恢复昏暗寂静。这一刻，我在红头信签纸上写下第一句话："本人四十一岁，某某军区政治部干部部副部长，汉族，大学学历，某某年入伍，某某年入党，籍贯某某省某某县。"写下这句话，我的心倒踏实了。我接受了这样的事实，虽然名义上是协助调查，但也是在接受组织审查。依我过去的所作所为，不久，就会成为囚犯。时间从这一刻分成两段，我仿佛站在这边，隔着一道厚厚的玻璃墙，审视过去的时光。

20世纪90年代中期，我二十出头，农家子弟，老家在北方山区，没任何背景。这一年，我军校毕业，大学生，专业是哲学。那时，我身材很瘦，细长脸，戴的眼镜显得有些大，一副不谙世事的样子。我背着被褥打成的背包，先到集团军军部报到，再转师部、团部，最后在一个驻在山脚下的步兵连落了脚。那座山叫凤凰山，在长江北岸，很热很潮，气候和我的故乡差别很大。不过，像我这样的小军官，学校派到哪儿就去哪儿，在哪儿都过一辈子，反正比老家的山里强。

我又写道："我和某某某第一次见面，是在报到那年的集团军新下连干部集训大队里。"首长在接受组织审查，说得再明确点，就是被"双规"了。在这样的审查材料里，自然是不能再称首长，或职务，只能称某某某。这种叫法对我来说，实在是很陌生。

二十多年前，他什么样子呢？个子不高，挺瘦，也戴了副眼镜。和当时的大多数部队基层干部相比，显得有点文质彬彬。那年，他四十六岁，当了八年宣传处长，是集团军最老的团职干部，前途无望，马上面临转业。

我记得他给集训的新干部上了次思想政治教育课，到大家屋里聊过几回，还和我们自编自导了一台文艺晚会。他没有那种干到了头的干部的垂头丧气、无所顾忌，也没有刚提拔起来的干部的意气风发、咄咄逼人，而是怎么说呢？用随和这个词似乎倒挺合适。再接触一段时间，又会让人无缘无故地觉得这个人特别厚道、特别可靠。

老实说，第一次接触，他没给我留下什么太深的印象。一个没前途的干部又能留下什么痕迹呢？我当时只是觉得这是个好人。记得在集训后期，集团军电影院放了一部当时很热门的电影，他，一个老处长居然攥着一卷电影票，来到我们这些新干部宿舍，挨门挨屋地发给大家。

多年以后，我又回忆起这样一个细节。在那次思想政治教育课上，某某某突然说道，像《读者文摘》《辽宁青年》这样的杂志一点也不黄啊！他们就卖得很好，在全国有那么大的发行量，这是为什么呢？要我说，走市场并不意味着就要搞低级趣味，市场经济也不必然就是物欲横流。现在咂摸这些话，当然是别有一番味道。

前些年，某某某成为军队高级领导干部之后，颇有些人不以为然，说，他呀，没什么本事，也没打过仗，就是个差点转业的老宣传处长。但我想，至少可以看得出，某某某还是有点脑子的，绝不是平庸之辈，和当时一些头脑僵化，只知照本宣科，某种程度上丧失了对当下社会鲜活思考能力的政工干部大不一样。后来，他能成为大军区正职领导，主政一方，也不仅仅是凭运气。

二

写审查材料和写普通的汇报不一样。普通汇报材料考虑的是结构、语法、美观，有时甚至失去了与现实的联系，而审查材料考虑的是真实。可怎样才算是真实的呢？总有一些似乎与主题无关的事情，挣脱我的意志和思想，猛地跳出来，浮现在脑海里。它们也在隐隐约约地构筑起一种真实。

有一个关于女人的事情。为什么想起这事儿了呢？因为她既与我的青春记忆有关，也与我成为囚犯有关。认识她就更早了，大约是 20 世纪 90 年代早期，我正上大二。我上的这所军队政治学院在上海，所处地段并不繁华，显得有点荒凉，院墙外是一条排污水沟，远处还有一小块菜地。那年，学院正忙着组织教员和学员们学习"邓小平南巡讲话"。学得很认真，有讲座，有座谈，有考试，还得交学习心得。即使到了现在，讲话中的某些段落我都能背诵出来。

那时外出要请假，每周最多有半天可以出去。对于大上海来说，半天工夫也去不了哪儿，顶多到周边买点日用的东西，就得赶回来了。在围墙里封闭得久了，也懒得往外跑，有时几个月都不出去。所以，尽管在上海待了四年，但我并不真正了解它。我更不知道，因为那些我们背诵过的讲话，外面世界都发生了哪些变化。上海似乎仅仅是院墙外布满浓云的阴霾天空，长年处在雨季。

说来好笑，二十多年前没有互联网，没有手机，没有传呼机，学员们与外界的联系只能靠信件。通过一些通俗情感类杂志提供的联系方式，我们会给外面的人写信，建立朋友关系，称为"笔友"，和现在的"网友"差不了多少。我就是通过这种方式认识这个女人的，她那时还是个刚上大一的女孩子，叫霓云，很好听的名字。但她的真名不叫这个，这只是笔名。

霓云是本地人，在上海一所很普通的大学念书。她高高瘦瘦、大大咧咧，有点懒散。在我的印象里，她的头发一直是乱的，长年穿白 T 恤、牛仔裤，一副刚睡醒的样子。先是她给我随信寄了张照片，在杭州西湖边照的，耳畔插了朵白色小花。我也给她寄了张照片，穿迷彩服，一手端81式冲锋枪，一手平举54式手枪，脸上抹了三道炭黑，做出瞄准的姿势。

又通了几回信，我们就见面了。那时和现在不一样，现在人们很少写信，即便写，百十来个字之后就不知再写点啥了。那时，我们每封信都有四五页，像和情人之间互说衷肠一样绵绵不绝。只是由于这二十来年居无定所，我把她的信和照片都弄丢了，实际上，我把大部分旧东西都丢弃了。但她竟然还保存得好好的，这让我多年以后大吃一惊。不过，这都是后话了。

大概是十月末的某个晚上，一阵秋雨刚停，九点多钟吧，马上就要熄灯了。学员队队部的公务员神秘兮兮地找到我，说有个女孩子打来电话，声音很好听。我放下牙刷，跑去接了电话，是霓云。她的声音的确很好听，普通话之中夹着吴语，很清亮，还有种香甜的韵味。听到这声音，就让人想到略带微笑的嘴唇，或者飘着绒发的脖颈。

她说她在学院附近，想见我。我说我们这里马上要熄灯，出不去的，不假外出要受处分。她嘻嘻一笑，说，好冷啊！我一咬牙，道，在电话那里等着我，哪儿也别去。我问了下公务员，公务员也是同学。他说队长喝酒去了，一时半会儿回不来。我换上了黑色便装，钻进学院一角的草丛，从那儿翻过围墙。围墙外边是一条很宽的排水沟，有根尺把粗的排水管穿到对岸。刚下过雨，上面很滑，我猫着腰，小心翼翼地爬到对面的小路上，浑身沾满雨水。

说来别人可能不信，那是我在学院两年多以来，第一次看见夜色里的上海。到处泛着水光，五彩斑斓的灯影倒映在雨水中，宛如梦境。空气中充满了清凉的雨水味道，整个世界银光闪闪。霓云站在电话亭旁边，牛仔裤，绛红色的手织长毛衣，在不停地往手心里哈气。在相距两三步远的地方，有阵香味从雨水中传来。好像是香水味，也好像是沐浴露味，但又都不是，还有种人身体的味道，总之，是这些混合在一起的气味。这种气味对那个在围墙里关了很久的年轻人来说，既陌生，又猛烈。它与枪管上涂的黄油味，与五公里越野后的臭袜子味，与单双杠表面的金属味、汗水味，与政治理论教材上的油墨味相比，是那么与众不同。

霓云打量了我几眼，低头微微一笑，一手捂在下巴尖上，道，还行，就是有点呆。

那晚，我们踏在湿漉漉的街道上，走了很久。我们有说不完的话，不知疲倦，身轻如燕。我把她送到学校，又徒步走回来，翻墙潜回宿舍，钻进冰冷的被窝，一夜不曾闭上眼。就好像这世界无缘无故给了我一个天大的礼物，而且只给我一个人。

三

那几年，霓云是我了解外面世界的唯一通道。她像一朵花，风吹在她身上时会带来香味。虽然我看不见风，但我知道那朵花的味道变了。而这种变化，我从学院门口小卖铺的老太太嘴里，从过年回家与亲人短暂的谈话中，从军事政治教员们的课堂上，从报纸的字里行间都无法觉察。

霓云从一个懵懵懂懂的姑娘变得特别焦虑，嘴里开始冒出一些陌生的词儿，比如说女权主义，比如说跨国公司，比如说投资环境，还有一大串奢侈品品牌等。从大二开始，她就一直在公司实习，基本无心学习。有段时间，她说和一个摇滚乐队的贝斯手同居了，不过，几个月之后，她就说那男人其实很垃圾，分手了。我觉得霓云一下子就成熟了起来，和这个世界大踏步地向前跑，而我自己，被无可奈何地远远抛在后面。但多年以后，我又觉得霓云那时的成熟，不过是年轻女孩子的装腔作势，有点青涩、浮夸。倒是在她不经意的手势和眼神中，我能瞥见一缕缕惊恐万状。

我就是这样透过霓云了解外面的世界，她的焦虑也感染了我。不知为什么，那时时常有种坐立不安的情绪，却完全不知缘由。我望着围墙上方的天空，会莫名其妙地感到一阵阵惶恐。

我们仍然保持着一种不太正常，又很亲密的朋友关系，一两个月见回面，坐下来一开口就收不住，三四个小时转瞬即逝，像醉了一样。可是醒来之后的感觉却很不好，仿佛大病一场，得经过很长时间的恢复才能痊愈。然后，再次见面，再次大病。每次都是霓云在说，她好似毒瘾发作一般，拼命讲一些我们都不能理解的生活，有国外的，有正发生在上海的。我看着她，觉得她正在把汪洋一样的恐惧倾倒给我，而我变得越来越脆弱，不知该怎样盛下这种情绪。

转眼到了大四，快毕业了。我将去驻守在山脚下的连队，她正准备托福考试，找机会出国。其实她的成绩不好，出国也不是为了上大学，只要出去就行，至于干什么都无所谓。那时，出国似乎就是一切，出国就是最好的，出国就能摆脱那种不知从何而来的不安全感。现在，当然是不大容易理解这种情绪了。

那晚，我们俩都喝醉了，在大街上抱在一起，亲吻在一起，有点不可思议，那也是第一回有肌肤之亲。不过，后来也没去开房。我送她回学校，她剪下一缕头发，夹在自己的粉色日记本里，塞进我怀中。然后，当胸推了我一把，就转身跑进宿舍楼去了。不久，我下了连队，在偌大中国的一个小角落里，与霓云失去了联系，了解外面世界的那扇窗子也就关闭了。

四

我的思绪是如此混乱，与审查材料无关的记忆实在是太多了。许久，我才又写下一句："第二次接触某某某，是在 20 世纪 90 年代中后期的某次演习中。"

那是毕业后的第二年，我刚刚被授予中尉军衔，任步兵团某连三排长。连长初中文化，指导员大专毕业，另外两个排长都是士官。那些年，大学生在基层部队显得有些多余，军事素质不突出，脑袋里的文化又没什么用处，总有低人一等之感。

从那年春天开始，一切休假被停止，不知为什么气氛特别地紧张。两个月的高强度常规集训之后，我们团机动到福建沿海一带，参加跨区联合演习，主要科目是登岛作战。说到登岛作战，大家都知道要干什么，无非是震慑海峡对面要"台独"的人。但那一年，老兵们说，这回怕是要来真的了。我问他们为什么？似乎也没听见什么特别的消息。老兵说，今年不一样，你看咱们都配了实弹，登陆舰密密麻麻的，大家还写了遗书，以前可不这样。你看着吧，对面肯定发生什么大事情了！

发生了什么事情我们不知道，从演习开始以后，我们就不再与外界联系。除给家里写过一封报平安的信之外，没收到过信，也没接到过电话。每天的内容就是从海滩冲进浪里，爬上登陆舰，再跳进海里，跑上岸，登到山顶。有的在白天搞，有的在晚上搞。整个人都累瘫了，脑子里一片空白，眨一下眼，睡着了，觉得一秒钟都不到，天就亮了，得起来继续训练。两百发子弹挂在腰间死沉死沉，81 式冲锋枪一下一下砸着前胸，像挨了重拳一样。筋疲力尽的时候，心里会想，干脆淹死在海水里算了。

那时候怕打仗吗？说老实话，没怕过。像我这样的小军官，上了四年军校，没家没业，没儿没女，这点二杆子劲头儿还是有的。虽说眼里看着的都是黑暗面，嘴上经常骂国家、骂军队，但只要国家决心打，我还是会奋不顾身的。别说是巴掌大的台湾，就是拉上美国人、日本人一起打也要干到底。不说打赢，也得打个元气大伤，让他们一想到解放军就知道不是好惹的。而且，一帮大老爷们关在一起，炮声枪声一响，就算腿肚子哆嗦过几回，老兵们骂过几句，也就不怕了。问题是怕也没用，谁也走不了，要死死一块儿。

有天晚上，我带着几个战士在山脚下的林子里站警戒哨，遇见了某某某。这时他已经是师政治部主任，刚上任。我当时想，也算是好人有好报吧，却不知，这只是他飞黄腾达的开始。

尽管他被提拔了，已经是副师级领导，可还是很随和，好像生活根本就没有任何变化。而且这种随和不是刻意装出来的，不像有些人，刚当上领导会摆出一段时间平易近人的样子。他在黑暗中一见到我，就叫出了我的名字，问我的工作怎么样。我有点沮丧地说，还在当排长，政治理论这东西在实际工作中根本用不上，谁会听你讲大道理啊。

他一点没生气，而是不缓不急地说，将来的战争是高科技战争，将来的军队是信息化军队，大学生干部别灰心丧气，军队的将来就在你们身上。你看吧，今后连长、营长、团长都会是大学生。这话，我当时根本没听进去，还沉浸在无法适应基层连队的苦恼中，能否继续干下去都成问题。可今天回忆起这话，倒不由得惊叹某某某的远见。

那晚，他还说，别有怨气，也别发牢骚，不要因为暂时的困难就撂挑子不干了，那样，你永远都不能成为军队的栋梁之材。这样吧，到了调整职务的时候，如有困难来找我，我帮你想想办法。

不过，我没去找他。不是不想，而是他晋升得实在太快，才一年多，他就被调到另一个师当师政委去了。不久，演习结束，有点很突然的感觉。子弹上缴，登陆舰消失在海平面，大批的登陆部队和导弹部队沿公路撤离。当然，一切都是按程序来的，突然之感来自气氛，空气中的味道不一样了，像一部开足马力的机器猛然间刹了车。

　　我虽然身处其中，却在很多年里不知其中的缘由，直到近些年才了解一些。彼时，岛内"台独"势力凶猛，危机已现，大陆自然不能坐视不管，那次演习就有战争统一的预案。由于种种原因，美国来了航母战斗群，日本海军准备加入，此预案也就胎死腹中了。

　　现在想来，当年的战争一触即发。我就是登陆舰上的一个普通中尉排长，郁郁不得志。依那时中国军队的武器水平和信息化程度，战争绝无胜算。载着我的那艘登陆舰很可能会被美国人的反舰导弹击沉，我和整个连队的战士将沉进台湾海峡。那样，也就不会有今天这个成为罪犯的我了。

　　但即便死在了二十年前，我也不后悔。我又在审查材料上写道："受党教育多年，在民族和国家大义面前，无论面临多大的困难和危险，我都会义无反顾的。"写下这句话后，我眼睛竟然有点湿润，有种恍如隔世之感。一个是勇于赴汤蹈火的我，另一个是污秽不堪的我，两个我都是同一个人。怎么就成了这个样子呢？

　　再补一句话。演习结束回到驻地，我才收到霓云出国前的最后一封信。那封信是两个月前寄到的，如果仗真的打起来，我也许就看不见了。我握着信，在山脚下的公路边徘徊了一个下午，远远望着夕阳里绵延不绝的群山，长叹口气，心想，我在山里生，在山里长，山外面的事情，从此随它去吧！

五

　　有那么几年，我努力地忘记我是个大学生，忘记我曾在上海上过学，把有关那段时间记忆的物品全扔了，一张纸片、一块布头都不留。我安于做一个驻在山里的小军官，每天疲于眼前的事务，倒也充实。远方的回忆是一种持久的疼痛，不容易平息，只有时间做得到。

几年之后，我在驻地找了媳妇，安了家，日子越来越快，那个大城市似乎更加遥不可及。

在连里干了两年排长，终于被任命为副指导员，指望着再干几年，指导员调走了，自己能接替他的位置。可我这个人，似乎总是不能成为一个货真价实的连队干部，大概是缘于那股子永远也磨不掉的学生气吧。副指导员没干多长时间，被借调到团宣传股写材料兼搞新闻报道，成了个笔杆子。几个月不到，又被借调到师宣传科。写东西这活儿倒挺合适，长期苦恼自卑的我终于找到了自信，也格外敬业。常年加班到后半夜，离开办公室就心慌，交出去的材料都是精雕细刻出来的艺术品。

转眼间就到了新世纪初，我三十了，儿子上了镇里的中心小学。我是师政治部正营职宣传干事，拼命写材料，拼命在报纸上发表新闻稿，盼望着能下个副科长的命令。这样，一时半会儿倒不用担心转业。

某某某呢，一直没有从我的记忆里消失，实际上也没有从任何人的记忆里消失。他是我们集团军的一颗明星，是当时大多数人酒足饭饱之后的谈资。在干了五年师政委后，他仅仅当了一年集团军政治部主任，就接任退休了的老领导，成为集团军政委。人们都说，他这样的人是不干副职的。

那几年，我没怎么接触过某某某。军部和师部驻地隔了上百公里，他又是大领导，只能在开大会时远远往主席台上望几眼。他还是老样子，不慌不忙，从不发火，没官架子，总是波澜不惊的神情，至少在我一个局外人看来是这样的。

春天的时候，我在军队一家颇有影响的文化类杂志上发表了长篇特写，是反映一个大学生连长工作生活的，有万把字，发在了头版位置。为什么写他呢？首先这是我的工作，干工作就得有业绩。其次，多多少少也有点同病相怜之感。那个连长的经历有点特殊，排长干三年，副连长干两年，同期入伍的大学生都调了副营职，他才当上连长，而且一口气干了五年。满五年后，团里觉得他不仅是个人才，还是个典型，便直接任命他为该营营长。这件事在当时的影响不小。

我和他比较熟。虽然都是大学生，但心里挺佩服，因为我知道他能走到这一步，得吃下多少苦，忍下多少绝望。十年时光真的是很长很长，别的大学生都熬不住走了别的路子，只有他坚持了下来。那篇特写写得很实在，没有太多浮夸的东西，很顺利地发表了。事后想来，那篇东西可能也真的写出了点硬邦邦的东西。

拿到杂志后没几天，师政治部主任通知我，说军政委，也就是某某某要见我。我问见我干什么，他说他也不知道。但主任眼里明显流露出羡慕的神情，说，你啊，有才，将来成了首长身边人，可别忘了老部队啊！

我当时一点没敢想成为"首长身边人"之类的事情，觉得要是首长还能记得我，念旧情，能让我顺利当上副科长那就太好了。你看，那时的我心里装的就是这么点东西，为了些许蝇头小利而奔波操劳。

集团军的办公楼可比师部的五层红砖楼气派多了。军长、政委的办公室在三楼，过去来军部办事，经过这一层都会屏住呼吸，匆匆而过，不敢弄出一点声响。这回，组织处的一个干事带着我，敲了某某某的门。楼道里很暗，水磨石地面却很亮，有点晃眼。身前的干事迈着平缓的步子向前走，而我，觉得有点呼吸沉重，喘不过气来。

在他拉开政委办公室门的那一刻，有股很强的阳光扑来，看不清门里面什么样子。我的脑中有阵短暂的空白，只觉得有个人站在一面巨大的军用地图下，肩上有颗很大很亮的金色星星，沉甸甸的，以至我的眼中到处闪着淡淡的金光。

那间办公室很大，朝南面，有四扇大窗子。某某某打量了我几眼，微微一笑，道，别紧张，过来坐下。那语调缓缓地，夹杂着口音，似乎有种很熟悉的东西又回来了。有个公务员给我倒了杯水，我僵硬地坐了半张椅子，腰笔直地挺着。

他又打量了我几眼，说，你还是当年的样子，虎气不足。这句话仿佛兜头给我泼了盆凉水，心惊过后，倒是迅速冷静下来。我发现，他一直在仔细地观察着我，从一举一动，从最初的印象，从直觉来判断我是个什么样的人。而且，他说的没错，一眼就把我看穿了。

我抹把额头流下的汗，尴尬地笑了一下，没说话，又抿了口茶水。他笑笑，直盯着我的眼睛，说，你发表在某某杂志上的文章我看过了，很有见识。有人还对这篇文章吹毛求疵，要我说，你看到了这个时代的主流。而他们，虽说级别也都不低了，但是，缺这个。说罢，他点了点太阳穴附近。我猜他想说"头脑"或"眼光"一类的词。

不过，我总觉得他不是在和我说话，而是正同另外一些人争辩，只好沉默不语。某某某说过几句，稍作停顿，劈头问道，这样吧，过来当我的秘书，帮我处理些事情，有意见吗？

从进屋到现在也就十分钟吧。我不知道他是如何观察我，也不知道我给他留下了什么印象，心里倒是有点叹服他的果断。我推辞了一下，说，跟首长我没什么可隐瞒的，我只干过宣传工作，对干部和组织工作没接触过，只怕是干不好。某某某毫不犹豫地说，这个没关系，谁也不是一下子就什么都会，来了之后，可以慢慢学。还有什么意见吗？

当天下午，我就先把铺盖搬了过来，开始工作，而老婆孩子等后续问题大概花了一年时间才解决完。这中间还发生了件小事。当师里知道我留在政委这里当秘书之后，很快就给我下了个科长的任命，副团职，而且没有和我商量，就报给了军政治部。这事可把我吓坏了，当时，能下个副科长的命令都是奢望，哪还敢想当科长的事儿？而且我的任职年限还差两年，这种做法明显违反干部任用条例。

我忙给师政治部打了电话，说我刚到首长身边，这种事可不敢做，要是让首长知道了，会留下很坏的印象，没准还要把我退回去。政治部主任在电话那边呵呵一笑，说，别担心，都协调过了。我又说道，那么多人盯着科长的位置，会有闲话的。政治部主任又很亲切地在那边说，这个没关系，等你的命令下到军里，位置自然就空出来了。

我惶惶不安了一整天，在快下班时才对某某某讲了这事，说我事先根本不知道。某某某翘起嘴角一笑，摇摇头，没说什么，就走出办公室回家去了。

六

我在红头信笺纸上又写下了一句话："刚刚走上军队高级领导岗位的时候，某某某是想有所作为的。"这是句很老套的话，我相信，大多数被双规的人都曾用过这样的句式。可是通过这句话，你没法回到一个活生生的过去。于是，我的思绪又开始变得杂乱无章。

其实我这个人不太适合当秘书，小心谨慎有余，而练达圆通不足。尽管是政委的秘书，可是见了其他比我级别高的领导，还是禁不住点头哈腰，低声说话，给各业务部门交代任务也是用商量的口吻。有人私下里对我说，你看军长的秘书什么派头，你这样做会给政委丢人的。我呢，把这话琢磨过一阵子，发现政委并未对此不满。而且，我骨子里头就是个基层小干部心性，多年隐忍，深知其中的痛处，也不愿摆那种高高在上的谱儿。

其他秘书忙得焦头烂额的事情，比如开会、汇报、接待、检查等，某某某似乎都不在意。他经常对我说，要看闲书，要观察社会，要抽出大量的时间看晚报，看小说，看电视，看电影，要知道外面的世界是什么样子。有时候，他会把我叫过去，问我一些与工作完全无关的问题，比如对一部流行小说怎么看，比如对中国加入世贸组织怎么看，比如对沿海一带的血汗工厂怎么看，比如对夜总会、红灯区怎么看。如果我不太了解，他就会让我去收集一些资料，然后再找时候与他谈。他想听一些与众不同的见解，要是我说的都是大路货，他就会轻轻摇摇头，让我重新去找。时间长了，我也发现了一些门道，对于这些略带争议的问题，不要去收集官方媒体的意见，而要去一些学术期刊，一些民间杂志，最好还要打打电话，通过各种关系问问实际情况。这样，才能让某某某感到满意。

有一次，他递给我一份某师的党委工作总结，其中一句是"在五年之内，把全日制本科毕业生任营连主官的比率提高到百分之七十。"他用红色铅笔画了杠杠，问道，你觉得这话有没有道理？我想了半分钟，对于回答首长的问题，算是很久了，说，大学生有潜力，可也有问题，就是骨头软，要培养一个好的大学生连长、营长，非得老老实实磨炼十年不可。这样大换血式的改变干部结构，恐怕不合适。

某某某面无表情，说，这样吧，你再搞搞调查，收集些资料，听听其他人的意见。都要问一问，高级领导要问，普通干部要问，士兵也要问。半个月后提醒我，咱们谈一次。

半个月后，一个星期天早晨，我带着几十页材料、十几本杂志和几本书来到某某某家。公务员给我沏了杯茶，他说，开始吧。我谈了近两个小时，他几乎没插话。其间打进来无数个电话，师长、政委、政治部主任，全是集团军的实力派，想来家里见他。他轻描淡写地说，今天上午有非常重要的事，不见任何人。听了他这话，顿时让我感到后背压力巨大，手心不觉间冒了汗。

大家的意见嘛，大致和我当初的想法一样，反对意见多。我毫不隐瞒，原原本本地对某某某说了，这是我做秘书的本分。经过两个多小时的沉默，他问道，有支持的意见吗？我说，某师某团政委、某师某团干部股长等人赞成这个提法。某某某立即说，安排他们俩星期一下午来我这儿。如果到时我有别的事，务必尽早安排时间。

谈完话已经快下午两点了。公务员端了一盘煮毛豆，一盘炒豇豆，一盘煎小黄鱼，一碟腌萝卜丝，还有四个碱挺大的开花馒头。我和某某某在他家的长餐桌边对坐着，无声无息地吃完了饭。我收好资料，提起公文包准备离开。

某某某突然叫住我，说，外面的形势非常凶险，稍有迟疑，刀就会架到我们的脖子上！

我愣住了，不知道他说的是什么意思，又为什么要这么说。他盯着我，又道，现在的世界是乱成了一锅粥，但我们还有乱中取胜的机会。凡事要往前头赶，不怕得罪人，不怕招人恨，甚至不能怕流血。四平八稳干工作，那就是在等死！

我的太阳穴处不觉流下一滴汗。他又说，咱们跟美国、跟日本随时可能翻脸，要打信息化战争、打高科技战争，你看现在的连长、营长们能行吗？

离开他家的小院前，他又说，牢牢记住，两害相权取其轻，没有多少时间让咱们浪费了！

后来，在集团军党委工作总结中，某某某画过红杠杠的那句话一字未改地被写了进去。

七

某某某的身上，似乎有些矛盾的地方。一方面，他很有眼光。有那么几件事，可以说是力排众议、大刀阔斧，而且后来的事实也证明他的判断是对的。但另一方面，在为人处事上，他却异常的宽厚。有了困难来找他的人不计其数，有的是老连队的干部，有的是宣传处的同事，还有的仅仅是相识的老兵，可无论什么人的困难，基本都能给解决。在别人眼里，他不是个翻脸不认人的人，也不是个忘恩负义的人，很念旧情。但今天看来，这种性格特点又特别危险，尤其是在新世纪那十年就更加致命。

在我的印象里，某某某的晚间和休息日都是在见各种各样的人中度过的。用门庭若市来形容不太准确，因为在院子外面看，永远是静悄悄的。来的人们似乎都有惊人的默契，不会一起来，也不会相互碰见。

有天晚上，快十点了，某师政委来某某某家中谈过话刚走，我收拾收拾东西也准备离开。这时，公务员说，某团政委来了，见吗？某某某有些困惑，因为没事先约过时间。我倒是记起来了，那个政委到了最高任职年限，而且上午党委会讨论的干部调整方案中没他，年底就得走人。

公务员说团政委不肯走，今晚非要见他一面。某某某的困惑没有变成怒气，而是慢慢淡了，叹了口气，说，让他来客厅吧。团政委拎着一个很沉的手提袋，放在门口，情绪有点激动，走到某某某跟前，嘴唇哆嗦着，竟然不知该说什么。某某某微微皱眉，缓缓地问，怎么了？有什么急事吗？

团政委扑通一声跪在地上，一把抱住某某某的腿，哭了起来。不时有鼻涕蹭在他的裤子上，那场面别提多尴尬了。公务员悄悄走掉了，我呢，躲不开，只好低着头装作收拾东西。团政委撸起袖子，又敞开胸膛，指着自己黑黑皮肤上的伤痕，说这是哪年哪年训练留下的，那是哪年哪年演习中留下的，说自己虽然比不上那些大学生有文化，但带出来的部队可是顶呱呱。最后，自然又说起自己的家庭困难，如何如何不能走。

某某某一直沉默着，最后说，你站起来，像个样子。片刻，他轻描淡写地说，这样吧，回去做好两手准备，如果能再向前走一步，就好好干几年，如果实在没办法了，就痛痛快快回家，好吗？团政委抹了把眼睛，感激地说，政委，我一辈子记得您的好。

其实谁都知道，在集团军干部任用上，某某某一言九鼎。他说做好两手准备，就等于有了活路。果不其然，某某某对政治部主任打了招呼，让某个年轻干部缓一缓，锻炼几年再提拔，而团政委则当上了该师副政委。

那晚上，团政委走到门口时，某某某说，把你的袋子拿走。团政委搓着手，道，一点心意嘛。某某某冷冷地又说，我什么都不缺，拿走！团政委抿着嘴，道，政委，我感谢您！某某某脸色稍有缓和，轻轻地向外摆了摆手，说，快点回去吧，团里离不开人，记住，好好干工作。走到外面的团政委在夜色里给某某某鞠了个躬，走了。

后来，团政委上任之后来看过某某某，又拎过来一只手提袋放在门口。不过这回，某某某仿佛没有看见，也没说什么。团政委走后，他对我说，把这袋子放库房去吧，在这儿难看。我拎着袋子进了库房，那里从里到外都是灰尘，不知多久没人来过。我把那袋子扔在另一些袋子旁边，就赶紧出来了，沾了一脚灰。

在偌大客厅里，就我们两个人。他沉思了一会儿，问，你是不是觉得我太没原则了？

我木讷地摇摇头，没吱声。他稍微带着点无奈地语气说，军队要伤筋动骨地改革，有时却又不得不向人性这个东西妥协，改来改去，说到底改的都是人，而不是一群木偶。

他又说，就拿刚才走的那个团政委说吧，他干得不错，拼命，就是初中文化，不符合将来军队发展的需要。可是，那天他给我跪下的那一下子，还是让我心软了。要不是被逼得急了，谁也不会给人跪的，得饶人处且饶人吧。

某某某长叹一口气,道,我们要在这个险恶的环境中存在下去,要争取时间完成军队的脱胎换骨,生死存亡之时啊!这一切要靠人,而人呢?又很复杂,他们有感情,有欲望,有私心杂念,还有不少肮脏的东西。军人也是人,该怎么办呢?过去阶级斗争那一套证明是错误的,现在,要正视人性,要学会驾驭它才行啊!

我点点头,默不作声,也实在说不出什么来,对于为人处事,我一直一窍不通。我从某某某的小院出来,走在夜色中的小路上,不禁有一丝困惑。其实,对我这个小干部来说,那个重重的手提袋才是心里最大的疙瘩。因为我知道,打仗是要死人的,人可以为故乡,为爹娘,为爱情,为尊严,为报仇而死,却独独不能为钱而死。某某某爱财吗?大概也不是,那些手提袋扔在库房里落了厚厚的灰也没见他动过,也不允许家人碰。某某某说的有道理吗?我也觉得有道理,人性确实就是这么个东西。

可是,我又总觉得哪里不对头。但随着时间的推进,这种困惑被慢慢遗忘了。直到现在,我身处囚室,面对墙壁时,才记起多年前的疑虑。

顺便补充一个细节吧。某某某不怎么喝酒,但喜欢各式各样的酒瓶。渐渐地,送酒的人就特别多,酒也越来越好。某某某也不避讳这个,干脆把酒摆在了门厅入口处,有国内的,有国外的,有非常贵重的,也有十几块钱一瓶的。一进门,甚是有点金碧辉煌的感觉。直到现在,我都很怀疑他到底知不知道这些酒价值几何。

八

我写道:"新世纪初的几年,军队发展开始起步,国防建设快速推进……"写下这句话,我又把笔撂下了。这话其实并不准确,多年以后我才知道，在台海危机之后，那次我还是个坐在登陆舰上的小军官，国家就开始了对军队的天文数字般的投入。只不过，当我真正触摸到这些改变时，已经到了新世纪初。

我记起了一个星期天，在当时看来，这一天似乎没什么与众不同，但现在想起，一切大有玄机。

那是在夏末，很晴朗。我陪某某某在军部院子里散步，一队勤务连的战士从身边走过。某某某打量了他们几眼，突然道，走，到你的老部队看看去！我很意外，问，不近呢！他很肯定地说，去！我又问，用不用通知他们一下？他说，不用。

当奥迪车子进了步兵团院子，自然是引起了震动。团政委进城了，团长在家，穿着迷彩服，气喘吁吁地跑过来。某某某已经站在了三营楼前的篮球场上，营长、教导员像个木头桩子似的立在一边，十分紧张。

某某某低声问，从接到命令到齐装出发需要多少时间？团长回答，二十分钟。某某某道，那就开始吧，我在训练场等你们。说罢，转身向训练场方向走。团长跟着走了几步，某某某摆了摆手，道，不用管我。

营区里响起了紧急集合号，半个小时后，近千把号人在训练场列队完毕，倒也壮观。其间出了些小洋相，无可厚非。某某某不置褒贬，而是一个连一个连，一个营一个营地看过去，与主官们握手。他笑呵呵的，没提任何意见，让大家很放松。

最后，他在一连那里停下，一手拉着连长，另一手拉着指导员，亲切地说，咱们合张影吧。两个年轻军官激动地站在两旁，嘴角牢牢地抿着，浑身紧绷。某某某又笑了笑，走到一名士兵跟前，摸了摸他身上黑色的95式自动步枪，问道，这枪好用吗？那名士兵道，没有81式皮实，不过很轻便，呵呵，背着不累。某某某稍稍瞪大了眼睛，道，那咱们试试怎么样？

在靶场，某某某一直看别人打，目光有些游离，但又很高兴。几个训练尖子打完，团长请某某某试几枪，某某某摆摆手，对我说道，你来试试？

我来到射击位，单膝着地，端起95式步枪。这是我第一次碰它。81式步枪是苏式 AK 系列改进过来的，拿起它就想起苏联时代，觉得正在和一个笨重却又耐久的苏联人打交道。而95式源自欧洲，纯黑色，轻巧、机敏、新颖，又显得很有科技含量。这种枪刚刚配发军队不久，只有重点发展的部队才用得上。打过几枪，枪身微微颤动，声音不算大，也没耳鸣，子弹轻松命中靶子。

那一刻，我的感觉是不能言传的。枪让一个军人重新理解了世界，拿着什么样的枪，世界就是什么样子。枪不是情人，也不是朋友，而是自己，是灵魂，是一切梦想的载体。我突然有种感觉，我不是我了，我一瞬间脱胎换骨，以另外一种样子重生了。

这就是95式步枪给我留下的记忆。我相信它也给中国军队留下了深刻的烙印。总有那么几件东西会成为一支军队灵魂里的印迹，比如说某型号的步枪，比如某型号的巡航导弹，比如某型号的隐形战机，还比如某型号的军舰。而95式步枪冥冥之中告诉我，中国军队变了，再也不是老样子了。

放下枪之后很久，我的小手指都在颤抖。我连忙提起某某某的皮包，掩饰这一点。某某某对我说，而且仿佛只对我一个人说，从此以后，我们要用新枪了！

那天，某某某一直很高兴，又心不在焉，我觉得他和我一样，在掩饰着某些情绪，而这种情绪不太容易被人理解。晚上，有个不太相关的人宴请某某某。在休息日，他一般是极少外出赴宴的，可那晚上，他却破例去了。

九

集团军部所在的地级市自古就是兵家必争之地，近代以来，打过几场很大的战役，军民关系挺好。新世纪以来，这里变化很快。这种变化是全方位的，不仅是这个地方的外观变了，人也变了，我甚至觉得颜色也变了，气味也变了。具体来说，似乎土腥味不见了，到处是混凝土和不锈钢的味道。

对了，想起来了。那几年，军队变化也很大。不光换了枪，军装也换了新式的，尽管还仅仅换了夏季的，可样子精神多了，有了贝雷帽，有了臂章，像一支与世界接轨的现代化军队。不仅如此，军队还连涨了几次工资，翻了倍。在我们这个地方，算得上高收入，年轻军官娶的媳妇明显漂亮了一大截。

还是说说那晚的宴席吧。酒店的名字叫世纪富豪。现在看来是有点土气，当时，却是本地第一家五星级酒店。开业时搞得很热闹，请了个副市长给剪彩，各界有头有脸的人物也都到了场。之后大约十年光景，那家酒店都是一种规格的象征。

晚上人不多，十几个，大部分都认识，几个人的事情还是某某某交代我办的。某某某坐主位，我坐在对面，一声不吭。一个搞城市绿化的老板做东，指着酒水单，要了瓶洋酒。某某某轻轻摆了下手，说，喝不了这个。老板顺着酒水单捋下去，叫了两瓶三十年陈的茅台。某某某道，早知喝酒，我带来好了，何必在这儿要酒？老板笑笑道，这儿的酒喝着放心。

接着，老板又拿起菜单，略看几眼，把最贵的都点上了。我略算了算，那一顿十万是有了。菜上了，无非是海参、鲍鱼、澳洲龙虾，未必怎么好吃，但撑门面管用，十多年后的今天，人们也不怎么热衷吃这些东西。某某某推辞一下，用高脚杯接了小半杯酒。我本想拒绝，某某某说，今晚你可以喝一点。我突然心有灵犀，觉得个中原因只有我们两个清楚。

口子一开，我就成了那晚的劝酒对象。某某某轻轻抿一口就行，我却一杯接一杯停不下来。我甚至觉得某某某那晚有意要让我喝多了。酒桌上的话，云山雾罩，真的少，假的多，现在想来，真是又荒唐，又可笑。某某某坐在正中，很少说话，但气场的中心却在他那里。他的每一句都会在宴席上揭起不小的波澜。

我有点晕，包房里的光线格外迷离。金黄色的物件特别刺眼，人脸的反差也非常大，有光的地方很亮，没光的地方又很暗，显得这个环境里的人十分可疑。但是，在醉意之中，面对着一大桌奢华的残羹剩饭，我却莫名其妙地生出一股满足感。我心里暗想，我也能坐在这十万元一桌的酒宴上，我可不是那个山里的孩子了，我也不是那个驻守在山脚下步兵连的小排长了。

我甚至有点自豪感，喝了口酒，想着，原来对大上海一直心怀畏惧，可现在，万把块钱的酒也可以喝了。大上海里的芸芸众生未必有我过得好呢！

接着，我又无缘无故地生出一种安全感，在心里长叹了一口气，觉得这个小地方才属于我，在这里，我不再惶惶不安。外面的世界虽大，可又能怎么样呢？外面有的，这里也有，而且比外面更好。霓云，你知道我现在是这个样子了吗？

十

在这个古怪的时刻，我竟然想起了霓云，眼里心里只有她，她活生生地站在我脑袋里。有八年没见过她了，也从未通过信。我三十岁了，有媳妇有儿子，可她竟然还在我心里。这滋味不是甜的，不是酸的，而是带着一丝苦涩，一丝怨恨，仿佛这是谁欠我的，而我要补回来。

快八点，有人敲包房门，一个十八九岁的小姑娘进来。老板介绍这是他的堂妹，在省城的音乐学院学钢琴，想认识一下某某某，见见世面。那女孩子很乖巧，化了妆，五官也特别精致。她敢喝酒，跟某某某喝了一个高脚杯，而某某某微笑着点点头，照例是轻轻抿了一口。女孩子脸颊绯红，眼带秋波，道，首长您太不像话了，我一个女孩子可是喝了一大杯呢！某某某被她这胆大包天的劲头逗笑了，众人也跟着哈哈大笑，就势劝某某某多喝一点。某某某无奈地摇摇头，说，你比我姑娘还难缠，好吧，我喝一大口。

女孩子稍有摇晃，在我身边的空位置坐下，一阵香气夹杂着淡淡的酒气漫延而来。片刻，女孩子举起小杯子，大声问，这个哥哥还不认识，我要跟你喝三杯。众人又是一阵喧闹，她喝了三杯，我也喝了三杯。之后，在吵闹的酒桌上，我们两个聊了几句。聊的都是些不关痛痒的事，她也一副满不在乎的样子。我记得她很白的脖子上、脸颊上有一块一块红晕，像是过敏似的，有种说不出的妩媚。

正说着，女孩子突然让我看她刚买的手表。一条白白嫩嫩的手腕伸到我眼前，上面布满红晕，手指娇滴滴地半垂着。那是只小巧的镶钻手表，但我没认真看，眼睛被女孩子的小手晃得一阵眩晕，而且心里一阵阵刺痛。我仿佛看见了当年的霓云，又和她在一起。我回到了过去，那时想说没说的话现在终于可以说了。

在醉意和恍惚之中，我意识到了危险，连忙正正身子，不再同女孩子说话。一会儿，又借故出了包房。门外，老板的司机正往某某某的车子上装东西，塞得满满的。

我站在渐冷的夜色中，心潮狂涌。过去，我是一个在军队底层钢铁秩序中步履维艰的小军官，为了一点蝇头小利都要奋力挣扎。现在，那一切对我来说已经算不得什么了。刚才，老板偷偷跑出来，往我的手提包中塞了一个信封，厚度有万把块钱吧，而我的工资是每月三千。他的手段比小偷还熟练，一下子就塞了进去。而我，还像过去一样谨慎地拒绝。老板笑着说，你们军人工资低，这点钱对我不算什么的。我知道他在说假话，拿了人家的东西必定要给人家办事。可是这回我累了，放弃了。厚厚的意外之财放在提包中的感觉很踏实，许多过去想得到而得不到的东西，现在都唾手可得了。

回去的路上，某某某突然兴致勃勃地对我说起话来。他说，前段时间，我们一些军职干部去西北观摩了几次新概念武器试验，不得了哟！别看咱们现在藏着猫着，可手里已经有硬家伙了。你看吧，过不了几年，就要大变样！

某某某靠在后座上，长舒了口气，似是醉了，其实他没喝多少。他说，前些年，内外交困，真是危险啊！

他又说，这七八年算是没耽误时间。咱们在和对手赛跑，有国内的，也有国外的，虽说没跑到头里，可也没落下。照这样子再搞十年，就能彻底站稳脚跟了！

我努力保持着清醒，让身子稳稳地坐好，认真听某某某的每一句话。酒意在身体里乱窜，皮肤发烫，有种又狂乱又幸福的感觉。我能理解他的喜悦，同时这情绪又因为掺入了酒而愈加迷乱。我仿佛在惊涛骇浪中游泳，在拼死地坚持之后，竟意外发现自己游进了海阔天空的境地，真是又诧异，又惊喜，大大地松了口气。

我有些兴奋地想，我们原来可以是这样的！跟美军这样高不可攀的军队干一仗，似乎也不是什么不可想象的事情。

把某某某送回家，他的司机又把我送到楼下。那晚，月光把楼梯照得雪亮。我想，明天一早就得赶到办公室，过会儿，进了家门又不能弄出声响，老婆孩子都睡了。于是，我坐在家门前的楼梯上，享受着这难得的清静时光。

我一会儿想起了霓云，一会儿又想起了 95 式自动步枪，想起老连队的兵背着它的样子。我低下头，盯着手提包，里面还有一只沉甸甸的信封，明早，我打算把它给老婆，让她高兴一下。

坐了有十来分钟吧，老板打来电话，要叫我出去唱歌，车子在集团军大院门口等我。我说，不了，不了，太晚了。他嘿嘿一笑说，他的堂妹也在，让她陪我一起唱。我的心头一颤，一下子想起了那个长相很精致，又很乖巧的女孩子，仿佛连她也能得到。但我知道，鱼饵再香，里面也藏着钩子，这浑水是万不敢去趟的。

老板有点生气地挂了电话。我靠在墙上，猛然记起，老板是江苏本地人，而女孩子隐约有些四川重庆一带的口音，也不知这是哪门子亲戚。

十一

又是一个黄昏来临，我从回忆中挣脱出来。不知从哪儿透进一缕微风，吹动墙角的蛛网。一只棕色的小蜘蛛费力地爬下来，悬在半空中，在夕阳里的灰尘中摇摇晃晃。我入神地盯着它，觉得它就是我。

我低下头，发现自己的审查材料才写了一页半，而纪检人员让我交代的几个重大问题我还一个都没写到。但这也在情理之中，因为到此为止，某某某还未特别严重地触及它们。可随着我记忆的推进，我感到非常惶恐，就像一片枯叶不由自主地被潮水中的漩涡吞没一样。

那之后有三年时间，某某某调任某军事学院当政委，大军区副职。而我，家中老小都在本地扎了根，也就没跟他走，而是留下来当了集团军宣传处长，算是干了某某某多年前的老本行。一朝天子一朝臣，那段时间过得比较压抑，我和任何一位上级领导都没建立什么亲密的关系，工作业绩平平。我甚至做好了再干半年一载就转业回老家的准备。

那三年基本没什么好说的，只和某某某见过一面。过年过节打打电话，也不多聊，所以，某某某发生了哪些变化，我也不很清楚。之所以对自己的前途没抱什么希望，还有一层原因。某某某虽说是晋升了一级，但仅仅是任军事院校的政委，不在一线作战单位，再晋升的可能性似乎不大。

唯一还记得起的是有关某某某的儿子小锋。某某某有一儿一女，大女儿和我年龄差不多，那时在国外攻读化学博士。小儿子学习不太好，先当了几年兵，后来考军校，读完专升本，又在读硕士。第一次见他还是在新干部下连集训那会儿，当时还是宣传处长的某某某带着他来集训队打靶。只感觉他白白静静，有点木讷文弱，穿着初中生校服，腼腆地叫我们叔叔。

某某某的家教不错，尽管当了集团军政委，一言九鼎，但小锋似乎也没有太大大变化。他的性格闷闷的，家里来了人，总是能从小房间里出来，应着场面说几句。后来高中毕业到连队当兵，再进军校上学，也不骄横跋扈、惹是生非。而且，对我的称呼也没变，一直叫叔叔。那些年，政治部各业务处对小锋照顾有加，每个月都会派人到部队或学校看望，询问有无困难。我的手机里存着他的连长、学员队长、教导员、政委的电话，隔三岔五会与他们联系，了解情况，出了问题及时摆平。小锋入伍、上军校、入党、读硕士这一系列事情，他自己不必担心，我们都一手操办好了。

小锋那回回来，带着女朋友。那个女孩子是无锡人，穿军装，化了妆，个子高挑，一眼看去，有种惊艳之感，举手投足之间，既透着江南女子的雅致，又有种千锤百炼、世故老练的气质，让人惊讶。后来知道，她是某某某任政委的那所军事学院的校花，读哲学专业，家境一般。为了这桩亲事，学员队长、政委都找她谈过话，女孩子也蛮愿意的。

和小锋一起回来的，还有几个军校同学。我私下里请他们吃了一顿饭，给他们安排了住处。酒桌上，女孩子很少说话，却有种无形的气场。如果除去其他因素，小锋是绝配不上她的。但小锋似乎浑然不知，当众指挥她干这干那，女孩子也不说什么，很温顺很听话的样子。那几个同学，在我冷眼看来，可不是什么厚道之辈。看似很仗义，实则满嘴跑火车，根本靠不住。

陪他们喝完了酒，小锋拉我来到僻静处，给了我一只信封。我捏了捏，有张卡。他说，叔，帮我办件事呗！我说，能帮你的一定会帮你。他说，我一个哥们快毕业了，能给他安排到咱们集团军来吗？我说，小锋，你得明白，叔现在可不是首长秘书了，这事有难度。

他脸上不悦，又说，我还有个朋友的弟弟在咱们军某团当副指导员，你能想想办法把他调到宣传处吗？我答道，行，我派人考察考察，如果写东西可以，会尽快借调过来。小锋低下头，咬着嘴唇不说话，脸色冷冷的，一言不发，转身走了。我叫住他，说，把卡拿回去，咱们之间不讲这个。小锋不耐烦地朝外摆摆手，道，你拿着吧，办事需要这个。说罢，他就进招待所了。我有点失望，还有点后怕。毕竟和首长几年没见了，小锋若是回去说点什么不是，我是有口难辩的。

我在原地愣了一会儿，心想，几年没见，小锋变了。我仔细琢磨，又觉得他没变，还是小时候的样子，内向，不爱说话，心地也不坏，当然，不是特别精明。这些品性似乎都没变，但外在的东西变了。我发现，当外部环境变得不那么正常的时候，仅仅依靠个人良好的内在品质是远远不够的。外面的世界会强迫或者说不由自主地让一个人发生改变，鲜有人能例外。这个时候，要么是当机立断地主动改变所处的境遇，要么是时时刻刻地保持高度警觉，否则，必受其害。这一点，我在后面的回忆中还会提及。因为，它似乎能对一些很矛盾且不可理解的情形提供一种解释，或者说是一种观察的角度。

在结束这段回忆之前，我再提几句某某某的夫人。她姓张，我叫她张姨，有时也叫阿姨。张姨原来是防疫站的毒理检测员。我第一次见她还是在试验室里，她穿着白大褂，站在一大排玻璃试管前，入神地想着什么事情。不少首长的夫人都很难缠，但她不是。某某某很少与张姨谈工作上的事，她也很少讲人的好话或坏话。对公务员、司机和我这些人，也很宽松，基本不交代我们去办什么事。虽然谈不上对我们多么热情，但礼节性的事务做得还算周到。那几年，时常感觉不到她的存在。总之，我觉得她是个个性不太鲜明，很少说话，对人比较善良的女人。

我记得她不止一次说过，老×（指某某某）这官儿是捡来的，不求荣华富贵，只求把工作干好。况且他的年龄也不小了，退下来之后，让他带我游山玩水。到时候，我们没权没势了，你们要常来看望哟！

十二

新世纪第一个十年的中后期，某某某被任命为军区政委，可称得上是一路诸侯了。当我得到这个消息时，倒没考虑得更多，只是长舒了口气，暂时不必想转业的事了。但一夜之间，我的上下级关系，与周围同事的关系就发生了改变。

某某某给我打来电话，语调没变，带着口音，慢条斯理。他让我先去军区组织部干一段时间，熟悉熟悉情况，然后回他身边当秘书。

我挺感动，难得他还能记得我。然后，照例是推辞了一下，说自己一直在集团军，眼界比较窄，不适合做些全局性的工作。某某某在电话那头笑了笑，道，你还是老样子，什么都别说了，来报到吧。

军区机关设在长江边的一个省会城市。这里和上海比较近，氛围也相似，只是更厚重而有韵味，在不知不觉之中，还透露着一丝温婉。而上海呢，像是汪洋大海，五光十色、庞杂狂乱。

当我回忆起军区机关的时候，其实就已经回到了此时此刻。我正坐在军区大院一角的一座不起眼的小砖楼里，凝望着这里的每一处景物，时光像潮水似的涌到眼前。我第一天站在那座巨大而结实的苏式办公楼下时，心情是复杂的。我不是作为一个新调入的小军官而来这里，而是作为一个在这个建筑物里说话一言九鼎的首长的秘书。我仰望着这个庞然大物，并没有觉得自己渺小，反倒生出较量一番的心气。当然，这种心境是丝毫也不敢向外流露的。

还有另外一种情绪，现在想来也特别值得深思。那一刻，我突然觉得，当年我是被大上海、被霓云抛弃的，被扔在了一个小山沟里，可是现在我回来了，而且发现那一切似乎也没什么了不起。我将成为这个曾经抛弃我的地方的强者。

往更深一层说，无论大上海代表着的是现代也好，还是后现代也好，当年我都认为那是中国的未来。那是一种让我不知所措的未来，让我惶恐不安的未来，与其说是被抛弃，不如说是一种逃避。可是今天，我又沿着一条意想不到的路走了回来，而且走得很踏实，觉得这才是一双脚踩大地的大道。大上海那个纷乱的、令人眼花缭乱的情形不过是皮相，而这个世界真正决定性的肌理其实是我脚下的路。

我发现，从那时起，我的心态变了，我开始以一种藐视的眼光来看待我的过去。这藐视又包含着更多复杂的情绪，有委屈，有怨恨，有不屑，有狂妄，又有种急于把这一切扭个方向的冲动。

当然，初来乍到，心中还是会有一点忐忑，可这种感觉消失得惊人地快，完全超乎我的预期。我在组织部熟悉情况的那段日子，他们似乎明白我的身份，几乎不给我安排什么任务，我一直在旁观。我看见某某某走到哪里，哪里就会将星闪烁。政治部各个二级部的部长围在他身旁，有的帮助拿水杯、文件，有的拎着防止他腰疼的靠垫，所有的头和腰都指向他，好似开了一朵大菊花。

我的人际关系与工作关系也出奇地宽松，完全没有一个新人的压抑与小心翼翼。我周围都是和蔼可亲的人，我的工作没有遇到任何麻烦和阻力，还不时有将军匆匆而过时，亲热地停下来与我打招呼。我觉得，以我为中心，形成了一个看不见的场，走入这个场的人都会发生奇迹般的变化，从一个心事重重、冷若冰霜的人，变成一个脸色和善、体贴关怀的人。而且，这个场不仅改变了人，也改变了物。我得到了住房，超过了我应得的标准，而且没经过打分排队，甚至不是我主动要求的。领导亲手把钥匙交到我手里，并关切地叮嘱我不要对旁人提起这事。这些迅速发生的改变就不一一道来了，实在太多，而且是全方位的。

还有些情况在这里补充一下。这一年，我们换了军装，从常服到作训服，再到迷彩服全换了，发了军用毛衣、手套、作战皮靴，还有华丽的礼服。从外貌上看，军人们是彻底变了个样子。还有，我的工资在那几年又翻了个翻，不再属于低收入群体。一些信息化的作战武器开始有选择地装备少数精锐部队。尽管这一切还很初步，很散漫，很脆弱，但我毫不怀疑，真正的脱胎换骨开始了。

十三

还未等我适应了新的环境，四川那边发生了大地震，伤亡严重。

在应对这个突发事件上，某某某表现出色，某种程度给自己加了不少分。在相当长一段时间里，他的故事都以不同版本流传在军区干部口中。

刚到一线时，我在当地老百姓那里搜集到一些手机拍的视频资料。吃晚饭时，我用笔记本电脑播放给某某某看。这些资料拍的时候，地震刚发生，县城与外部通讯全部中断，解放军的救援部队还没进去。大街上坐满了人，嘈杂、拥挤、恐慌，很多断了腿和胳膊的人大声号叫，白花花的骨头从血肉中间钻出来，格外触目惊心。还有一些人已经死了，躺在街头，淌了一摊血，脸上盖着块布，没有人理睬。镜头不停地晃动，不时有浑身是血的人踉踉跄跄地从镜头前一闪而过，叫喊声不绝于耳。某某某看后久久不语，嚼了几口饭，说，注意到他们的眼神了没？咱们得快啊！

不一会儿，地方政府的人说山上还困着十几户人家，不知是死是活。主管空军的军区副司令有些犹豫，因为不久前，刚刚有一架别的军区的直升机坠毁在山里。某某某说，我只问你，如果这事早几十年，你我都是普通一兵，咱们会怎么办？副司令点点头，说，我明白了，那就跳！

那十几个空降兵出发前，某某某去看过他们。他说，在没有任何选择的时候，人民解放军宁可牺牲自己，也绝不牺牲老百姓。他又说，山里很危险，我盼着你们都回来，咱们喝团圆酒！他还说了些别的话，可是我都记不清了。这两句虽说有点官话的味道，可是给人的印象很深刻。后来，这十几人真的都回来了，一个没少，山上的人家也平安无事，那个中队还立了集体一等功。大家都说某某某真是个福将。更重要的是，他不是军事指挥员出身，却能在突如其来的事情中游刃有余，部队基本没受什么重大损失，却在灾区做了不少事情。从此，他的声名大振。

一个多月后，灾情稳定，部队开始撤离。我记得某某某站在泥泞的山路边，望着一辆辆军车载满士兵离去，眼里半含泪水。这是我唯一一次看见他如此地流露感情。

十四

真是奇怪，当我的思绪看似按照某一条脉络推进时，有个人却意外地跳进了我的脑海。他与这一切好像都没有什么太深的关系，可一旦想起了他，就怎么也忘不掉。我在审查材料上写道："其实，在某某某主政军区之前，有些同志对他是有看法的，也提出了异议。"

这人姓李，个性特点十分鲜明。怎么说呢，一句两句不好概括，我暂且用"老派军人"这个词形容一下。说他是老派军人不是说他脑子里的观念左，而是从性格上，从气质上，从习惯上，你能感受到一种东西，这种东西是老派的。这一类军人在我刚入伍时还很多，但进入新世纪以来，便逐渐稀少了。

他们基本上没什么学历，所有的知识都是边工作边学习，而且觉得这样得来的经验才最可靠。李某小学没毕业，年轻时在农村当过生产队长，还是革委会副主任。用某某某的话讲，是属于"大老粗"一类的军人。这类军人干工作强势、蛮横，心劲狠、下手重，一旦成了部队的首长，就必须以我为中心，我是林中的老虎，周围的人都得夹起尾巴，而且一片林子里只有一只老虎，不允许有第二只老虎。这种做派有点接近农村宗族家长习气，用时髦点的词来讲，就是缺乏民主作风。另外，在他们心里、眼里，是绝容不下婆婆妈妈、人情、通融、商量、和稀泥、做老好人、同情弱者等一类的东西。一就是一，二就是二，对的就是对的，错的就是错的，同志就是同志，敌人就是敌人，这些界限是绝对不能暧昧、混淆的。

这一类军人大都是从普通一兵开始，一步一步被提拔起来的，且经过了严酷的淘汰。他们带出来的部队烙着自己的性格特点，而且响当当的。我当排长那会儿，我的连长、指导员、营长、教导员都属于这类军人。那时，像我这样的大学生，真有点一只雏鸡落到了狼群中的感觉。但无论如何，我很钦佩他们，尽管有这样那样的问题，但我依然认为军人应该是他们的样子。一支软绵绵的军队是没法打胜仗的。

某某某任集团军政委的时候，李某是军区政治部主任，官高一级，主抓军区政治工作。在一次政治工作会议上，我亲眼看见李某当众训斥某某某，真的是不留情面，甚至有点侮辱的意思。李某坐在会议桌正中，虎视眈眈地盯着某某某，而某某某垂头往笔记本上记着什么，一直无语，那阵势，真有点千军万马对阵的感觉。会场一片寂静，众人胆战心惊，那么多将军，连一个咳嗽的都没有。

李某的口碑没有某某某好，他周围的人都怕他，在他身边干工作战战兢兢，因此对他的微词也不少。几年以后，某某某远赴外地军事院校任政委，而李某转任军区副政委，等于是平调。再过几年，某某某回军区任政委，而李某仍然是副政委，成了下级。不过，这段时间不长，李某就到年龄退休了。李某对此一直愤愤不平，认为依能力，某某某是当不上政委的。

某某某的对头不多，大概是个性方面的原因吧。少数几个危险的对手最终也没能影响他的仕途，我想，很可能是某某某给人留下的厚道、可靠的印象保护了他。

在某某某的嘴里，我从来没听见他提起过李副政委。在成为他短暂的上级期间，也非常尊重他，重要的事经常找他商量。但李副政委似乎并不领情，在老派军人眼里，这不过是虚情假意、怯懦无能的表现。李副政委曾私下说，某某某不过是个当年差点转业的宣传处长，他有何德何能当军区政委？

也不知李副政委是否说过这话，但这话传得很广，语气倒也像他。总之，他对某某某的看法有这么几点。一是骨头软，人情重。二是没本事，能力弱。三是脑子里概念化的东西多，不切实际，导致军队好传统严重流失。四是对危险苗头警惕性差。

现在看来，这几句话有气话的成分在里面，但也有一些令人吃惊的预见性。我相信，李副政委说这话，并不是对历史有着多深的观察，而是出自一个老派军人的直觉。他这样的老派军人曾经是军队的主干，在新世纪初迅速地退出了历史舞台。这些话，姑且看作是他们所做的最后一次抵抗，或者说是警告吧。

我又想起另外一件事。在来军区机关工作的第二年，我给家里汇了五十万块钱盖房子。没过几天，父亲由大姐陪着来家里。父亲进门就给我跪下了，说道，你这些钱是哪儿来的？你一个月挣多少钱？能攒下多少钱？

我默默无语。他又说，你是老小，也最出息，但再风光也不能得意忘形。你年纪小，有些事没经着过，过去"三反""五反"那阵子，你这些钱都够枪毙的了。

老父亲这些话，我当时不信，不信历史还能回到那个时代。但他的话我还是往心里去了，把他带回来的五十万甩在床垫子下边，再没动过。从那以后，也给自己划了几道红线，不私自办事，不收大数目的礼金，不要求超标准的待遇，不妄想今后有多大前途，安心尽一个秘书的本分。

十五

某某某上任不久，遇到一起贪污案件，被检举的是军区总医院院长马某。军区总医院名列三甲，是本市数一数二的好医院。马某任院长八年，医院就像颗胖大海，吸饱了水，迅速地膨胀起来，规模大得惊人。

记得那是夏天，北京奥运会刚开完，这边很热。某某某在晚上把我叫了过去，我从潮热的夏夜走进办公楼大厅，一阵冷气袭来，不禁打了个寒战。某某某问我看没看过检察院对马某的调查材料，我说大致看过。他又问我有什么看法。我知道，每当他这样问我的时候，我都必须荡开思路，在更大的视野里谈我的看法，陈旧老套的想法他是不会满意的。在这样的视野里，甚至可以超越对与错，好与坏，但必须是新的思路，而且要简单管用。

我说，那只是个初步调查材料，留活口的地方很多。深追下去，一定牵扯很多领导。某某某略想了一下，说，这个不是问题，你再说说。我又道，这些年，纪委的工作基本上都成了摆设。看看每年的纪委工作总结就看得出来，想写点什么，又没什么实质的东西往里面写。只能搞点概念、搞点点子，什么"预防为主、惩防并举"，大部分是花架子。某某某沉思了一小会儿，慢慢点点头。我和某某某的私下谈话，尤其是这种谈话，一般都直言不讳，哪怕有些话说过了头也没关系。

某某某摇了摇头，说，这样谈也谈不出什么太深的东西，给你半个月时间，你去做个调查，重点是看看咱们的财务制度怎么样，摸摸钱是怎么花出去的。注意啊！别跟后勤部财务处的那些人要材料，就依你这么多年接触到的、看到的东西写。实际是什么样子就怎么写，不来半点虚的。

不久，我把一份五页纸的材料交给了某某某。这份材料写得很轻松，因为里面的东西都与日常工作相关。过去在集团军宣传处工作，每年从宣传口走的经费几百万，怎么用的，用在哪了，都一清二楚。自己就是曾经的参与者，考察别人，其实也是在考察自己。

某某某迅速扫了一遍，面色凝重地问我，你这里说的"不设防"

是什么意思？为什么这么说？我盯着某某某的眼睛，吃不准他是否能承受住我下面要说的。他马上明白了我的意思，道，你是我的秘书，实话实说就是对我最大的忠诚，别有顾虑。

我理了理思路，道，"不设防"的意思是说，对于握有权力的人来说，投入到各类工作中的经费基本上已经不设防了，想不想贪污，贪污多少，全凭良心。胆子小的，弄点小钱，胆大妄为的，我不好说多少，但只要认真查，肯定平常人做梦都想不到！

某某某问，不是实行了首长负责制吗？我说，说是首长负责制，可有人认真去查经费使用情况吗？退一步说，即使查出了问题，又动过哪个首长？现在，市面上发票随便开，交点税，随你要多大数额的发票都搞得到。有的商户都不搞实体经营了，专靠卖发票生存。对您我没什么可隐瞒的，这些事儿我过去都干过，其中的门道都懂。

我又说，所以，马某涉及的违规金额绝对是巨大的数字，这一点根本不必怀疑。

某某某又问，据你判断，你觉得我们现在的经费使用情况有多严重？

我说，这个不好估计。就像一个纸杯盛满了水，现在上面肯定是有数不清的小眼儿。要是将来有一天，这个纸杯千疮百孔，变成了一张网，连一滴水都兜不住的时候，那才是真正可怕的事情！想一想，这几年的军费难道不是个天文数字吗？

某某某望着窗外的夜色，久久不语。突然，他冒了一句，问道，你说，现在人性这个东西是变得好了，还是变得更糟了？

十六

我说，难说是变得更好还是变得更坏，但大家谁也不希望是这样子，可是，又都无法自拔。想想看，谁没收过礼、送过礼？谁没报过假账？谁没吃吃喝喝过？有时，刚刚有那么一丁点崇高感，就给罪恶感磨没了。

某某某道，是啊！过去，我们说要承认人性，要对人性宽容，可现在，世界变了，我们这是在把军人们往火坑里推啊！

我把思绪收回来，在检查材料上写道："对新形势带来的新危险，某某某是有所觉察的，可警惕性还远远不够。"写完这句干巴巴的话之后，我就不知该继续写点什么了。记忆是如此的复杂暧昧，总是一再地偏离那些官方语言。

那晚，我们的谈话没有深入下去。某某某说，你把人性也作为课题关注一下，收集收集资料，看看当下社会人性变得怎样了，军人们需要什么样的人性，如何才能塑造出好的人性。

关于这个话题，我们又谈过几次，后面还会提到。当时，一大批主战武器正密集地装备部队，还有不少新的型号等着定形检收。有一次我随某某某进京开会，某集团领导请他吃饭，我也参加了。这个集团生产的某型号主战武器正在军区一个部队试点，搜集使用意见。

宴请地点在集团自己的宾馆。一进那宾馆，就有种感觉，钱在这儿就不是个事儿。大堂正中挂着某国宝级书法大师的巨幅作品，据说价值在千万元。包房是宾馆一号包房，专门招待最重要的客人。宴席上的酒和菜也不常见，基本上叫不出名字。连我这个首长秘书都有点手足无措之感。

来人中间有一个人很有特点，又高又瘦，头发花白，还挺零乱。眼光木讷，戴着眼镜，鼻梁附近有道浅浅的疤痕。他和一干集团领导不太一样，也不大说话，偶尔说几句，感觉他这人一直恍恍惚惚。集团老总介绍说，这是某武器研究所著名专家，也是某系列武器火控系统的首席科学家。他脸上的疤，就是在一次误爆中留下的。还有，大家可能没注意，他的一只眼睛是义眼，是在另一次误爆中炸坏的。

我这才恍然大悟，为什么刚才与他握手时，他一直低着头不看我。这人姓李，集团的人叫他李老炮儿。看这名字，也能猜得出他是搞啥的。领导话音一落，他挥挥手，道，我这还算命大的，当年一起毕业来的同学，有两个给炸死了。领导略显尴尬，又道，老李是两代武器研究世家，他的老父亲是留苏的老一辈学者。李老炮儿马上插话道，是三代，我儿子刚留学回来，也到我们所了。领导又笑了笑，道，对，对，对。老李是贡献了青春献子孙。哈哈，大家别介意，他这人说话很好玩的。

几杯没贴标的白瓷瓶茅台酒下肚，李老炮儿倒是第一个显出了醉态，格外口无遮拦。他坐得略有歪斜，伸出细手臂，指着包房顶端一盏金光灿灿的灯说，这几年，国家给钱了，咱们也搞出了几件东西，但在座的可都是高级领导，千万别老把世界一流、国际领先一类的鬼话挂嘴边，咱们跟老美的差距可大去了。而且，咱们的东西都没打过仗。

集团领导道，老李，咱少说两句。李老炮儿用手搓了搓假眼珠子，好像很痒，使劲眨了眨眼，道，我这也是好心。我是怕你们忽悠军队的同志，哈哈！武器验收通过了，几百亿的银子你们拿了，可将来打起仗来，东西不好用，流血牺牲的那可都是当兵的。

李老炮儿嘿嘿一乐，脸转向某某某，说，首长啊，不知你肩上几颗金星星，不过，你们可得把眼睛睁大了，有毛病的东西不能要。别学北洋水师，打一仗，国家都差点没了。

某某某自己摸起酒杯，抿了一口，没说话。可我知道，他很在意这话，从没见他主动端过杯子。李老炮儿半醉半醒，半疯半傻，又自饮了一杯，不依不饶地说，听说你们部队现在腐败也很严重，这可不行啊！收了这些人的……

　　说了一半，李老炮儿指了指桌对面的集团领导，一乐，又接着说，就没有不手短的。他们糊弄你们，你们糊弄下边。跟你说，大头兵们可都不傻，你糊弄他们，仗打起来，他们可不会给你卖命。想一想也是，你们发了大财，大头兵们当炮灰，这事搁谁也不干啊！

　　集团领导和李老炮儿打交道可能比较多，听了这些话也并不在意，全当是醉话。但他们看到某某某脸上挂不住的时候，就有点紧张了。一个管人事的领导冷着脸，半开玩笑地说，老李啊，得管管你这嘴了啊！再说下去，今年可不给你报院士啦！李老炮儿哈哈大笑，忙捂住嘴，道，好，人都有一怕，好，好，好，我闭上嘴。你们说吧！

　　另一个集团领导喝了杯酒，道，老李，别老说风凉话，一大把年纪了，还像个"愤青"似的。当年军队要忍耐那会儿，咱们集团一点任务都没有，你这个武器专家设计电冰箱门拉手、空调排水管，苦日子都忘啦？现在，日子好过了，你还骂娘！

　　李老炮儿撇撇嘴，道，此一时，彼一时，两码事嘛！

　　集团领导把酒杯往桌子上一摔，道，咱们都是集团的老人，当年最苦的日子没离开过，李老炮儿你给我说，我们是你说的那种人吗？

　　李老炮儿冷冷一笑，抿了口酒，说，知道生气，说明咱们这帮老家伙还都在乎这张脸，还没坏透了，也是好事儿，哈哈！

　　从北京开完会回来，有一天晚上某某某的车子路过军区总医院庞大的门诊大楼。某某某问我，你看这大楼像什么？我笑笑，说，看不出来。某某某道，这大家伙倒有点像个肿瘤，只是不知它是良性还是恶性的。

　　我俩久久不语。几个月后，医院马院长的处理结果出来了，仅仅是给了个严重警告处分，撤了职。看来，某某某认为肿瘤是良性的。

十七

那几年，一直有两种情绪交织在一起。一种是震惊，一种是不安。打个比方吧，有点像个困窘惯了的穷汉子，突然间就成了个暴发户。一切来得都太快了，过去做梦都不敢想，仿佛刘姥姥进了大观园，不仅进去了，还成了主人。另一方面，又总觉得哪里不太对劲儿，危机和问题一定都在那儿，可是给遮住了。

处理完马院长后的那个冬天，军区文工团参加全军文艺会演，一个独唱得了一等奖，一个话剧得了二等奖，还有个杂技获得三等奖。演出和打仗一样，拿不到好名次就等于打了败仗，谁的脸上都挂不住。既然战绩不俗，大家也松了口气，皆大欢喜。某某某决定宴请一下获奖的人，算是庆功宴。政委、副政委、政治部主任几个大区级领导敬过酒，再加上文工团的人表示感谢的酒喝过，七八杯茅台酒已经下肚。某某某自己敬的一杯酒全喝了，跟其他的人也仅是抿一下。

得了一等奖的那个女独唱演员姓白，三十出头，一直没结婚，通信团话务员出身，在音乐学院进修过几年。因为她调到文工团之前，在军区文化处帮过几个月忙，所以，大家现在还叫她白干事。

白干事和她的获奖团队过来给某某某敬酒。大约四五个人，包括作词、作曲、配乐等，还有文工团的政委。某某某很客气地微笑着，站起来，和这几个人立在大包房的一角聊天。白干事身体稍有摇晃，第一个走上前来与某某某碰杯。

她情绪激动，神情既像下级对上级讲话，又似女儿在向父亲倾诉。说了几句，她身体前倾，仿佛站立不稳，一只小巧的手轻扶在某某某拿酒杯的手腕上。她眼睛一红，委屈地说，我们这些没娘要的孩子啊，其实都是在一个人打仗！

某某某一愣，竟忘了她的手还在自己腕上，问，此话怎讲？白干事眼里有一丝怨恨，道，看看外面都什么世道了？咱们的歌还有谁听？我感觉自己就像个怪物，被人笑话，真的太孤单了！

文工团的政委说，白干事见首长有点激动，酒喝急了。白干事没理这茬，稍一挺胸，扬起下巴道，可他们唱的都是什么歌啊！叽叽歪歪、娘娘们们、半死不活的，像给人骗了一样。咱解放军哪一天要成了那个样子，不如大家一起死了算了！

说到这儿，她眼里有了层薄薄的泪水，脸若桃花，煞是动人。白干事又说，我生是军队的人，死是军队的鬼，要不是我还爱这身军装，早就走人了。说完，她伸手摸了摸某某某胸前的军装布料，很痴情地盯着上面的金色扣子，给人感觉马上就会扑进某某某的怀里大哭一场。白干事倒也没那么做，抹了把眼泪，低着头，像个小姑娘一样羞赧地退到作曲身后去了。

那晚，某某某在酒宴的后半场有点走神，也没见他笑过。一般来说，这表明他内心的情绪是很激烈的。大约又过了半个月，有天晚上八点多，某某某刚签过一个文件，突然对我说，你看看文艺创作室的老朱睡没睡，没睡的话，我想和他聊一聊。一号台帮我找到了老朱，他在电话里说，刚喝过一点薄酒，不知是否合适。我问了某某某，某某某笑了笑说，没事的，过来吧。

老朱有才，放在全国也算知名作家。他比某某某大两岁，年轻时写小说，这些年写电视剧剧本去了，没想到也搞红了，还是金牌编剧。他进了办公室门，嘴角微翘，略笑一下，道，失礼失礼，政委大人恕罪！某某某说，我这里刚好有冻顶乌龙，你解解酒。

某某某又说，我年轻时就看你的小说，写得真好。那一代人写战争、写军队的小说，留下来的，也就是你的了。老朱挥了挥手，不知是不屑还是痛苦，反正长叹了一声道，都是当年的事了，沧海桑田啊！

某某某问，这些年为什么不写了？老朱道，现在，写小说是个赔钱的买卖。花两三年写一个长篇小说，不光一分钱拿不着，能花钱出版就算谢天谢地了。哪像写电视剧，剧本还没动笔，一两百万的定金已经打给我了。

老朱笑笑，说，当然了，我朱某人也不是为那几斗米折腰的人。写电视剧有存在感啊！电视剧播出来的时候，走在大街上，你能听见有人在讨论你的东西，你能觉得你的写作是有意义的。而写小说呢？一本书出版了，无非是有几篇评论，开个作品讨论会，一帮子人拿了专家费，瞎吹一通，和一块石子落进大海里是一样的。

老朱又说，我虽然是名声在外，可家里阳台上堆满了自己写的书，一印几千本，基本卖不出去，落了大钱儿厚的灰。一想到陪我进棺材的竟然是这些东西，你说，这行当还能干吗？

某某某沉默了一会儿，略带困惑道，话是这么说，可你看看，二三十年过去了，我记住你的还是那几篇小说。你这几年搞的什么电视剧，说老实话，我是一集也没看进去，使劲看过，但确实没法看。

话音未落，老朱竟然从沙发上蹿了起来，说，政委你说得太对了，今晚我就想跟你说这个呢！咱们军队一百年只要留下一篇小说，一首诗，就能名垂青史！

老朱又说，可你看看宣传部那些人，用一个词儿来形容他们最恰当，就是行尸走肉！一天就知道开会，出材料，再开大会，再出集子，啥鸟事都开会。他们骗了军队大把的钱，糊弄了领导，一点效果也没有，自己倒是升了官，发了财。

某某某摇了摇头，忍不住笑了笑。老朱又大声说，还有，你们这些人也有问题，见了文工团的人眉开眼笑，见了我们像见孤魂野鬼一样。开那些花里胡哨的晚会花多少银子都不眨眼，给创作室的作家出本书倒是心疼了！还有——

十八

某某某用手向下压了压，道，老朱，发牢骚是不解决问题的。有件事，我想问问你，过去，文学不是一直讲要表达人性吗？那据你看，现在的人性怎么样了？

老朱一拍茶几，道，现在的人还有人性吗？吃喝嫖赌抽，坑蒙拐骗偷，简直是五毒俱全啊！

某某某看起来很失望，轻轻把身子靠在皮椅上，自言自语道，可是，如果我们的人性真的坏到这个程度，现在的世界不应该是这个样子的啊？大家都看到了，我们的一切在变得更强大更有希望，这难道不是我们一直梦想的吗？

老朱说，建立在坏的人性基础上的强大，不过是外表上的强大，有时经不起一根手指头一推，更经不起时间的淘汰。蒋介石一败涂地，苏联四分五裂，这些不都是先例吗？

某某某又问，可好的人性是什么样子呢？走回头路是不行的呀。

老朱说，对于军人来说，好的人性是他们在面对死亡时，能找到生命真正的意义。我说的这个意义可不是虚假的，而是真正的！但是，我老了，没有力气去做这件事。所以，我这样的人才是行尸走肉！

和老朱谈完话已经十一点多了。某某某没有要走的意思，他对我说，你看看小白睡了没有，没有的话，让她也来聊聊。我刚要问小白是哪一个，脑子里电光火石般地反应了过来，转身到外间，要一号台接通白干事的电话。那晚怪了，白干事也喝了点酒，来的时候脸颊绯红，一脸羞怯的神色。

白干事没坐在老朱刚才坐的茶几那里，而是坐在某某某办公桌对面的凳子上，和办公桌相距一两米远，通常政治部主任或其他部门领导来谈工作会坐在那儿。我给白干事沏了杯茶，她两腿并拢，一手握着茶杯把，一手托着杯底，双手放在腿上，有点拘谨地坐在某某某的对面。

某某某偶尔问几个问题，一直是白干事在说。她的声音不大，我坐在外间略可以听得清。二十分钟、半个小时，我进里间倒水，她的姿势基本没变，头稍稍垂着，眼睛看着地板上的某个地方，若有所思。白干事说很久也不抬下头，只让人看得见她雪白的额头、长长的睫毛和布满红晕的脸和脖子。

某某某倒是一直看着她说话，耐心地听着。我坐在外间，已经是深夜，公务员去睡了。屋里，走廊里一片寂静。我有点不安，不太想听清白干事到底说了什么。其实听进去了几句话，和老朱说的大同小异。只是这深夜太寂静了，寂静得让一切都纤毫毕现，这让我坐不下去。当然，我也不能回家，只好借故出去，一出去就是很久，抽支烟，或在月色下站一会儿。

后半夜三点，白干事才谈完。她看见我时，本已经恢复原色的脸又是一红，低下头，用指尖将一缕头发撩到耳朵后。到了门口，她似乎才恍然大悟，忙转过身，和某某某道了别。某某某笑了笑，说，小白别不好意思张嘴，有了难事可以来找我。

大约又过了两个月，快过春节的时候，后勤部请主管城建的副市长吃饭，某某某是军区主要领导，自然也参加了。那次还有别的事，军区要盖一片经济适用房，那块地不错，得经市里批准。

上车之前，某某某略想了想，道，把小白也叫上吧。酒宴到了高潮，市政府的人又搞起了老节目，倒满了十几杯酒，让军队的人喝光，否则项目不批。后勤部长拿起一杯，道，我是后勤部长，造福军区干部的事，这个责任我义不容辞。接着，他冷冷一笑，道，你们说话可要算数哟！

这个时候，脸已经泛红的白干事说，这个酒我来喝，将来大家有了新房子，记得我也出过力呢！某某某说，我看行！这是我们最不能喝酒的同志，她最能表达我们的意思了！

十几杯下肚，一瓶酒就剩下底儿了。白干事坐下来，脸色煞白，久久捂着嘴，眼睛盯着某个地方。副市长说，歌唱家没事吧？实在不行吐了吧。白干事倔强地把手放下，一直坚持坐到了酒宴结束。好在酒宴不久就散了。

把市政府的人送走，某某某问后勤部部长，光吃顿饭是不行的，那边都铺垫好了吗？后勤部长说，您放心，都搞定了，要不他们也不会来的。某某某想起了什么，转身想对白干事说点什么。白干事身体有些摇晃，一把拉住某某某的手，也想说什么。一瞬间，她身体一软，晕了过去。

后勤部长安排车子把白干事送到地方医院抢救。某某某让我也跟着，一旦白干事没事了，不管多晚，都要打电话告诉他一下。

十九

转眼开春了。某某某对我说，你阿姨早早就退休了，闷在家里没事情做，我呢，连和她说说话的功夫都没。这样吧，天气暖了，你陪她出去走走，让她散散心。这段时间的工作让小张（警卫干事）先顶一顶。

初春的风景很好，田野里开满了一大片一大片浓黄色的油菜花。一路上都有部队负责接待，倒也不累。张姨的心境好多了。原来，她细瘦苍白，很少交往，也不多言语，蔫蔫的。现在，许多人围前围后，热情洋溢，多少也改变了她。开始，她有点不胜其烦，悄悄对我说，在家里待久了，应付场面上的事实在很疲惫。后来发现根本不用担心这些，所有的照顾都是无微不至的，渐渐地，她也就适应了。

大约十多天之后吧，她变得精神多了，一大早起来，会半坐在沙发里，直挺起上身，眼睛亮亮地询问一天的行程，沿途都是什么单位、什么人负责招待。一些事情，她还会提出自己的意见，说如果那样办不合适。

有天晚上，我们临时住在一个师的招待所里。快十点钟时，我听见张姨的屋里有大声说话声。我吓了一跳，忙跑过去。房间门敞着，师长、政委并立在一角，双臂垂着，张姨坐在椅子上，挥着手指，正在说什么。

张姨其实并不太善于讲话，但这一次，似乎有什么事把她激怒了。屋子里的灯不是太亮，看不清她的表情，但我能感到她眼里泛着淡蓝色的光。她的话有点语无伦次，从没有热洗澡水，到没有暖气，从屋子外边一直有辆车的发动机响着，到服务员糊里糊涂，说到激动处，有泪光闪动，脱口而出道，你们就是这样对待我的吗？

师长、政委几次想解释，都被张姨打断，然后继续漫无边际地说下去。足有半个小时后，她的脸色慢慢舒展开了，竟然显得容光焕发。她说，我这个人啊，只对事不对人，说过了就说过了，你们改了就好，好了，都回去吧。

师长、政委默默退了出去。张姨把我叫住，道，唉，我这是怎么了？发了这么大脾气，我过去不是这样的人啊。我默默点点头，没说什么，可心里却突然想起了我的老母亲。有一次，我实在太忙了，一个多月没给她打电话，她就这样对我发过火，事后也就忘了。我暗想，其实也不必顾虑得太多，就当是在照顾一个上了年纪，并且有点孤独寂寞的老女人吧。

张姨又说，老×（指某某某）这个人啊，就是太老实了，让人欺负到了头顶上都不吭一声。你看，这回来，他们给我安排的是什么破房间啊？我过去和李姐（军区司令员的夫人）聊天时都知道，她到哪儿住的都是一号房。

我说，我再去问问，一定是有什么原因，他们绝不敢怠慢您的。张姨突然冷冰冰地看着我，说，有些话，老×不好说，我也不好说，你们当秘书的要说啊！如果这点事都做不好，不如不干了！这话把我吓得一机灵，心冷飕飕的，我一瞬间发现我其实一点也不了解她。而且，对于握有权力的人，绝对不是你想把她当作什么人，就可以当作什么人的。

第二天一早，吃过饭，我们将要出发了。等我收拾完行李，师长、政委已经在张姨的屋里聊了好一会儿天了。她的气色晴朗多了，大方地说，我还是那句话，只对事不对人，过去了就过去了。你们不必放在心上，也不用一遍一遍地道歉了。

师长、政委的神情略有放松，出去了。张姨询问了今天的行程，说，你帮我把东西归拢归拢，看看别落下啥。说罢，便一个人散步去了。我看见写字台上放了个半开的盒子，露出半截满绿的翡翠手镯，忙向服务员找了块没用过的毛巾包上。临走之前，师政委瞅空拦住我，也塞了个盒子在我包里，恳求我一定向张姨解释清楚，昨晚确实是一号房间水管坏了，正在维修。后来，我看了看，盒子里是一块劳力士手表。顺便也补一句，那一趟行程下来，每到一处我都会收到各种东西，有信封，有手表，有首饰。后来，实在太多了，不方便拿，也根本记不清楚是谁给的，便狠下心拒绝。可古怪的是，第一次拒绝了，到第二站就换成了卡，再没有大件的东西，仿佛所有人都通过气了。

二十

到了某某某任军区政委的第三年，一切似乎都很顺手了。当然，工作依然繁忙，我几乎是每天后半夜一两点钟才睡，第二天一早又要陪某某某开会、视察、听汇报，不到四十岁，鬓角的头发却迅速花白。我有种很深的感觉，一切工作开始了重复。什么事该怎么办，什么情况该怎么处理，大家似乎都已心知肚明，也不觉得其中有什么问题，一切都在按惯性前进。但是，那种感觉越明显，心中的不安也就越强烈，因为重复绝不是什么好兆头。

当工作开始了重复之后，有个东西却是不会重复的，这个东西就是个人的升迁。因为对于个人来讲，每晋升一个级别，就是一个全新的境遇，绝不重复。我能感到，某某某周围的温度变了，到了白热化的程度。而我自然不能置之身外，那种温度也烤到了我。比如说，政治部几位部长对某某某的称呼变了，有的时候竟然脱口而出叫他"老爷子"，比如说"老爷子说什么了""老爷子的意思是什么""老爷子叫这么做"。某某某其实并不老，当时六十二岁，按政策规定，还有三年任期。

找某某某办事的人也特别多，有老部队的战友，有亲戚，有乡里，要办的事也五花八门，有孩子上军校，有找工作，有想考研究生，还有的想到总医院看病住院。他们有的上门坐几分钟，带点土特产，或什么也不带。有的某某某实在没时间见，他们就托人打个电话，或来封信，说明困难。我的本子上记满了这些事情，并且按某某某的要求，负责一一办妥。总之，某某某在大多数人中间口碑是非常好的。他经常对我，也对其他人说，他这个人最大的缺点是心软，看不得别人求自己。当时，我没太把这话当回事，觉得他能当上那样大的领导，哪里扯得上心软不心软啊！现在回过头琢磨，他那时说的倒也有几分真心话。

和在集团军时一样，某某某大部分工作之外的时间都是在见军区各级干部当中度过的，甚至比那时还紧张。有一天，一个某某某老部队的师长刚离开，他指着墙角一块板凳面大小的毛坯玉石对我说，这个东西是小 × 拿来的，应该很贵重吧？我看了看，说，这是块翡翠原石，肯定不便宜。他是您一手提拔起来的，这情意可以理解。

某某某盯着石头看了好一会儿，叹了口气，说，也不好看，真不知为什么大家都喜欢这玩意儿，你和公务员把它放地下室去吧。我来到地下室，这里乱糟糟的，有石头，有摆件，有提包，有纸箱子，落了灰，呛得我一阵咳嗽。我拍了拍手上的灰，警告公务员说，这里的任何东西都不准碰一个手指头！那个新兵吓得大气不敢出，愣愣地点了点头。

见我回来，某某某又问，你说，他们要是能送我这个，那别人能送他们什么呢？我说，只会更多，两倍、三倍、八倍、十倍吧。某某某默默地点点头，问，你说我到了这个地步还缺钱吗？难道是我喜欢这些个东西吗？都不是。

某某某又说，小 × 这个人有本事，我相信我没看走眼，我也相信他的情意是真的，不会因为这几块石头就掺了假。可是你说，这种东西多了，会不会让我受了蒙蔽？时间久了，老部下与我的感情会不会真的就掺了假？你说实话！

我想了想，说，人的感情是经不起这些东西的。一回可能没事，但长此以往，一定会掺杂越来越多的其他因素进来，以至有一天你会突然发现，你和他们已经变成了赤裸裸的利用与被利用关系。

某某某点点头，说，人性啊人性，我愿意相信它是好的，没人会想去做个十恶不赦的坏蛋。可是，人性又不能背负太多与它无关的东西，这是它承载不了的。早晚有一天，无论你情愿还是不情愿，你都没法再面对它了。

又沉默了片刻，某某某说，这个周六小白结婚，给我发了请帖，我不方便去，你代我去一趟吧，坐坐就走。还有，你到地下室取一个提包出来，存在一张卡上，算我的礼金。那些个玩意，堆了那么多，真不知今后该怎么处理。

白干事婚礼那天，我故意晚去了会儿，仪式已经开始。可我还是在黑暗中被军区的人认了出来，各部处的领导端着酒杯，猫着腰，悄悄地来到后排，找我聊天。慢慢地，倒是前排的不少桌子空了出来，显得很难看。后边喧闹了好一会儿，白干事发现了异常，连忙穿着婚纱跑过来，把我拉到了第一排的桌子上坐下。

无奈，只好坐在那里，摆出笑容，随着大家一起鼓掌喝彩。仪式倒是没多长时间，很快白干事和新婚丈夫就要到各桌敬酒。我打算在这个节骨眼儿上把某某某和我的礼金卡交到白干事手上，事情办完就走。可当我把手伸进公文包的时候，吓出了一身冷汗。我的卡还在，某某某的卡竟不见了！

那卡里的金额可是个大数目，而且某某某的名字和密码就写在装卡的信封上，被人捡走了，钱丢了是小，传出什么流言可就坏了大事。那一刻，我脑子里一片空白，一遍一遍在公文包里翻，又一遍一遍地回忆把卡放进包里的全过程，手指不停地打抖。

就在我彻底绝望，并且接受了这个可怕的现实之后，一个新兵竟然找到我，一脑门汗，显然是刚结束新兵训练不久，脸色黝黑。他把那张卡递到我面前，憨厚地问，领导这是不是您的卡？我慌忙问，你怎么知道是我的卡？他拘谨地笑了笑，说，某某某我们都认识啊，我猜的。

我拉住这个年轻人的手，有点颤抖地说道，兄弟，我感谢你！你叫什么名字，是哪个单位的？新兵有点慌了，说，领导，应该的，应该的。说罢，就想跑。我忙拉住他，说，记住，有什么难事一定来找我。

白干事过来后，我把她拉到一边，把卡给了她。她眼睛红了，说，代我谢谢首长吧，对他说，我们都很想念他。白干事穿着鲜红色的旗袍走到下一桌去了，雪白的手臂搭在丈夫的胳膊上，显得纯洁无瑕、楚楚动人。

可这时，我无缘无故地就想起那张卡来了，又想了那个每月只有两百块钱津贴费的新兵。我突然觉得那张卡很脏，真是不应该在新人的婚礼上把它掏出来。

二十一

当记忆的河流越来越接近现在这个时刻时，我愈加害怕。我不得不再把一件事情回忆一下，而且还要把它写进审查材料里边。我写道："在贪婪和儿女情长面前，我最终没有守住底线。"当我写下这一笔时，我知道，我的的确确是一个罪犯了。

老实讲，父亲对我说的话，我是一直记在心上的。我也一直划着一条线，不敢越过半步。但有时想想，也会给吓一跳。比如那次陪张姨出去，回了家，把下边人送的东西摊在床上，检视了一番。十几个信封，十几张卡，几块表，还有几个首饰盒。望着这些东西，心想，虽然每件东西还不大，但加在一起也够在监狱里过下半辈子的了。我吓得心狂跳几下，然后，赶紧把他们收拾到客厅阳台上去了，离卧室远一点。

我要回忆的那件事情是这样的。时间离现在不远了，一年前吧。

一个军校同学领着一个广东鞋厂的老板找我，想拿到一些军用皮鞋和作战靴的订单。对这些老板，我打心里信不过。他们嘴上比蜜还甜，真要坑起你来，比谁都狠。送了你一些好处，非得从你身上咬回十倍的肉才肯松嘴。不过同学有求于我，不好一口回绝，想着给他们一点好处就算了，面子上都过得去。

那晚上的酒宴很豪华，尝了许多没见过的东西。你看，我的记忆大多与酒宴有关，光怪陆离，醉意醺醺，暧昧疯狂，现在想起来都后怕。

那老板似乎一直在等他的下属，而那人又堵在路过不来。老板的电话响过几次，他不耐烦了，走出包房，关上门，在走廊里用广东话骂了起来。门看上去金碧辉煌，又很厚重，但隔音效果并不好，听得见老板的骂声很大，又很焦急。

老板的那位下属赶到时，已经喝掉了两三瓶茅台，我略带醉意。据我的经验，所谓"酒肉穿肠过"是根本做不到的。酒到了肚子里，就要对肉身发生作用，喝得少是小醉，喝得多是大醉，比化学实验还精确，任何人都抵抗不了。

当包房那扇很重的门给犹犹豫豫地推开时，我惊呆了，仔细看了看，忙拍了一下坐在右侧同学的手腕，装作若无其事地聊一些旧事。同学诧异地盯着我的眼睛说，你有点紧张！

老板的下属是霓云。她还是那样高，但丰韵了，身姿骄傲，经过二十年时光的磨洗，身上似乎染上了一股高不可攀的味道。她头挽发髻，略施淡妆，带着歉意微微一笑，默默坐在老板旁边的椅子上，也是我的对面。

席间寂静了一小会儿，波澜过后，又恢复了喧闹，阿谀奉承、打情骂俏、流言蜚语充斥了包房，由于酒的作用，每个人的脸上都神采飞扬。老板领着霓云来到我面前，拎着一瓶没开封的茅台，龇牙咧嘴地现场打开。

霓云看着我，有点惆怅地翘了下嘴角，笑笑。我也笑笑，代表我们两个都认出了对方。老板倒满了一个高脚杯酒，塞在霓云洁白小巧的手里，把她推到我跟前，说，这是我们集团总裁助理，我这老家伙已经肝硬化了，不能沾酒，让她代我喝吧。

霓云对我颔首微笑，喝了一整杯。再抬起头时，她的眼睛波光粼粼，红红的，像是醉意，又像是哭过。她很有礼貌地说，祝您一切顺利，事业有成！我轻轻抿了一口，按酒场上的权力规则，我是可以这么喝的。老板显然不是满意了，给霓云又倒了一满杯，责备地说，你看你，怎么这么不会说话，一点感情都没有！然后，他又半真半假地坏笑着说，跟你讲，×秘书今晚就交给你了，要是陪不好，明天就开除你。说罢，他走了，给别人敬酒。

霓云又靠近了一点，望着我，仔细地打量着我的脸，很沉重地说，我没有办法。说完，她一口气喝完了杯中的酒。我们两个对视着，沉默着。我在思量该怎么办，为什么这么巧她就会在今晚出现？

好久，霓云有点听天由命地又倒满了一杯，这样，一瓶酒就快空了。她哀怨地说，我不求你。说完，有点费力地干了。这回眼泪流下来，她用指尖擦了一下，说，大不了离开，这么多年也漂泊得惯了。说完，霓云咬了咬牙，猛地转身走了。而我，抿了一口酒，茫然了一小会儿，又坐回桌子前。

那晚，我没再和老板、霓云喝酒，甚至连谈闲话都避开了。但其他的闲酒却喝了不少，在醉意中愈加丧失了判断能力，也似乎有意要让自己陷在这醉意中。酒宴散后，我步行回家。老板打来了电话，说要去夜总会看节目，霓云陪着我们。我犹豫了一下，他的车子就神出鬼没一般停在了身旁。老板坐在前排，闭着眼睡觉。霓云坐在我旁边，肩膀若即若离地碰着我。车子里一直很沉默。

夜总会里灯光闪烁，我有种说不出的恐慌，觉得某种危险正悄悄地靠近。突然浑身一冷，我猛地站起来，向老板告辞，转身向外走。老板特别慌张，不知道是怎么回事。匆忙之中，他转向霓云，着急地对她说，你快留住×秘书啊！说话间，眼里暗露凶光。

霓云咬着嘴唇，低着头，一声不吭。我对她说，我走了，你多保重。她抬起头，看了我一眼，点点头，仿佛诀别一样。我头也不回地走出夜总会大门，在寂静的街边停住，靠在一棵树上，摇一摇晕沉沉的脑袋。然后，掏出手机，给老板发了条短信：这事可以商量，不要为难她。

二十二

一个月之后，霓云给我打电话，告诉我，她的鞋厂接到了近亿元的订单，是有史以来最大的一笔。本来，鞋厂快倒闭了，老板欠了一屁股债，如果资金再周转不开，他也只有跳楼的份了。

我默默听着电话，没言语。霓云说，我想见你一面，只有咱们俩。我说，还是别见了，不知该说什么。她在那边嗯了一下，犹豫了会儿，说，其实，那天晚上根本不是什么巧合，你的军校同学还记得许多年前你和我的事情。我也不是什么总裁助理，而不过是那个鞋厂财务部的一个小会计。

我嗯了一声，久久不语。霓云在那边哭了起来。我实在受不了这哭声，只好把电话挂了。又过了一段日子，我收到一个精致的木头匣子，里面装了把钥匙，上面挂了一块铸有某别墅区名字的金属牌子。我去那个别墅看过一眼，在青山绿水间，真的很漂亮。可是，站在小院子里，心却很麻木，一点快乐不起来。从那以后，我再没见过霓云，也不打算见了。我想，以这种方式与过去来个了断恐怕是最好的了。

我的记忆正在加速度向此时此刻接近，像失控的车子，一头撞向悬崖。还有件事情，就发生在今年春天，我姑且记下来吧。

那一次，某某某视察某研究所。该所汇报说，准备启动一个科研项目，这个项目会对提升战斗力产生战略性的影响。所长、政委犹豫着不说话，某某某说，缺资金，对吧？两个人憨厚地笑着，说，对啊，首长一下子就把我们的心思看穿了。某某某说，需要多少？两人说，五千万吧，怎么着也不能少于三千万。某某某说，这个东西我看行，给你们六千万，立刻上马吧！

所长、政委的表情从震惊到兴奋，再到喜悦，很是丰富。某某某撇了他们一眼，嘴角微翘，不说话。下午四点钟左右，某某某突然把我叫到办公室，说，我有点放心不下，这样，你带着纪检部的小张，你们俩悄悄地，杀个回马枪，看看他们都在干什么。他们做什么都不要管，回来如实向我汇报。我就在办公室等着你！

纪检部张干事有经验，一切做得滴水不漏。我们得到的真实情况是，某某某走后，所长、政委和研究所常委们打了一下午牌。晚上，两人又宴请了军区后勤部几个管科研经费的处长。九点多钟，七八个人又唱歌去了。我和张干事坐在车子里，看着那些人进了夜总会大门，便回去给某某某汇报。

某某某勃然大怒，说，一群混账东西，我还是太信任他们了！对人性毫无保留的纵容，就是犯罪！你明天和干部部沟通一下，所长和政委立即免职，去夜总会的情况就不通报了，内部掌握一下。另外，那个科研项目还要抓紧，不要因为这两个败类给耽误喽！

二十三

到此，我的回忆戛然而止，就像我的人生一样。我很清楚，或许脑袋上不会挨一颗子弹，但在牢狱中过十几年或几十年是免不了的了。对我来说，那将是另外一种人生。

夏天，中央军委巡视组进驻军区。在第一次会议上，已经退休的李副政委拿着一封举报信走进会议室，指着某某某的鼻子说，我今天要检举的就是你！那场面，让所有人震惊。又过了两三个月，被免职的总医院马院长被重新立案调查，军区后勤部部长被双规。更重要的是，某某某的儿子小锋也被控制了。侦察到的一个线索是他在结婚的时候，接受了军区后勤部长六百万元的礼金。

这几个月，一切工作还在进行，但气氛变了。再没有热情洋溢的笑脸，也没人再叫"老爷子"了。某某某除了在大会上念念讲话稿，几乎不再说多余的话。也很少回家，每天在办公室待到后半夜两三点，或者干脆通宵看书，主要看历史方面的书，比如大字版的《史纪》《汉书》《三国志》之类的。

我对自己的处境也很清楚，但对谁也不能说。每天陪着某某某坐到深夜，奇怪的是，一点也不困，脑子里又乱又涨，即便让我睡觉也睡不着。那滋味真是不好受，无法用语言表达，只有经历过的人才知道。

有天晚上，某某某走过来，说，回家把东西整理一下吧，将来出了事，不要再连累了家人。你孩子还小，以后的困难一定很多。

我点点头，试探着问，要不，我带几个人，把您家里的地下室收拾一下吧？某某某苦笑了一下，说，不用了，对组织我不隐瞒什么，是什么样子就是什么样子吧，我突然领悟到一些东西，后悔也好，委屈也好，想重新来过也好，其实都不重要了。我这个人，人情味儿有余，但当机立断不足，我以前就预感到，这种个性要害了我，果不其然！

他又说，能走到今天，是我没觉察到自己已经一步步走到了危险的境地吗？不是，我看到了，可没痛下决心去改变这一切。现在，希望别人以我为戒吧！

二十四

又是一个黄昏。暗红色的太阳挂在远处办公楼的一角，摇摇晃晃地将要落下去。黑夜来临，我在稿纸上写下最后一句话："希望别人能以我为戒！"我是把某某某的话抄了过来，因为觉得这话也适用于我。

　　写完最后这几个字，我又想起了某某某过去留给我有关人性的课题，这个课题一直也没了结。我倒是觉得它其实更有意义。现在，每个军人都要走过一扇黑色的门，那就是人性的涅槃重生。这个过程肯定痛苦而艰难，但必须走过去！我的前途渺茫，因为那扇黑色之门对我来说，已经变为现实当中的牢狱之门。但是，他们还要向前走。

十方世界来的女人

地 洞

我住在地下室二层，仰望这个城市，仿佛一条鱼儿从海底看着海面。上面阳光灿烂、波光粼粼，而我这里，幽暗、寂静。地下室出口处住着个老疯子，养了只白羽毛的红嘴小鸟。每当我从地洞般的地下室钻出来时，都会带上几粒米，粘在指尖喂给它。它用乌黑的眼睛望着我，又天真，又感激，小红嘴儿啄在手指上的感觉像亲吻一样柔情似水。

一条窄街的对面，长着十几棵大杨树，树皮上有许多疤，活像一颗颗大眼睛。哗哗作响的树叶下面，是几家美容美发店。里面有个相识的姑娘，嘴唇很好看，整天抹得红艳艳的，让人想起老疯子养的小鸟。所以，我叫她小红嘴儿。这天晚上，我喝得醉醺醺的，摇摇晃晃地站在那家店门口，当然，不是想干点什么肮脏事儿，而是只想好好看看小红嘴儿。我的身体通红发胀，好似一只气球灌满了钢水。世界红彤彤的，连平日里灰头土脸的水泥电线杆子都娇艳妖娆。

小红嘴儿出来了。可是，除了她的嘴唇，我什么也看不清，那是一个通体透明的光团。她从我面前经过，身后跟了两个穿旧式军大衣的男人。这两个男人面色炭黑，低垂着脸，好似无声移动的朽木。我有种不祥之感，想大叫一声，可那团光一闪而过。

突然，老疯子在不远处尖利地叫喊。我吃惊地转过身，看见他正挥舞着把斧子，砍向笼中的小鸟。我困惑而又愤怒地向他跑去，可能是因为喝了太多的酒，不足以解救那场厄运。我看到生锈的斧刃上粘了一片白色的羽毛。接着，那片斧子向我的额头砍来，我看到老疯子乌蓝色的眼睛，云彩一样变形飘动的脸，浓雾一样不太真切，还有一滴从斧刃上砸过来的血珠。最后，那片柔弱的羽毛盖住了我的双眼。

街　头

我睁开眼，还是夜晚，头有点晕，世界像海浪一样轻柔地浮动，很难盯住一处仔细看。不过，周围却不再嘈杂、狂乱，仿佛水洗过似的，很明净，很亲切。

在天空方向，有张女孩子的脸，笑吟吟地望着我。我脸红了，因为那女孩子浑身赤裸，一对小乳房贴我的额头。不仅如此，我还发现，此时，我的头正枕在她洁白温热的腿上，虽并不丰腴，但也足够柔软。我挣扎着爬起来，端详女孩子的脸，她有点像小红嘴儿，却又不是。她一点也不害怕，也不害羞，瞪大了眼睛，对我嘻嘻笑。

我有点吃惊，张着嘴，不知该说什么，脸更红了。女孩子好像明白了什么，做出一副恍然大悟的样子，用指尖点了点我，飞快地站起来，消失在不远处的草丛里。

当她再一次来到我面前时，已经换了一个人。我觉得一切都不对头，看那夜色，平时是黑色、红色，此时，怎么成了淡紫色的了呢？过去，空气又干燥、又呛人，这会儿怎么会很湿润，让嘴唇有种透明了的感觉呢？

再看看她。她也不是刚才那个女孩子的样子了，大腿圆圆的，长发卷曲，贴在腰际。最不可思议的是她的肌肤，呈半透明状，好似粉团，并且有光源在她的身体里，在淡紫色的夜里，那微弱的白光像绒毛一样。这时，一片巴掌大的杨树叶落在她的肩上，被她肌肤发出的光照亮，根根叶脉都清晰可见。

女人把手臂背在臀部，转了个身，兴高采烈地问，现在的样子你总喜欢吧？我的嘴好像锈住了，有点艰难地说，这样子很好，可是，可是，你得有件衣服啊！说这话时，我还在暗想，真奇怪，怎么没人从这里经过呢？

女人捂住嘴，笑弯了腰，道，原来是这样啊！好吧，我马上回来！说罢，她一下子消失在树丛后面。等她来到我面前时，身上已经有了件白色纱裙，耳朵上还戴了支金灿灿的花。那白色纱裙被紫色的风微微吹动，有无数银光闪闪的尘埃飘散在空中。有点古怪的是，白纱上染着许多巨大的浓红色图案，像是花朵，像是云彩，像是麦田，像是湖泊，我却怎么看怎么都觉得那是一盆鲜血泼上去的样子。

她一言不发，径直走过来，闭着眼，仰起脸，说，我是不是很美？我盯着她的嘴唇，仿佛透过一杯红酒观看宇宙。万事万物都消逝不见，只有这嘴唇还可触可感，有情有义。

我困惑不解地问，你是谁？你从哪里来啊？女人笑了笑，睁开眼，仿佛一轮月亮从乌云后面出来。她说，你是不是还记得一把斧子？那上面粘了一片白羽毛。我答道，记得，你是红嘴小鸟儿变的吗？女人狡黠地眨了下眼，道，不是，但不远了。那斧子上还有什么呢？

我费力地想了想，答，斧子上还有血迹。女人挥了挥手，说，不对，不对，傻男人，别把我想成一个物。我不是斧子，不是小鸟，不是一朵花，不是一杯酒。当那把斧子伤害了小鸟，当小鸟的身体被撕开的时候，我就来了。

我呆呆地想了许久，道，可我还是不能明白。女人呵呵一笑，用手抚摸我的脸颊，道，没关系，当你得到我的时候，你就明白了。

说完，女人把头靠在我肩上，身体紧贴着我。一阵战栗传来，让我禁不住心中一动。接着，女人的身体似乎在变，从发光的肉身变成淡白色的胶冻，再从胶冻变成纯净的液体。不过，不可思议的是，无论是胶冻还是液体，他们都是有形的，有体温的，摆脱了重力的束缚，也就是说，还是那个女人。

女人的手臂慢慢伸长，拦腰将我缠住。她液体般的身体逐渐渗透我的肌肤，向深处扎根，并且把一些汁水灌进我的身体里。这些汁水有苦的、甜的、红的、紫的，混合在一起，让人心旌动摇。许久，我悬在广阔无边的五彩胶冻中，无论头上、脚下、身前、身后，到处是无所不在的闪光、温柔的呼吸，还有充满怜爱地抚摸。

女人用有魔力的嗓音在我耳边低声呻吟。这声音忽远忽近、忽高忽低，比即将消失的琴声还缥缈，比刚刚喷出的岩浆还烫人。我看到比雪花还多的红唇漫天飞舞，落在大地上，留在天空里。我伸出手，想接住其中一片，可是，那红唇在我手中冒出一阵火花，烧得我一疼，便融化了，留下一滴血水般的通红水珠。我还试着抱紧怀中的躯体，这水一样的肉身有着旷世未有的柔软。她不停地碎裂，不停地愈合，一会儿浑浊，一会儿清澈……

突然，万事万物停下来。女人恢复了发光粉团样的身体，又一次仰起脸，闭上眼，道，来呀！来呀！我把我给你。别害羞，在我的嘴唇上亲吻一下吧！

女人又叫道，我很下贱的，因为几粒米就可以把自己给别人。所以，别爱惜我，来伤害我吧，用什么办法都行，只要你想象得到。

我端详着女人的嘴唇，看到两团颤抖的红色。我突然觉得这一切竟然特别真实，当然，是一种很奇怪的真实。

女人用一种欲火焚身的声音喊道，很疼啊！有人正对我拳打脚踢，用尖刀刺入我的身体，割掉我的头、我的乳房、我的四肢，将我大卸八块，还把石块、树枝、碎玻璃那样坚硬肮脏的东西塞进我的体内，仿佛我是只垃圾桶。我很疼啊！快亲吻我吧！这样才能救我！

我被她迷住了。当我的嘴唇和她触碰的一瞬间，她猛地睁开眼睛。

这是一双绿色，并且流血的眼睛。眼角周围铁青，仿佛被殴打过的痕迹。脸像纸一样惨白，遍布翻卷着的伤口，红色的皮肉好似蒸得开了花的馒头。此时，她的嘴唇和炭一样黑，发脆，冒着白烟，散发出浓硫酸的气味。

女人片刻衰老了几百岁，用老妪般的神态对我放声狞笑。她幽幽地说，我的爱人，你不能这样得到我，那样，你得到我也就失去了我。

亿万个世界（Ⅰ）

女人伸出毛茸茸的手，盖住我的眼睛。许久，她将手拿开，变回原来的样子，笑嘻嘻地说，别害怕，以后我会把最美的样子给你看。

接着，她的手臂慢慢还原，身体不再紧贴着我，并且向后退了几步，大声喊道，咱们快走吧！我问，去哪呀？女人很困惑地看着我，仿佛这是个根本不需要问的问题，说道，赶去看一个女人生孩子啊！你不去吗？我问，我为什么要去？

女人不由分说，拽起我的手，跑到大街上，道，快走吧，去晚了小心变成猪！

我们眨眼间就站在了街道中央，无数辆汽车从身体两侧呼啸而过。放眼望去，整个夜空在晃动，灯光像是落在水中的染料，一大片、一大块，大街也不是直的，高楼大厦扭曲得如女子的腰肢。到处充满水汽，湿滑如苔藓，光亮如玻璃。

女人尖叫着在大街上转了几个身，有辆车向她撞去，随即，又穿过她的身体，疾驰而去。我惊呆了，愣愣地看着她。女人的身体依旧像粉团一样发光，没有一丝裂纹。我暗想，既然如此，又有谁能伤害她呢？

女人大叫着问我，想和我一样吗？我点点头。于是，她在我的额角轻吻了一下。这样，奇迹也发生了。一辆车子来到眼前，我不免慌张，但是，车头进入身体的刹那，我只不过感到一点点酸痛，然后是一阵酥麻。车子在身后消失了，我毫发无损，世界前所未有地广阔、清澈，心中不免涌起一阵狂喜。

但是，我却看到一些不祥的东西，女人的两根手指似乎不再透明了。我拿起她的手，仔细看，那手指呈肉色，有温度，有重量，和常人一样。我突然觉得，做人似乎也没那么好。

我伤心地问女人，这是怎么回事？她笑了笑，说，因为你得到了我呀！我着急地说，可是我不希望这样！她说，放心吧，过一会儿，我就恢复了。

女人又说，你向夜空里看，看到了什么？

我答，只有夜色。

女人笑吟吟地在我的眼睛上吻了一下，问，再看看！

我睁开眼睛时，感到一阵剧烈地眩晕。

有亿万个世界狂乱地重叠，或者说拥挤在空中。有的五颜六色，有的一团漆黑，有的美丽，有的丑陋，甚至是恐怖，有的有声音，像一颗颗钻石在飞舞，有的却是一片寂静，死一般的寂静。我不知道这不大的夜空是怎样装下无数个世界的，但真的就是这样，活生生的。

　　这种旷世未有的感觉把我惊呆了，喘不过气来，无限恐惧。我愣愣地问女人，这是怎么回事啊？女人道，你看到的其实是无数个生灵，有多少个生灵，就有多少个世界。

　　我又问，可是，我的世界呢？她回答，他们所有的世界加起来，就是你的世界啊！我叹了口气说，我不喜欢这样的世界，我喜欢原来的那个。

　　女人轻轻一笑，背对着我，一阵透明的风吹来，无数乌黑长发抚过我的双眼。发丝如利刃，把我的眼睛划开了。我仿佛透过破碎的玻璃看见了这个世界。女人站立的地方充满了耀眼强光，一只银光闪闪的雾状大鸟在那里扇动着巨大翅膀，又有强风不知从何处呼呼而来。

　　大鸟有个红色的尖嘴，看起来既凶猛又严厉。一个声音幽幽地说，来，看那个世界！

　　话音未落，我便置身于一个黑暗寂静之处，远远近近看不到任何东西。这里简直太黑了，以至我觉得自己就好像踩在一张无限广大的黑纸上，没有光，没有声音，没有方向，没有距离，走到哪里都一样。

　　奇怪的是，我却莫明其妙地感到，那只大鸟正用翅膀尖上的羽毛抚摸我。这感觉真好，充满情意，无影无踪，不知从何处来，也不知将往何处去。羽毛柔软如水，像丝绸轻抚精美的瓷器。尖端的绒毛在微微颤动，仿佛两个情侣在说着脉脉情话。你发现，在黑色的那边，有个生灵在喜悦、在悲伤、在愤怒，在爱着你，尽管你看不到它，想象不出它是什么样子，但这又有什么关系呢？它还是活生生的！

　　我感到，黑色的世界倒也并不可怕。虽然，这里没有任何形状、任何色彩、任何光亮，但其他的一样不少，而且更让人着迷。

　　我还未看个清楚，就又回到大鸟身旁。它动着尖嘴，发出响彻天边的鸣叫。尽管这声音不是人的语言，我却明白了。它在问，你知道自己在哪里吗？我当然不知道。于是它说，你在一个又盲又聋的人的世界里。

我自言自语道，过去以为瞎子会很苦恼，这样看来，他们的世界依然可以不可思议地很美。

大鸟又道，那边大树上趴着一只蚂蚁，你去它的世界里看看。然后，不由分说，将我推进一个球形世界里。

亿万个世界（Ⅱ）

你肯定会说我在胡说八道，我当然没有！好吧，我把看到的情形告诉给你。这儿，只有前后左右，而没有上下，世界不过是在一个球形天幕上不停变幻样子的图景。比方说吧，天幕的边缘有一片叶子，我只需要向前爬。叶子越变越大，直到我的触角碰到它。还比方说，天幕的顶端有一段树枝，树枝上挂着一条睡着了的甲壳虫。我会沿着一条球面上的曲线爬到它那里，把它逮住，然后告诉其他伙伴，这里有美味的食物。于是，就会有成千上万的蚂蚁沿着各自的球面曲线爬过来，和我分享这只垂死挣扎的虫子。

虫子的力气很大，它因为疼痛带着我从枝头跌落。天幕上的图景会瞬间千变万化、七摇八晃，最后以我不能理解的方式静止下来。我头晕眼花地向四处看，发现自己没在这个世界里留下任何移动过的轨迹，却奇迹般地到了另一个地方。如果我仅仅是只蚂蚁，当然不能理解刚才只是做了一个简单的直线运动，因为在蚂蚁世界里，是不存在直线这种东西的。

好了，好了，说现在的事情吧。我趴在枝头，世界是球形的。头顶的方向呈黑蓝色，散布着点点星光，脚下的方向是乌黑色的，一片寂静。在上半球与下半球的交界处，密密麻麻的光点地聚成一条很明亮的光带，像银河一样。仔细看过去，有大楼，有路灯，有街道，有飞驰的汽车，有慢慢行走的人。这让我很惊讶，这个城市里的万事万物竟然被剧烈地压缩在一条光带里，平时觉得它们宏伟巨大，此时却是如此之渺小！

在这里，无所谓远，也无所谓近。很大的东西，比如说夜空，我永远也触碰不到，它是一个很古怪的存在物。而很小的东西，比如说一条不停变换形状的虫子，我却能很快爬过去，咬到它。这个世界也很简单，虽然有无数多个东西，但对我来说，却只分为有食欲的和没有食欲的，危险的和不危险的。除此之外，对我来说，没有任何意义。

我正思考着这个新奇的世界，一条肉红色的舌头不知从何处罩过来，和夜空一样大。我还没来得及懊悔和害怕，世界就变得一团漆黑。不过，黑暗只是一小会儿。我马上又回到了大鸟身边。它用翅膀指了指很遥远的地方，我一下看到了那个趴在枝头的蚂蚁，仿佛近在眼前。一条壁虎正伸出舌头，把它卷进嘴里。

大鸟用黑色的大眼睛盯着我。那眼睛特别大，像马眼，令人害怕，但仔细看去，却有一丝说不出来的仁慈。它继续大叫几声，说，你应该去蜻蜓的世界里去看看，他们有几万只眼睛，每只蜻蜓都觉得自己同时生活在几万个世界里。

我心里一阵惊慌。大鸟仿佛看出了我的心境，对我冷冷一笑，又叫道，你还可以去一棵树的世界里看看。那边的松树怎么样？它有两百多岁了，它的世界也很与众不同。

我慌忙摇摇头。大鸟仰起脖子，朝夜空里望了望，又叫道，对了，你不是认识一个老疯子吗？去吧，到他的世界里转一圈！

大鸟像是知道我还要拒绝，不等我开口，便挥动有半个天空大小的翅膀，将我扇到一个黑白世界里。

这是个很寂静的，只有从深到浅黑白两色的世界。仔细听，不知从何处传来嗞嗞嚓嚓的电流声。一座深灰色的尖顶房子倒悬在头顶两三米处，有水滴从铁皮门流出来，又顺着瓦片边缘落在地上。浅灰色的天空里，有只黑纸剪成的喜鹊在上上下下僵硬地飞舞。

不远处，挂着一只倾斜着的鸟笼子，一只黑铁丝编成的白色小鸟站在里面。奇怪的是，它的嘴却是红色的，这是黑白世界里唯一与众不同的颜色。我不知道那一抹红色从哪里来的。

小鸟在笼子中不太灵活地跳跃，好像是受了点伤。渐渐地，我发现它的身体接近于透明。其实也不奇怪，小鸟本来就是铁丝编成的。透过它的身体，我隐隐约约看到另一个世界。那个世界很斑斓，有无限多种颜色。小鸟叽叽喳喳地对我叫了几声，似乎是在说，你用斧子把我的身体劈开，就能去那个世界了。

我一下变得很急切、很焦躁，四处找那把原本很熟悉的斧子。可恼的是，有个白色石膏塑成的男人竟跑到我面前，想夺下斧子。对于一个石膏做成的人，你还能指望什么呢？他怎么能理解还有个奇迹一样的世界在小鸟身体那边呢？我当然是不能有半点怜悯之心。

于是，我高举起斧子，照着那个薄薄的石膏脑壳砍过去。我怀着无限仁慈之心，愿他后世不再被石膏所累，成为一个更加自由自在的人。

石膏片碎了一地，我激动地想，这下好了，新世界的大门向我敞开。我挥舞着斧子，跑进那个五光十色的世界……

亿万个世界（Ⅲ）

这里可真是震撼啊！放眼望去，一大片由金黄色油彩堆成的麦田，在缓缓随风扭动。那油彩有半尺厚，比世上最丰饶的土地还肥沃。远处，耀眼的太阳由浓红色的油彩裹成，一大截、一大截半黑半红的粗重阳光凝固在天空里。还有一个用深蓝色涂抹出来的男人，正弯着腰，穿行在泥泞的黄金色油彩之中，好似淌过一条满是淤泥的河床。

到处散发着油彩的狂乱气味，风是油彩，树是油彩，人是油彩，水是油彩，看得见的是油彩，看不见的也是油彩，喜悦是油彩，仇恨是油彩。这个世界真是太合我的心意了！一丝一毫的烦心事儿都没有，我主宰着油彩，油彩主宰着世界！

只可惜，这一切如同春梦，可人的女郎还远在天边，这个世界就已经无影无踪。大鸟用马一样的眼睛嘲笑我，让我当真有了一丝羞愧。它叫道，他是个疯子，还是个现代派画家。只是，他的画没人稀罕，就疯了。

我答道，真可惜，他的世界没人去过。大鸟说，是啊，没人去过的世界就好像不存在一样。不过，也很美，是不是？

此时，我竟然有了种和醉意差不多的感觉，我竟然忘了刚才的恐惧之心！我忘乎所以地对大鸟说，我还想到其他的世界里去看看！

大鸟立刻挥动翅膀，狂风吹得我晕头转向。等我可以定睛去看这个世界时，发现自己正站在一条很宽的街上。天空是苍灰色的，高楼大厦像铅笔那样插向空中。街道上湿漉漉、滑溜溜，有一层厚厚的半凝固油脂。脚踏上去，可以随处踩到动物的内脏、皮毛，或者带淋巴的肉。街两侧的人如同两股黑烟组成的涌流，无比的瘦弱、矮小，且神色都惊恐万状。

街边有个卖烧饼的摊子。我走过去，付了钱，那个眼眶腐烂的中年女人忧郁地看了看我，将烧饼递给我。烧饼里裹了几个鸡蛋大小的铅块，还有无数砒霜凝成的晶体。更不可思议的是，烧饼中间卷着的那片菜叶异常碧绿，竟然是绿色的染料画成的。还有一截烤肠，仔细看去，里面躺着一头病死的母猪和一只掉光了羽毛、爪子溃烂、皮肉呈黑绿色的鸡。

我立刻意识到高兴得实在太早，于是大叫一声，我不想待在这里！于是，这个世界如同画布一样抖了抖，一个声音传来，是大鸟的。它说，你不能回来，还有个世界等着你呢！

这样，我就被抛到了另一个世界。怎么说呢，这里有很多人，可是每个人都不说话。他们在笑，但另一只手藏在背后，握着一把匕首。这个世界很拥挤，吃的喝的住的将很快耗尽，必须抛弃一部分人，可谁都不愿意牺牲自己。于是，大家只等着一个引信，一声爆炸，趁着一个大混乱，来达到这个目的。

我是唯一一个手里没有匕首的人。于是，人群朝我聚集过来……

等我再回来时，大鸟已不见了。女人站在那儿，惆怅地对我笑了下，说，来看看刚才那两个世界的主人。说完，她伸出手，指向一座高楼的顶层，那儿站着个脸色麻木的男人，正失神地向下面望。女人说，他是个抑郁症加厌食症患者，另一个呢，你看，在那边，刚丢了工作，这月的房租还没交。我顺着她的手看去，有个背如弯弓的年轻人，失望地颓坐街头。

女人问，看过了这许多世界，你怎么想？

我答，我很害怕，只想回自己的世界，别人的世界与我，又有什么干系呢？

女人伸出一只手，抚摸我的脸颊。我惊愕地看到，现在，她的整个手掌都不透明了。我闻到了一丝人的气味，却特别难过。

她说，一粒米和亿万个世界没什么不同。你能把一粒米给红嘴小鸟，就一定能面对那亿万个世界。相信我，这是你的宿命，你别无选择。

我又问，万事万物为什么就不能有同一个世界呢？那样该多好啊！

女人说，可是做不到，想一想，一只蚂蚁和一个疯子怎么会有一模一样的世界呢？

我又不依不饶地问，可这亿万世界总会有什么共同的东西呀！

女人冷冷一笑，道，当然有！

我忙不迭地问，是什么？

女人温情地望着我，让人觉得她真的是在深爱你。她说，就是我们永远也得不到的东西。

炼钢厂（Ⅰ）

我一时间愣住了，觉得女人说的不对，又觉得她说得很对，觉得这世界真是很可怕，又觉得其中还有蛮大的指望。这感觉真是挺古怪。

女人对我眨眨眼，挑逗地笑了下，道，刚才，你看到的全是旧世界，现在还你一个新世界怎么样？

我没吭声，不知道她要干什么。女人拉起我的手，一下子转过身。说也怪，当她那只不透明的手抓紧我时，世界猛地变得熟悉了。我们又回到了那座北方城市的城乡接合部，这里有一排排杨树，有拥挤在一起的简易房，有正在废弃的田野，还有很干燥的、让人畏惧的寒风。

当然，还是夜晚。地平线乌黑，天空稍淡，隐约看得见不远处立着个建筑物，好似趴着的庞然大物。我记起来了，那是个炼钢厂，这几年不怎么见它冒烟了。白天时，它灰头土脸的，红砖围墙倒塌，防锈漆剥落，到处生着齐腰的荒草。只有在夜色里，你才能发现，它仍旧是一个有钢筋铁骨的大家伙。

女人走在我前面，通体发光，照亮了小路。不过某一刻，她突然不见了，全无踪影。可周围的一切都不陌生，我行走自如，看得见、听得见、闻得见。就算是漆黑一团，对我来说，也是亮如白昼。我怀疑，身上的某个新的感觉器官复活了。

我抬起头，斜上方黑色的树枝上，蹲着一只发着钻石光彩的红嘴小鸟。它欢喜地对我一笑，分明是那个女人的神情。小鸟叽叽喳喳叫了几声，飞起来，落在前方一截横在空中的钢管上。那里，结了一张蛛网，有只紫色的蜘蛛慢慢向小鸟靠近。在它碰到小鸟爪子的一瞬间，它自己倒是给烧着了，像一枚烟花，冒出一点刺眼的白光，然后化为灰烬，啪的一声，掉在地上。

小鸟猛地纵身一跃，落在高墙的豁口处，我突然觉得身后传来巨大的、让人恐惧的声音和震动。我转过身，背后的高炉隐隐发红，好似苏醒了。

等我回过头，小鸟不见了，女人笑呵呵地站在身边。她一挥手，高炉不动了，恢复了死寂、冰冷的样子。女人说，你看，我又回来了，我是多么熟悉这里啊！

她闭上眼，痴迷地喃喃道，春天来的时候，那棵树上会冒出小芽。这绿色可真美，世上再难找到相同的颜色。我曾站在生了锈的钢铁高炉顶端，俯瞰干燥枯黄的平原，俯瞰银光闪闪的河流，看到万事万物都在获得新生，唯有它一动不动，走向死亡。高空里的风特别大，来自四面八方，在大风里飞翔，像在巨浪中游泳一样，无所谓上，无所谓下，无所谓天，也无所谓地。

正说着，有两个黑色身影从我们旁边经过。他们缓慢地走着，身体前倾，吃力地倒拽着一具白色的尸体。尸体仰面望天，看不清面目，长发像扫帚一样抚过遍地瓦砾。一只宝石红色的蝴蝶亮闪闪地停在她的乳房尖上，不慌不忙地翼动着双翅。

女人说，走，看看他们要干什么。

两个乌黑的男人向高炉那边行进，死死低着头，仿佛不想让别人看清楚自己。周遭无声无息，只有尸体翻动石块、土块，还有压倒枯草时发出的吭当吭当、咔嚓咔嚓声。

他们沿着一条铁轨来到高炉下方，然后一前一后爬上高炉底座。

高炉异常的巨大，像一把可以遮住天空的雨伞。两个男人将白色尸体扛在肩头，蚂蚁一般攀上了铁梯子，越来越小，直到变成一个亮点。

那只红色的蝴蝶反身飞过来，落在女人肩头，好像受到惊吓似的。女人低声说，别怕，别怕，没什么好怕的。

她从厂房角落里搬来三只木板箱，搭好，刚刚与高炉的底部平齐。女人转过头，微笑着对我说，咱们到里面看看，说罢，轻巧地带着蝴蝶钻进高炉里面。我大吃一惊，半信半疑地爬上木板箱，拍了拍冰冷的高炉壁，夜空里传来撞击钢铁的沉闷响声。

女人在不远处挥了挥手，道，相信自己，你行的。只在一刹那，将近两米厚的炉壁对我失去了阻力。我跟跄了一下，浑身酸麻，就来到了钢铁之中。此时，钢铁好似果冻一样，带着点杏仁的味道。

钢铁之外，又是近一米厚的矿渣。我的身体越发无牵无挂，坚硬锋利的矿渣对我毫发无损，摩擦在身上，有点像面粉洒在手背上的感觉。同时，我还闻到一丝甜涩的味道。

我和女人，还有那只红色的蝴蝶站在巨大的高炉底部中央，一片黑暗、空旷、寂静。我仰起头，看见那两个黑色男人扛着尸体，正慢慢攀缘着凹凸扎手的矿渣爬下来。

他们悄无声息地来到我面前，将尸体抛在地上，伸直僵硬的腰身，四处张望。好一会儿，一个男人解下腰带，仔细看去，那可不是什么腰带，而是小拇指粗的铁丝。他蹲下去，将铁丝刺进那具白色尸体的胸膛，穿过去，又咬牙扭了几个弯，让铁丝牢牢捆住尸体。另一个男人不知从哪里搬来乌黑的钢锭，砰的一声扔在地上，说，老四，你整结实点，这样沉到河底就浮不起来了。

说话间，高炉顶端传来轰轰隆隆的声音。一个倾倒矿石的大铁铲来到高炉口处，哗啦啦，无数矿石铺天盖地地泄到炉底，一下子埋住了我的膝盖。让我诧异的是，我依然行动自如，无论再坚硬的东西，似乎都与我无关。

不光是我，还有女人，还有蝴蝶，还有两个黑男人和那具白色尸体都是如此。我静静地看着他们，他们也旁若无人，干着自己的事。矿石一铲接一铲地向下倾倒，越堆越厚，没过我的脖子，头顶，最后填满了整个高炉。

我再一次仰起脸，望着头顶上空厚重如山的矿石，心里空荡荡的。月光如水银，穿过厂房顶，穿过钢铁炉壁，穿过层层饱含铁质的大石，一直照射到我的脚下，一切都纤毫毕现。

那具女尸也睁开眼，困惑地望着夜空里的亮月，一滴泪水顺着眼角流出，光芒刺眼。她好像不知疼痛，身体任由两个黑色男人摆弄、折腾、残害。她又看了看我，想说什么，可又什么都没说，只是朝我摆摆手，让我别再看她。

女尸好生眼熟，似乎就是身边的女人。我忙转过身，四处打量，果然不见了女人。我正吃惊，又有人轻抚我的前胸，女人轻声问，你在找什么？我没吭声。再抬头看那女尸，已闭上双眼，很陌生的样子。

这时，大地一颤，高炉底部的纯氧喷口吹出了强劲的气流。不知从何处跳过来几点火星，瞬时间，四周耀眼一片。

炼钢厂（Ⅱ）

火焰的尖端呈深蓝色，喷射、附着在铁矿石上。渐渐地，巨大的石块开始发烫、发软、发红、发黄、发白，慢慢改变形状，失去了棱角，变成圆形、椭圆形，再变成四处流敞的液体。

钢水很浑浊，很黏稠，费力地蠕动着。浓红色的液体中，悬浮着一大片一大片黑灰色的炭渣。这些杂质不停地上浮，聚集在一起，形成一个大壳子，把逐渐沸腾的红色怒涛覆盖在下面，但不一会儿，又被震得粉碎。

处处震耳欲聋，钢水上下狂涌，猛烈撞击。一切有形的东西在失去形状，只剩下平日里无法想象的旷世奇景。烈火、巨响、金色的熔液像夏日里的轻风，抚过我的脸颊，让我感到稍稍发烫。一切又没有变，灼热的地方很凉快，轰鸣的地方又很寂静。

血红色的蝴蝶在接近透明的钢水中飞舞。它的翅膀是那么有力，形成一股龙卷风，让这里天翻地覆。钢水仿佛世上最清澈的汁液，将蝴蝶洗得愈加光彩照人。

这里太亮了。那两个黑男人变成胶水颜色。我有种奇怪的感觉，我仿佛知道他们两个在想什么。其中一个跪在地上，正卖力地把尸体上的铁丝与钢锭绑牢。另一个，站在一边，嘴里吐出烟圈。他看着烟圈，疑虑地说，我说老四，咱们是不是有点狠了？这丫头咱也不认识，何苦整死她呢？

另一个头也不抬，咕哝道，左右是个死，早死早投生吧。你看看她，为了活命成天被男人侮辱，过的叫什么日子？让她死是对她好！

抽烟的男人又吐了个烟圈，幽幽地说，这么狠下去，也不是办法啊，这世上，总得对什么人好吧？另一个放下钢锭，拍拍手，说，我说大哥，你怎么说起这话了？我可有点不放心了啊！咱们没退路了，要是动了善心，那就是个死啊！

抽烟的男人狠狠把烟屁股扔在地上，擦了把眼泪，道，你说得对，咱不靠发善心活着。去他的，咱靠下狠手活着。是啊，是啊，就这样活着，能活几天算几天吧！世上的好心人啊！你们是一群羊，让人宰了的时候，只会流几滴下贱的眼泪。

两人正说着话，矿石已全部熔解，钢水晃晃悠悠的，好似翻腾的海水，又像是一碗装得太满的稀粥。高炉开始移动，轰轰隆隆地沿着铁轨到另一个地方。咣当一声，它卡死在某个位置。又传来电动机满负荷工作时发出的嚎叫声，高炉慢慢倾斜，钢水嗷嗷大吼，争先恐后地流出去，落到沙石水泥铸成的槽子里。火星四溅，远远近近充满嘶嘶啪啪声。

我浮在钢水表面，看着不远处的女人。她现在是橙色的，半透明，有玉一般的光泽。她用手掌捧起一些钢水，举到眼前，闻了闻，又倾倒下来，着迷地观察这些浓红色的液体凌空而下，仿佛这其中藏着什么天大的秘密。有一些钢水珠溅到她的脖子上、肩膀上，还有圆圆的乳房上，显得格外好看。她只轻轻一抹，便把那些钢水珠擦去了，不留半点痕迹。

女人的脸泛着火一样的红晕，又惊艳，又羞怯。她一挥手，扬起阵阵浪花，无数钢水珠子落在我的头发上、脸上，像水一样温柔。我也像她一样打起了水，于是，女人的头发也被钢水打湿了。她的头发呈淡紫色，不时闪烁着深蓝色的光。

不一会儿，她游到了大槽子边缘，一跃便站在了混凝土地面上，身上滴落的钢水珠慢慢冷却变黑，发出冷冷的乌光。

那两个黑男人也过来了，扛着尸体。叫老四的男人有点累了，坐在正在冷却的暗红色钢锭上，说，大哥，刚才不知怎么回事，我有点怕。被称为大哥的男人望了望黑色的天空，说，我也有点。老四说，我刚才想我娘了。大哥说，我也想了。

大哥，我娘……

别再提娘了，咱们现在是鬼，早就对不起娘了，也不配再提起她老人家。

可是……

你听没听见？别再可是了！

好、好、好，不提了。

……

大哥，刚才我和这小丫头干那事时，觉得她挺好的。你看看，她的小脸、小腰、小屁股，搂起来软乎乎、热乎乎的。你闻闻，我手里还有她的香味。现在呢，都这个样子了，真磕碜。人哪，还是活着好啊！

不就是一百多斤肉吗？弄坏了就弄坏了，下回咱们再找。

大哥，不是再找的事儿，怎么说呢？你想想，她刚才咋叫唤的，哪像个人啊！还有那瞪大的血红眼珠子，吐在嘴外面的长舌头，真吓人！晚上做噩梦啊！

整死人这事，干多了就木了。整死一个和整死一百个没什么区别。

大哥，你还是没明白。你闻闻我的手心，这丫头身上的味儿是甜的呢！是那种感觉，是那种感觉，你懂不懂？唉，那种感觉真好！

去，别再提这感觉那感觉的了，再提我动刀子啦！

大哥你怎么就急了呢？好、好、好，不提就不提。

……

老四，歇好了没？好了咱走。

……

两人扛起尸体，继续向前走。同时，从厂房顶部移动过来两台吊车，投下铁钩，将冷却了的钢锭吊起来，重重地放在一条由滚轮组成的流水线上。我顺着滚轮望去，前方黑咕隆咚，隐约立着一个微微发光的大家伙。

正好，一条由煤渣铺成的小路与流水线重叠着，通向那个大家伙。煤渣刚从炉膛里掏出来，暗红色，很烫。我踩上去，脚下有点痒，类似踩在羊毛地毯上的感觉。我回过头，女人又恢复了粉团一样的亮色，但她的脚掌流血了，仿佛沾上了玫瑰花瓣。

我说，让我抱着你走过去吧！女人抿嘴一笑，垂下手，顺从地让我抱在怀里。我问她，你疼吗？她答，疼。说话间，我心里一阵刺痛，感到从女人软绵绵的身体里传来缕缕温热。她把头靠在我的肩上，双臂搂着我的脖子，一股一股带有橘子味道的呼吸扑在我的脸颊上。我闻到了人的身体的气息，怎么说呢？似乎没有钢水的味道那样强烈、纯粹、干净，但是很温柔，充满怜爱，并且对我毫无保留。我突然想，还是选择做人吧，做人挺好！

还未在这种如醉如痴的情绪里陶醉多久，脚下就传来钻心的疼痛。火烫的煤渣刺进了我的脚，而且怀里的女人越来越重，重得不可思议，让我寸步难行。她仿佛睡着了，脸轻轻蹭了蹭我的胸膛，嘴唇动了动，嘴角挂着一丝安详的微笑。但是，女人在迅速地增加着重量，尽管她看起来一丝一毫也没变。很快，她就和钢锭一样重，一小会儿之后，她就超过了十个钢锭的重量。

总之，这是一种不能想象，不能比喻，不能用语言说清楚的重量。我终于不能再迈一步了，小腿深陷在煤渣里。我筋疲力尽地僵在那里，不忍打碎女人的梦乡。我想大叫，又不知该叫什么，该向谁求救。用不了多久，我就会被压死，消失在乌黑的煤渣里。我暗暗祝愿女人在甜梦中醒来后，什么也不记得了。

炼钢厂（Ⅲ）

当我在做最后的挣扎，不抱什么希望时，女人却醒了。她笑了笑，说，再坚持一下，向前走，很快就到了。我不知我们要向哪里去。可我试着拔出一只脚时，却真的做到了。我的小腿血淋淋的，无数刚刚冷却的煤渣冒着灰白色的烟。我吃力地站稳，拔出另一只脚，向前迈了半步，踉踉跄跄地移动了一小截。

流水线上的铁滑轮撞击着我的肚子，穿进肠子，绞得五脏六腑剧痛无比。我知道，我不再那么透明了，我被这个世界牵挂着，这是我要付出的代价。可是，我还是坚持了下来，轻轻地将女人放在一块钢板上。

与其说是块钢板，更不如说是块巨大的铁砧板。上面光溜溜的，冰凉，并且有无数沉重撞击留下的凹痕。一片漆黑，头顶传来生锈的金属块摩擦发出的刺耳响声。

女人躺在哪儿。两个黑男人悄悄走过来，这回两手空空，尸体不见了。大哥向四周望了望，道，行了，就扔这条河里吧，深浅足够。来年，肉烂了，喂鱼喂虾，世上就再没这个人了。

大哥走上前去，推了推躺在钢板上的女人。这下面，竟真的有条河。透过钢板，我看见这条黑沉沉的河里，游着无数奇形怪状的鱼类，河底，有厚厚的淤泥，想必，尸体沉下去，会埋在最下面，永远见不到阳光。

老四也走上前去，迟疑地对大哥说，我，我想给这丫头磕个头。大哥恼怒地说，磕什么头？为什么磕头？你欠她什么了？

这时，头顶上刺耳的响声骤然变大。我费力抬起头，原来是一块钢锭被吊了过来，正缓缓下降，落在钢板上。轰的一声，钢锭停稳，这样，女人就不仅躺在钢板上，也躺在了钢锭里。我看着她，就像看着一条玻璃缸中的金鱼。

老四犹豫着说，我不欠她什么，可是，可是，这丫头毕竟让我快活了一小会儿，怎么也得谢她一下吧？

突然，一股强劲的气流涌来。世界瞬时像一幅扭曲的画，歪歪斜斜。我发现，眼前的这个大家伙原来是一台吨位巨大的油压机，用它的铁锤，把钢铁砸成任意形状。

老四的话音未落，铁锤便砸在了钢锭上。我一阵头晕耳鸣，暂时什么也看不见，只记得一个很大的黑影子从头顶飞过来，白光一闪，然后有种想呕吐的感觉。

那铁锤从夜空里来，从黑暗里来，从虚无中来，让一切都很微末。

我望着无边无际的天空，目瞪口呆。钢锭跳了一下，像面团一样扁了一截。女人躺在钢锭里，轻轻地抬起手，用小手指尖抹了下眼角。

大哥狂叫道，你疯了吗？现在，是世界上所有人统统欠我们的，他们要用血来还！我们活一天，就要用他们的痛苦来找乐子。没有油锅，没有地狱，没有阎王，没有小鬼儿。老四啊，你那点善心不如一个娘们的袜子，扔了吧。

老四说，大哥，你不知道，这丫头亲了我的脸呢！我却把她勒死了。要知道，这辈子，除了老娘，没人亲过我的脸啊。

大哥说，那是因为你给了她钱。这样的贱人，为了钱，莫说亲你，什么事做不出来？

老四说，不是的，不是的，她亲我的时候，我心里暖活活的，那不是钱的事儿。

大哥说，今天你给她磕了头，明天枪子就找上你的头！你信不信？

老四说，这个，这个我信，可是，可是磕一个吧，我良心上过不去啊！

大哥说，磕吧，磕吧！早晚你得害了老子！

女人在钢锭里好像躺得很不舒服。她翻了个身，那钢锭也翻了个个，任由冲击力有一万吨重的铁锤把它砸成古怪的样子。铁锤撞击的频率越来越快，大量的碳物质像黑色的油，从钢锭中渗出来。这样，钢材愈加变得坚硬，它不再是钢，也不再仅仅意味着锋利。它重生了。

这时，女人似乎睡了一觉，又醒了，慵懒地坐起来，伸展几下腰身。

污水处理厂（Ⅰ）

大哥不耐烦地说，头你也磕了，现在，把她扔河里吧！

　　女人在背后拍拍我的肩，道，咱们走吧。我转过身，发现女人正头也不回地往远处走。嗵的一声传来，老四把白色尸体从钢板上推下去，落到河里，黑色的水花四溅。我看过去时，仅仅见到一团亮光，那只宝石红色的蝴蝶在空中猛地爆炸，洒了一地红纸屑。

　　这条黑沉沉的河，寂静地流向远处，那里更黑暗。女人停下步子，面朝河水，低着头，一言不发。她的身体是唯一明亮的光源，孤零零地立在一片黯淡之中。一片片墨色波浪流到她身旁的光亮处，又消失在黑夜里。

　　她光着脚，缓缓走进齐腰深的河水中。我跟着她来到水中，可我发现，衣服没有被打湿一星半点。水流微微发冷，柔软却又有力地推着我。水底，有团晃动的墨绿色的光，那是女人的双腿。

　　河底的淤泥里藏着各式各样稀奇古怪的东西。有废弃的建筑材料，有生满红锈的自行车，有肿胀的布娃娃，有铁皮罐头盒，有鸟、鱼、猫、狗的尸骨。虽然隔着乌黑的河水和淤泥，但他们却像闪闪发光的黄金矿床一样，被我看得一清二楚，没有半点秘密可言。

　　我踩着他们向前走，时间就像这河水一样清晰可见。有那么一刻，这一切都活了过来。于是，我看见，在黑色河底，有无数小动物在四处奔跑、嬉戏打闹，崭新的自行车在飞快行驶，尽管上面没有人骑。

　　女人从河水里捞出一个哭泣的婴儿，爱怜地打开褪褓，向空中一抛。几张布片随风而落，而那个婴儿抹了抹眼中泪珠儿，化作一只黑鸽子飞走了。

　　我终于发现，前方不过是另一个熟悉的所在——一个污水处理厂，在我蜗居的地洞的不远处。每当夕阳西下，我都会溜达到这里，细听汩汩的水声，看着汹涌污浊的水流进去，又变成清水顺着粗大管道流出去，像一个生命在不停地转世投胎。

　　入口处，有个巨大的铁闸门。门口的水面上，聚集着厚厚的漂浮物，很肮脏，很恶心。女人在前，我在后，慢慢穿了过去。她依然通体明亮，白色的长裙没被沾染到一点点。而我，胸膛、脖子，还有嘴上挂了不少黏稠浆液。

迎面而来的，是个仿佛湖一样的巨大混凝土水池。注进来的水流从十几米高处泄入池中，一直砸进水下很深的地方。无数气泡被沉重的涌流裹挟，从黑暗无底的深处漂浮上来，形成一圈圈紫色泡沫。

浪头越来越大，不知何时，又下起了雨。视线变得不太好，世界开始晃动。我费力地站在水中，沉沉浮浮，有大浪打来，淡绿色的污水蒙住了双眼。

我听见有人在岸边大叫救人，随即，一个水桶粗的光柱打在水面上，光柱周围毛茸茸的，隐隐约约看得见无数个黑色脑袋。我很奇怪，因为我和女人并没有向谁求救，也没有危险。这环境很恶劣、很肮脏，但不过是个污水处理厂，天底下的污水处理厂可不都是这个样子吗？

奇迹出现了，当光柱照射在女人的身上时，我发现她正踏在绿色的波浪上行走，仿佛站在一个广阔无垠的舞台上。女人的衣服不停地变幻着颜色，一会儿散发着幽幽的紫色，一会儿又放射出刺眼的黄金光芒，一会儿洁白得像朵梨花，一会儿又妖艳得如同鬼魅。巨大的浪头迎面向她扑来，但都擦身而过，只是更显得女人仪态万方。

那两个黑男人不知何时也游到了她的近旁。可奇怪的是，在聚光灯的照射下，这两个本来没有面目的黑男人竟变成了两个侏儒，样子可笑又可怜。他们俩都不会游泳，拽着女人的裙裾笨拙地垂死挣扎。

我惊呆了。此时的女人倾国倾城，她分明是行走在水上的神！我这样想，心里却满是悲伤和失落。因为，我不觉得她现在的样子很好。我隐隐感到哪里不对劲儿，女人已经不是她了，自从被聚光灯照射过之后就彻底变了。

女人沿着光柱，向岸上走去。从她僵硬的步态、麻木的神情中，我惊恐地发现，女人似乎已经死了，尽管她比任何时候都更像神。在强光下，我只看得见水晶一样的背影，离混凝土筑成的岸边越来越近。

岸上的人一片欢呼，放下一条钻石样的软梯子，光芒四射。只要再费一费力，女人就得救了。她迈出一只脚，轻轻踏在钻石上，用一种空洞的微笑向我道别。

这时，岸上的人伸下无数长竹竿，想把抓着女人裙裾的侏儒打落水中。有人在大叫，这两个东西不配做人，我们不救他们！

两个侏儒绝望地在水中挣扎，一会儿沉入水中，一会儿又露出丑陋、古怪的脸。但他们死死抓住女人的裙裾，仿佛这就是最后生机。他们还张大嘴，嗷嗷地叫着别人听不懂的话，语调焦急、刺耳，显然，希望自己还能得救。

许久，两个侏儒彻底绝望了。在无数长竹竿激起的大浪中不再挣扎，而是用一种仇恨的眼神盯着岸上的人。慢慢地，他们沉入水中，留下一串气泡。岸上的人欢呼沸腾，催促女人快点上来。

突然，两个侏儒变成两只很丑的硬壳怪兽，从水中钻出来，尖叫着，在女人的小腿上咬了一口。有人从岸上撒下一张大网，轻而易举地将两只怪兽网住。岸上的人大喊道，捉住它们，杀了它们！那两只怪兽瞪着血红的眼睛，怪叫着，用尖牙撕扯着大网。那怪叫声中，我分明听见两个黑男人的哭泣。

情况万分危急。怪兽已经撕开大网，用不了多久，它们就会挣脱出来，然后，冲上岸，在手无寸铁的人群中肆意屠戮。

我看到，在强光之下，女人的身体在迅速地变得不透明，变成肉身的颜色。人们都惊呆了，一片寂静。女人俯下身，轻轻解开大网，抚摸一下怪兽的头，让他们逃脱了。然后，她转过身，惆怅地望了望岸上通明的灯火，纵身一跃，消失在水中。

污水处理厂（Ⅱ）

岸上的人默默散去了，很失望。他们的神死了，临死前还做了让他们不能理解的事。周遭恢复了黑暗，污水池中的洪流继续向前奔涌。我从水中拎起一只死去的猫，可我没有女人那般神奇的力量。这猫没活过来，僵硬地被我倒提在手上，一串串冰冷的水珠滴落在脏水中。

前面有道铁闸，黑沉沉的。过去之后，是一个更大更深的混凝土蓄水池。这里的水比较平静，经过一道过滤，更清澈些。

两个黑男人在不远处，一个沮丧地垂头坐着，另一个抽起烟，无神地望着水底。不一会儿，那具白色的尸体浮上来，在水中微微起浮。

老四瞄了一眼尸体，叹口气，道，大哥，我有点累了。东躲西藏的日子不好过。要不，咱们到工地搬砖去吧。我十二三岁那几年搬过砖，虽然累，但心里踏实，一觉睡到天亮。

大哥用小手指尖在眼角上抹了抹，道，谁不想过好日子啊？可好日子在哪儿呢？搬砖？你还没被人欺负够啊？咱不就是不想被人欺负才走这条道的吗？

老四道，过去，是别人对不起咱，现在，是咱对不起别人，还不都一样？冤冤相报何时了？

大哥道，放屁！这个世界欠我们的，我们就要拿回来。

老四道，可你从谁那里拿？这丫头也是苦命人，咱还不是一样把她弄死了？

大哥沉默许久，不知从哪里找来大铁钩，一下子刨在尸体上，道，这条河还太浅，咱们得再扔远点。

这时，蓄水池的另一侧火把通明。之所以说"另一侧"，是因为刚才救人的那些人和他们的探照灯都聚集在我右手方向，而这回呢，所有的火把都在我左手方向。

火把在晃动，把巨大的蓄水池染红了，仿佛有无数生物曾死在这里。在红色的波涛里，两个黑男人不见了，只剩下两个哇哇泣哭的婴儿拼命挣扎。而那具白色尸体，漂在婴儿附近，倒像是他们的母亲。只是这母亲很难看，大大的白肚皮，眼圈发黑，手指细长，像是树根，指甲翠绿，如千年妖精一般。

眼看婴儿要淹死，岸上跳下来了个男人。身材魁梧，眼光有神，像是个善良人。他游到水中，一手一个，将婴儿夹在腋下，又终于爬上岸。人群围过来，惊叹地说着什么。

尽管我在水中，离他们很远，我却像看着近在咫尺的情形。怪异的事情发生了，两个婴儿的身体没有变化，但面容却在迅速地衰老，只一小会儿，就成了个小老头，还长出一条肉色尾巴。人们给吓傻了，看着男人怀中的两个怪物，不知如何是好。

小老头婴儿咧开嘴哭了，像青蛙在黑暗里怪笑。他们瘦细的小手指着飘在红色水中的母亲尸体，身体一蹿一蹿要找妈妈。有人说，小怪物咱们还养得活，那老怪物却救不得。救上来，今后要害人的。

大家纷纷说，对，对，对，老怪物救不得。于是，人群开始离开污水厂。两个小老头婴儿愈发哭闹得吓人。人们看得出，他们俩离不开妈妈。又有人说，干脆这两个怪物也不救了，弄死了算了。不知谁拿来了两根稻草绳，像捆螃蟹一样，将小老头婴儿绑了个结结实实。还有人举起大铁锤，说，就把他们砸死在这儿吧！

锤子第一下砸偏了，只砸到小老头婴儿的尾巴上。他俩瞪着乒乓球大小的眼睛，悲伤、恐惧地看着人群。第二下，锤子将其中一个小老头婴儿彻底砸烂了，就像碾死一只蟑螂。他的肚子破了，五脏六腑，还有鲜血、脑浆溅了一地。

剩下的小老头婴儿愤怒地大叫一声，瞬间挣脱了草绳，凌空跃起，扑上挥舞锤子的人的脸，朝他眼睛咬下去，然后，衔着带血的眼珠，一下子蹿进血红的蓄水池，不见了。

污水处理厂（Ⅲ）

不知过了多久，水流经过几道过滤，变得越来越清，最后，混入漂白、消毒的化学成分，涌入一个密封的所在进行沉淀。从那里，水将通过无数条管道，流向城市各处。

经过几番折腾，我疲惫不堪，与大堆大堆过滤出来的污物一块儿倾泻在污水处理厂的大墙下。我靠坐在一棵枯死的杨树下，累得什么也不愿去想。稀溜溜的污物没过我的腰，凉冰冰的。更远处，是大片大片干涸了的黑色硬壳子，下面是空的。零星有些草曾经顽强地在这里生长过，不过，现在统统枯黄了。

老四从污物堆里爬出来，满脸泥水。他也是筋疲力尽，瘫软在红砖墙下，失神地看着夜空，身体一动不动。

但我知道他的心在动。他想，大哥，你没了，我该怎么办呀？

我看着他，很想和他说话。可我知道，我们不在一起，我就是说了，他也听不到。这个"不在一起"很难理解，是不在同一个空间里？不在同一个时间里？不在同一个世界里？似乎都不太准确。现在，语言已经很难表达什么了，用它，只能粗略、零乱而且自相矛盾地描叙一些很神奇的事情。

我也在想，老四，其实不必难过，当你有那么一丁点后悔的时候，被你杀死的丫头其实就活过来了。当然，你看不见她，她却看得见你，因为她看得见你的心，她知道你真的是后悔了，而不是因为你害怕死刑，害怕子弹击穿你的脑袋，害怕剧毒将你带进黑暗。

老四似乎听见了我的话，但他是通过自己的心声听到的。心声这个东西很奇特，它不受时间、空间限制，最强悍的无法摧毁它，最勾魂的无法销蚀它，谁也不能把任何想法强加给它，除非它自己说服自己。

老四自言自语道，大哥，我想清楚了，我要回工地去搬砖。我宁可一辈子让人欺负，也不去欺负人，宁可一辈子当牛做马，也不骑在别人头上作威作福。

我想，是否有这样一个世界，让所有人都能有尊严地活着呢？

老四又自言自语道，可是，大哥，我不知道他们能不能给我一条活路。总有一天，我会被逮住的，那时候，后悔有什么用呢？良心有什么用呢？还不都得被枪毙？

我想，如果那样的世界永远都不来，我们该怎么办呢？

老四揩了一把脖子上的淤泥，小声道，前面的路真黑啊，大哥，你在哪儿啊？

这时，来了一辆大卡车和一辆挖掘机。挖掘机伸出巨铲，一铲子将我，连同我身下的一大堆污物倾进卡车后斗里。我被埋在下面，一块石头的尖角硌得我生疼。我不用呼吸，视线也丝毫没被阻挡，看到这污物之中有无数小生物，比如小鱼、小虫子、小毛虾，他们都活得好好的。

又一铲子倾下来，老四打了个滚儿，被埋在我头顶上方不远处，悬在淤泥中。他自暴自弃地点着一支烟，从腰间抽出一把带血的匕首和一根自行车闸线，扔在一起。

这时，卡车一震，启动了，不知要去哪儿。老四一慌，手不由自主地摸向那两件凶器，犹豫了一下，又揣进怀里。

车子颠簸了一会儿，我看见那只红嘴小鸟赶上来，轻巧地落在车厢边缘的铁板上，嚓嚓叫了几声。它身上钻石一样的光芒刺痛了我的瞳孔。

炸掉的楼（Ⅰ）

又不知走了多久，卡车停下来，载重厢后倾，把我们抛弃在了一个垃圾如山的地方。

我似乎早就预感到我们要到这里，而且一定会来，你看，我们就来了。这不是个时间上的顺序，无论走五分钟，还是走几千年，我们都会来这里。这也不是个空间上的顺序，无论走几米，还是走几光年，我们还是会来这里。怎么说呢，这是个头脑里的顺序，或者说是个精神上的顺序，甚至可以说是个超现实，抑或最最真实的顺序，因为我们该到这里来了！

老四心想，我要回家，在家待一小会儿，哪怕被抓住。

他沿着一条黄土小路向前走，隐隐有座很旧的红砖楼立在远处。这是种接近灰色的红，好像一块刚从炉子里扒出来的煤渣，正在凉透。楼房原来四层，不知在何年月，又在顶部续了一层。

现在，这座楼空荡荡的，没有一户人家。所有窗玻璃都碎烂了，不少连框子都不见了，大风呼呼地灌进来。各家各户的门也给拆走了，客厅、卧室、走廊、楼梯，各处扔着木条、破报纸、塑料袋、碎瓷片等杂物。

我顺着墙上的大洞向外望，一辆顶部装有高音喇叭的面包车围着红砖楼一圈一圈地转，反复播放着什么。更远处，几辆推土机轰轰地吼叫着，挖出一个巨大的地基深坑。

老四在一楼走廊里数着门牌号，推开了左侧第十七间房门。那笨重的木头门一下就倒了，咣咣当当扬起大片灰尘。这间房子不大，十几平方米，有个洗手池，有个煤气灶，没有厕所，然后隔了道薄墙，墙那边摆了张只剩下铁架子的床。由于是一楼，窗子外面紧贴着围墙。我想，平日这屋子里是没有多少阳光的。

一道窄窄的月光投在地上。老四蜷缩坐在黑角落里，道，真好，回家了。老爹、老娘，你们去哪儿了？哦，对了，你们都不在了。

红嘴小鸟飞进来，落在一根已经断掉的暖气铁管上，睁圆了乌黑的小眼睛，看着老四。

老四漠然地看了眼小鸟，轻声问，这是我的家吗？怎么变成这个样子了？

小鸟心想，所有人都没有家了，从此，我们要过没有家的生活了。

老四通过自己的心声听到了小鸟的话，他自言自语道，没有家，我们又该怎么生活呢？

小鸟在想，没有家的生活很可怕吗？

……

小鸟又想，我的家在山里，可是我回不去了。早晨的盘山道被雾气笼罩着，我穿过浓浓的雾，就这么下山离开家了。我想过要回去吗？我不知道。我想要得到什么呢？我也不知道。

老四垂着头，一滴眼泪滴进黑暗里。他说，大哥，其实我没告诉你，那丫头死前哀求过我的。她说她也有爹娘，她刚好攒了一笔钱，可以把家里震坏了的房子修一修。而咱们呢，不光抢了她的钱，还要了她的命。还有比这更坏的事吗？还有比我们更坏的坏蛋吗？

小鸟眨了眨黑眼睛，心想，其实你不知道，你还有机会重新开始。因为没有人报警，老板不会因为一个卖肉的姑娘毁了自己的生意。我的旅行箱现在还孤零零地放在美容美发店后院的砖房子里呢。总之，这个世界没发现少了一个婊子。

老四说，那丫头其实没几个钱，也就几千块，可大哥你还是让我把她勒死了。开始，她还抱着希望，想着我能松手，那眼神里有伤心，有感激。可她要断气的时候，就不是这个样子了。她彻底没指望了，充血的眼珠子死死地望着我，像是在问，还有什么能打动你的心呢？

大哥，我们怎么能这么恨一个人呢？这是为什么呢？

……

小鸟想，没有家了，难道你们就一定要倚仗仇恨来活着吗？

老四也在问，是啊，是啊，还有什么能打动我的心呢？有谁告诉我？

炸掉的楼（Ⅱ）

砖楼里是晨光将要来临前的那般昏暗，一切都朦朦胧胧，似见非见。透过尺把厚的水泥墙，我看见楼道里有不少人在悄无声息地走动。这些人低着头，看不清面目，衣服是灰色的，皮肤也是灰色的，对了，和现在微弱的光线是同一种颜色。

他们似乎是两拨人。其中一拨人很有序，戴着灰色的长筒高帽，排成长长一溜儿，每人单手端着一只生锈的铁盘子。另一拨人呢，有点奇怪，头戴白色的安全帽，手里举着钻洞用的风锤，卖力地在墙上开出手臂粗的大洞。洞打好后，他们把黄色橡胶裹着的结晶炸药塞进去，再插上雷管和红蓝双色导线。

不一会儿，半透明的墙上便整齐地布满了洞和炸药，在我看来，像悬在空中一样。空气里飘浮着炸药粉末的味道，有点苦，有点酸，吸进鼻子里时，稍有腐蚀性的刺痛感。这种感觉刺激着我的神经末梢，因为它是令人不安的味道，也是极度危险的味道。我仿佛看到一阵耀眼的白光，在白光后面，我看到了一个全新的世界。

端锈铁盘子的人群默默前进，急匆匆的。我仔细看去，不免大吃一惊。他们的盘子里盛着的全是活物，比如一条活蹦乱跳、黏液四溅的鲤鱼，比如一只蹲在盘子里昂首挺胸的绿尾大公鸡，比如一坨纠缠在一起的肥白青虫，比如一头东张西望、抓耳挠腮的灰毛小猴子。

每只盘子底部似乎都有些剧毒的液体，稍一倾斜，这些液体就流出来，撒在水泥地上，喷出一股股黄绿色的烟雾。

更不可思议的是，我还看见女人赤身裸体地躺在盘子里。当然，盘子很小，仅仅撑住了她的臀部，其余部分都悬在外面。但端盘子的男人一点也不费力，单手将盘子举在肩部上方，就像托着一个塑料人体模特。

我远远地问，你回来了？她微微一笑，答，是啊，还是恋恋不舍的。我点点头，有点伤感，但总体来说，是种劫后重逢的喜悦。女人躺在盘子里，消失在人群中。

突然，在红砖楼的正中心，一个前所未有的光源亮了。在它的下方，出现一个金灿灿的世界。这里的地是金子做的，可不是镀金，而是由一块一块货真价实的金砖铺成，金砖上面统统打着银行金库的编号。地中央，有个巨大的圆形桌子，盖有金丝织成的台布。翡翠雕成的蜡烛正在燃烧，冒出紫色的火焰。水晶碗里，盛着银子熔液，飘着鹌鹑蛋大小的红宝石。碗旁边，摆着钻石磨成粉又重新铸成的调料瓶，里面的东西很特别，是造原子弹的核原料，有极强的放射性，据说撒在银水汤里很美味。

各种各样人间难得一见的美味珍肴摆满了桌子，到处泛着金光闪闪的油脂光芒和诱惑人味蕾的气味。当然，女人躺在所有人的视线焦点处。她的身体彻底透明了，比照相机镜头的玻璃还要清澈。有人用餐刀从她身上割下一块来吃，盘子里的肉身好似胶冻一样，颤巍巍的，冒着白气。

女人无所事事地躺在餐桌上，翻来覆去，什么样的姿势都不舒服。她困惑地看着人们贪婪品尝自己的身体，不明所以。女人在想，我的身体就这么好吃吗？

一个秃顶的胖男人，不是从座位上，而是从地上爬到桌面，头皮流油汗，眼睛紧盯一处，那种痴迷的神情用语言无法形容。他如获至宝地把女人的一只乳房切下来，小心翼翼地放在盘中。他简直要把这美味搂在怀里，生怕谁抢走。

胖男人伸出舌头长长舔了一口，闭上眼，咂嘴回味着。盘中的乳房也甚是神奇，长在女人身上时还不显怎样，切下之后倒是异常丰硕，鼓鼓的，圆圆的，不受重力影响。这胖男人食量惊人，一旦张开了嘴，三口五口便将女人的乳房吃光，嘴角流出白色的液体。他慌忙去割另一只乳房，可一个黑衣瘦男人抢了先，端着金盘子走到餐桌另一头，稳稳坐下，开始享用。

顷刻间，无数男人围在巨大的桌前，头挨着头，肩碰着肩，埋头吃着女人的身体，嗞嗞有声，那场面煞是壮观。而女人呢，完好地躺在金盘子里，百无聊赖地东张西望，不知该干什么好。她看着我，带着歉意笑了笑，说，真不知这漫长的宴席什么时候是个头儿？

炸掉的楼（Ⅲ）

坐在黑暗角落里的老四给惊呆了，拼命睁圆眼睛，嘴大张着，一滴口水摇摇欲坠。他慢慢抬起屁股，蜥蜴一般缓缓将身体移向光源之下的餐桌。可是，在金碧辉煌之处和黑屋子之间，隔了一道看不见的玻璃墙。老四死命地挣扎着要过去，可连他自己都没发现，不可能到那边去。

老四似乎是丧失了理智，发了疯似的撞、挠、扒、踢、踹玻璃墙，脸贴在上面，五官变了形状，很吓人，有点像关在监护室里的精神病人。尽管他大叫大喊，但玻璃墙那边却一点声音也听不到。

女人微翘嘴角，嘲讽地打量着桌子边缘的一大群男人。她双手后背，枕在头下，闭上眼，仿佛躺在沙滩上晒太阳一般惬意。再看那些男人，自从吃了女人的身体之后，浑身的血管开始迅速堵塞，比水泥凝固还要快。不一会儿，他们的身体就不那么灵活了，血管像树枝一样，硬硬地插在血肉里。一个男人想伸直腰，只听嘎嘣一声脆响，他的主动脉就折断了，然后，一头栽在地上断了气。另一个男人试图站起来，但腿却不听使唤，一个劲儿抖动。他扯住金丝桌布，像个中风病人那样颤巍巍立着，脖子却又转不动了。

不知怎么回事，有个看起来还算健康的黑衣男人发现了老四，准确地说，是对老四肩头站着的红嘴小鸟很感兴趣。黑衣男人眼里闪着亮亮的光泽，走到老四身边，拍了拍他的头。说也奇怪，老四无法穿越玻璃墙到那边去，他却能轻而易举地到这边来。

黑衣男人从牙缝里拽出一根刚才吃剩下的肉丝。转眼间，这肉丝就变成一只金灿灿的烧鸡，并且有几滴油落在地上。他把烧鸡摆到老四眼前，说，我想用它换你的小鸟，怎么样，这个交易是不是很划算？黑衣男人笑了笑，阴险地望着老四。

老四犹豫地转过头，打量了一番红嘴小鸟，又看了看鼻尖前方的烧鸡。他伸长脖子闻了闻，咕噜咕噜咽了几大口口水，险些呛着。

我向餐桌的方向看过去。女人仍旧躺在金盘子里，身体还是胶冻状，但我知道，她已经不在那儿了，因为那个肉身里已经没有灵魂。她虽然睁着眼，但目光空洞，毫无神采。

老四把小鸟捧在手心里，想，用它换一只香喷喷的烧鸡到底值得不值得呢？

小鸟也在想，这个念头真笨，只要你对我有一丁点情意，我就能给你这世上的万事万物，岂止一只烧鸡？男人啊，别做傻事！

老四好像听到了这个声音，就问自己，如果没了这只小鸟，我的世界会变成什么样子呢？要知道，这只小鸟会发光，它没了，这世界会不会很黑啊？我要在黑暗里过一辈子吗？

小鸟又想，相信我，你不能失去我，就像花儿离不开阳光一样。

老四点点头，对自己说，我已经欠它太多了，这一次，无论如何不能再伤害它。

老四抬起头，想对黑衣男人说点什么。可他又一次被惊呆了，眼前的烧鸡变成了金鸡，纯金铸成的鸡，金色光芒让人睁不开眼。

黑衣男人邪恶地问道，这回还要拒绝吗？

老四张了张嘴，有点犹豫。

黑衣男人抖了抖手，金鸡又变成同样大小的钻石鸡，用一块旷世未有的金刚石精心雕成的鸡。

老四咬了咬牙，闭上眼，捧着小鸟，伸出双手，让黑衣男人把小鸟拿走。

黑衣男人哈哈大笑，抓起小鸟，一把拧断了它的脖子，带着血和羽毛，塞进嘴里，然后，把钻石鸡丢在老四手里，转身走掉了。

红砖楼中央的光源熄了，一切一切突然坠入黑暗，大餐桌、奇珍异宝、美味佳肴统统消失。最开始端盘子、装炸药的灰衣人们低声嘀咕着什么，开始有序地撤出去。

老四怀抱着钻石鸡坐回墙角，低头一看，发现怀里哪有什么钻石鸡？仅仅是一块又硬又重的砖头。他不敢相信自己的眼睛，上上下下地研究了一番，终于不得不接受这个残酷的现实。老四失望地仰起脸，盯着夜空，咧开嘴，嗷嗷大哭起来。

此时，有人按动了炸药的起爆开关。我看见雷管处冒出一颗淡蓝色的小火星，然后，一个一个悬在空中的黄色橡胶包慢慢发胀、破裂，晶体炸药遇到空气，瞬间变成火团。无数火团猛烈地挤压在一起，从红色变成黄色，又从黄色变成蓝色，中心竟然是不可思议的黑色。我想，那里也不一定是黑色，只不过是没有光，也没有任何颜色。

浓雾弥漫，砖头好似泡沫塑料一样轻，在空中四处飞舞。一堵墙、一扇窗、一间房瞬间消失在尘土中。我抬起头，大楼拦腰垮塌，发出沉重的嗡嗡声。几秒钟之后，最上面的几层加速下落，向我和老四砸来。

衣柜、铁板床、洗手池，等等，被铺天盖地的砖石碾碎。我站在堆积如山的废墟下面，身体里的石块让我感到阵阵酸楚，但并不难受。漫天尘土也没挡住视线，环望四周，我发现，其实一切都没变，一切都前所未有地真实。

老四抱膝坐在那里，身体微微发光。

他困惑地想了一会儿，突然疯狂地吼叫，我跟你们同归于尽！

他垂下头，狠狠地低声重复，我跟你们同归于尽，同归，于尽，同，归于，尽！

地铁隧道（Ⅰ）

老四语无伦次地说了无数遍，嗓子哑了，发不出声音，然后站起来，拍拍屁股，消失在远处的黑暗里，不知去向。

女人来到我的身边，默不作声。

我问，下面，该去哪儿？

她说，该去的，一百年、一千年之后必会到达，不该去的，站在那里，也不过是踩在一片虚妄之地。

女人说这话时，我觉得天快亮了。周围雾蒙蒙的，空气里浮着水汽。

不知不觉，前方出现一座刚建好的地铁站口。暂时还封闭着，铁栅栏上挂着禁止通行的标志。四周空旷、荒凉，有建了一半的大楼，裸露出混凝土框架。还有不动的塔吊，生了锈的搅拌机，报废了的推土机，破了膛的水泥袋子。大片大片荒地上生长着稀疏的草，几只脏兮兮的小狗东闻闻、西嗅嗅，在垃圾桶里翻找吃的。

我和女人穿过紧闭着的铁栅栏，向地铁深处走去。楼梯上铺着崭新闪亮的瓷砖，但显然没打扫过，蒙着厚厚的灰尘。墙边靠着一个木头脚手架，零星丢弃了几片碎报纸，还有发泡餐盒和空啤酒瓶。

其实，这里是没有光的。但一切又都发出若有若无的毫光，冰块那种颜色。这种光是自然界没有的，却能被现在我的感觉到。另外，还有各种气味飘进我的鼻子，时浓时淡，好似五颜六色的雾。更加不可思议的是，过去曾发生于此地的事情，就像显影不够充分的胶片，在眼前重演。我看到不远处有个小村子，跨过一条小河，另一边是田野。再往远处，有两条防风林带。无数巨大的杨树叶子在风中哗哗作响。我还看到一个垂垂老矣的人，拄着拐杖，推开小院子的门，望着西下的夕阳。

所以，虽然是一片漆黑，但这里的情景却很美。我明白了，在黑暗处，有我们想象不到的世界。

轻轻一跃，我和女人跳下站台，踩在闪亮亮、凉冰冰的铁轨上。脚下的空气在加速流动，同时有轻微而剧烈的颤动传来。一点灯光在远处跳动，越来越大，越来越强。在车头距我们尺把远的时候，世间万事万物消失不见，只剩下强光。

流线型的车厢穿身而过。无数个凉冰冰的金属物体在我身体里搅动，险些把我击碎。在这很短时间里，我的身体承受住了冲击，慢慢恢复了原样。

我看到，紧盯着前方的男列车司机迎头撞来，又飞驰而去。然后，一个又一个坐着或站着的旅客冲进我的身体，留下一丝疼痛或一缕气味，又消失在远方。那些人像罐头一样拥挤，胸挨着胸，臀部贴着臀部，你呼出的空气，又被另一个吸进鼻子。他们表情各异，彼此毫无交流，沉迷于自己的世界。

转瞬之间，我看到的就再也不是有形体的人或物，而是一个接一个，重叠着向我扑面而来的世界。这些世界千差万别，色彩斑斓，世上少有。

在一个愣了神的中年妇女的世界里，我看到一口搁在煤气灶上的锅，锅里煮着稀粥，此刻，稀粥沸了，有大量水泡漫出来。

另一个长得挺干净的小伙子站在角落里，闭着眼，嘴角微翘。我看到他拿出金色的钥匙，打开门，屋子里金碧辉煌，家具是新的，颜色淡淡的，散发着清香。一个着白色短裙的姑娘躲在门后，只等他进了屋子就吓他一下。

有个中年男人的世界里竟然全是飞机零件。每个部件有条不紊地在结合在一起。可是，在靠近发动机的地方，有条细铜管子正在漏油，而且越漏越多。油花沾火就着，在飞机后面巨大的气流里燃烧出无数淡白色的花朵。接着，机身猛地颤动，尾部裂开了个大口子。

车厢角里蜷缩着没了双臂的乞丐，脖子挂了个旧式军用挎包。我看到他的前方有条泥泞的小路，小路尽头是座泥房子，里面破烂不堪。有个老女人躺在黑角落里，身上盖着露棉絮的被子，奄奄一息。

一个瘦男人的世界就是那个车厢。在这里，所有人都没变，只有一个站在不远的女孩子是赤裸着的。她正在打电话，却浑然不知自己一丝不挂。

……

这无数多个世界闯进来，又迅速消失。速度之快，力量之大，比炸弹爆炸还要猛烈。不一会儿，我就有头痛欲裂之感。

我转过头。女人的身体透明如荧屏，无数个世界在里面不停闪现。不过，她的承受能力比我强大得多。

女人淡淡地看着这一个又一个擦肩而过的世界，一会儿微笑，一会儿悲伤。她会轻轻低下身，拾起铁轨旁的石子，仔细端详，那些世界依旧在她身体里飞奔，栩栩如生。女人心不在焉，似在打量着那些世界，似又毫不关心。

不过，在我看来，她的世界很糟。

地铁隧道（Ⅱ）

我看到一个大学生坐在车门处，闭着眼，眼皮抖动，嘴角冷笑。我又看到，在他的世界里，宿舍门被推开了，里面乱糟糟。迎着阳光，所有景象模模糊糊，他的同学侧身站着，用手指着某处，大声叫喊。接着，是一段空白。再恢复影像时，世界上下翻滚，他和同学扭打在一处，不时有拳头击中对方的脸，也击中自己的脸。又是一段空白。他拿出一包剧毒化学品，倒进同学的水瓶里。空白之后，天黑了。同学倒在宿舍地上，脸色乌黑，嘴角流血，低声求救。

此时，大学生的世界竟然变成粉红色，月光出奇的明亮，门窗扭曲，摇摇摆摆。他在那个世界里哈哈大笑，指着垂死的同学说，你看，你完蛋了，而我，留下来了。我还会继续活着，你却再没机会。啊！没有你的世界是多么美好！

他的笑声之大，把墙上的泥灰都震落了下来。地面在颤动，他挥动着手臂，大叫道，你该死，你就该死，等着吧，我一定要弄死你。唉！时间过得快点吧，我等不及了！

大学生的世界虽然仅在女人身体里闪烁了一瞬间，但这一瞬间却是无限久远，无限丰富，从开始到结束，全部包含在内。只是由于文字和篇幅的限制，我只能描述到这里。

还有个面色黝黑、衣着破旧的男子，胸前紧抱帆布包，装着炸药。他的手藏在包裹里，两指中间紧紧夹着自制电子开关。只需稍一用力，车厢里就会火光冲天。

在他的世界里，所有人都对他翻白眼。比如坐在对面的老太太，低头看刚从早市买回来的菜，在抬头的一刻扫了他几眼。奇怪，平日里挺和善、慈祥的老人，此刻的眼神竟异常刻毒，仿佛换了一个人。还有站在一旁的女孩子，专心地埋头玩手机，忽听到站了，在临下车前回头看了他一眼。这一眼非常不屑，好像在说，一看你就是个没用的人。还有坐在他身旁的胖女人，不知为何，鼻子嗅了嗅，稍稍把身体向远处挪了一点。男子看了一眼那胖女人，只看到半张脸。那半张脸微微上扬，眼光狠狠一甩，似乎在说，臭死了，离我远点。

我又看到了男子的老婆。她拉着个男孩，指着男子的鼻子，骂道，你还能算个男人吗？看看别人的家，再看看你这个家，跟着你，我们非得饿死。好吧，我把孩子带走了，免得跟你受罪。男子喊道，儿子，别跟你妈走，留下来，我养你。可男孩头也不回，仿佛一张只有背影的纸片，慢慢消失了。

男子恨恨地说，只要这世上还有一个人能和我喝口酒，陪我说句话，听我倒苦水，我就不会合上开关。现在，既然你们全都这样对我，那咱们就……

男子的话还没说完，另一个世界就开始了。这个世界在哪里我不知道，反正我没去过。干旱，没有多少树，到处是坚硬、贫瘠的山脉。

我看到一个坐落在山里的小村庄，有条小路越过山顶，通向远方的平原。有个年轻人站在山顶，瞭望大地。平原上有大城市，有陌生的世界。很奇异的是，除自己小村子的人之外，外面的世界里到处生活着人形的猪！

年轻人想，看吧，他们的生活有多肮脏！这些人举着大杯子，面对满桌肮脏的食物，不知节制地往肚子里灌酒，直到酩酊大醉，说着污言秽语。你看，他们还做着淫乱的事情，不分彼此的妻子、女儿，不分男人、女人。还有，他们偷盗、欺骗、贪婪，同类压迫同类。

年轻人对天空大喊，这些人岂止是人形的猪？他们就是人形的魔鬼！可荒唐的是，人形猪、人形魔鬼们的生活越过越好，地盘越来越大。他们正在污染真正的人，猪和魔鬼竟然战胜了人！神啊！他们的存在违背了您的意愿，现在，我要去和他们战斗，要去杀掉他们！这不是罪过，而是正义之事。

现在，这个从未离开过小村子的年轻人正坐在地铁车厢里，怀揣长刀，坚信自己是闯进魔宫的勇士。他面无表情，紧闭双眼，任何人不知他在想什么。而在他眼里，周围站着的都是些人形猪怪，不管外貌如何，表皮之下，无不肮脏可恶。

他在想，对面有个抱孩子的少妇，长相虽然不错，可你看她的眼神，鬼影重重，而且，她还抱着个小魔头。若是让他长大，又不知要害死多少真正的人。好吧，一会儿就第一个砍杀他们，绝不犹豫！

地铁隧道（Ⅲ）

一趟地铁列车穿身而过，周遭恢复了黑暗寂静。当然，一切又都能被我感觉到，纤毫毕现。

我发现，女人的身体不透明了，更像是个人的肉身，隐隐有人的味道。我把手放在她的肩头，很软弱，很脆弱。这样的身体会衰老，会受伤，会死亡，会腐烂。我不喜欢，但我很难过。

我问女人，你怎么会变成这个样子？

她说，刚才那些世界里的仇恨都留在了我身上，仇恨越多，我的身体就越沉重。

正说着话，远处闪起金黄色灯光，又一辆地铁列车来了。我有些担心，我不知道女人这样的身体是否还经得起那庞然大物的一撞。

我瞪大眼睛看着女人。在车头碰到她的一刻，我看见女人的身体被撞得粉碎，血肉模糊，化成雾、化成水，四散飞溅，竟然什么也没留下。但片刻之后，我又发现一个全新的、透明的女人立在铁轨上，无数节列车，无数个世界再一次在她的身体里通过。

女人有点累，对我苦笑了一下，像个刚刚生下孩子的孕妇。又一个轮回重新开始，无穷无尽、各式各样的仇恨重新在她的体内堆积，她的身体再一次变得浑浊、笨重，直到有一辆地铁列车将她撞碎。

无数次轮回，仿佛从死到生，一次次重复。女人越来越疲惫，身体也越来越难看。最后一次，她变成了个蓝黑色的胖子，满脸浮肿，眼圈乌黑，仿佛大病缠身。

地铁列车再一次迎面飞驰而来。我有种不祥之感，这一次，女人绝不会重生了。车头撞来的那一刻，她低声问道，世间仇恨，能否到我为止？

话音未落，我看到，她的身体没碎掉，而是像凡人那样被卷进铁轮子下面，拦腰截断，身子在一处，胳膊、大腿、手脚被紧急刹住的地铁列车带到另一处。我听到地铁站里响起警报，一片大混乱，不知谁在歇斯底里地喊叫，有人跳下地铁啦！有个女人自杀啦！

我茫然地看着铁轨上残缺不全的尸体，流下两行泪水。

这时，女人从身后拍拍我的肩，说道，别看了，咱们走！

屠宰场（Ⅰ）

我们走出地铁口，女人向四周望了望，说，快到了，快到了。

我自然是不明白快到哪里了，但对环境却不陌生。穿过荒凉的工地，是个屠宰场，十五六年前，我刚来这里时，它就在了。红砖墙、生锈的大门、血腥气、畜生的嚎叫声，一切都没变。每次我路过它时，都会闻到一股新鲜的内脏味道。

通向屠宰场的大路上，不时会有卡车驶过，载满了各种牲口，主要是猪，或者是屠宰加工过的生肉、下水等东西。沥青路面会留下一长串一长串的血迹、油脂、污水。这些液体慢慢凝固，长年累月地积淀着，让人感觉这段路要更厚、更软、更黏一些。夜里，我经常看到三五只黄鼠狼蹲在路边沙地上，排成一排，瞪着金黄色的眼睛，直勾勾地打量着飞驰而过的卡车。

恰巧，一辆双层加长载重车在身后翻了。无数头肥壮的猪嗷嗷直叫，从罩在车厢上的网子里伸出圆鼻子，惊恐万状地看我们，像是在求救。几百头猪的力量大极了，不一会儿，小手指粗的网子就被挤出了个大洞。肥猪们拼死钻出来，四散奔逃。可奇怪的是，他们竟然排成一队，向屠宰场跑去。一个挨着一个，一个挤着一个，肉贴着肉，紧紧拥在一起，形成一个壮观的肥肉洪流。

更令人惊讶的是，那个黑男人——老四，也费力地随着一大群猪钻出来，死里逃生一般，站在路边拍身上的灰尘。他骂骂咧咧地小声说，这回，老子要干一件大事！你们瞧吧！说罢，他小跑着进屠宰场，不见了。

猪群浩浩荡荡地涌动着，肥壮而结实的肉身挤在我和女人腿上，推着我们趔趔趄趄前进。我揪住一头公猪的耳朵，试图把它拉出队伍，让它逃掉。它用又白又大的眼珠子看我，说，我可不想逃走，挤在一起才安全。我说，你知道这是去哪里吗？前面是屠宰场，要把你们宰喽！它想了想，说，要死大家一块儿死嘛，有什么可怕的？

我认真看了看它又白又大的眼珠子，问，你不是污水处理厂旁边种葡萄的赵麻子吗？怎么这样了？猪哼了一哼，拱了拱鼻子，道，葡萄园的地卖了，那里要盖什么社区，换了三套房子。一套给儿子，一套养老，一套卖了百十来万。冷不丁有了钱，倒不知怎么过日子了。整天吃喝嫖赌，把身子搞坏了。有一天喝醉酒，掉到污水处理厂外的排水沟里，淹死了。

我问，这回又要死了，想怎么投生啊？

它说，不管怎么投生，这日子得一天一天过，吃点苦，受点罪，不是坏事，心里踏实比什么都要紧。

说话间，就进了屠宰场的院子，里面有连在一起的厂房。第一个大厂房是清洗车间，我和女人随着猪群挤了进去。几百头猪惶惶不安地待在那儿，四处张望，毕竟是头一回来。不经意间，厂房顶部一排排钢管淋下瓢泼大水，淋得猪们睁不开眼，只管怪叫。

赵麻子变成的猪张开大嘴，贪婪地喝着从天而降的水，高兴得直抖腰身。我蹲下来问，都要死了，还这么高兴？你看看他们，一个个吓得直哆嗦，有的都失禁了。猪不屑地撇了撇嘴，道，他们？他们都是些没见过世面的猪，上辈子不是只老鼠，就是只蟑螂，只想着投胎个更好的。我呢？做过一回人了，一点儿也不快活。马上就要过下辈子了，不管怎么说，是重新开始了。就像一闭眼睛再一睁，早晨就来了，太阳就到了头顶上，想一想，不也挺快活的吗？我笑笑，手在它又宽又厚的猪脑袋上拍了拍，说，那就此别过，有缘再见，愿你生生世世活得高兴。

水停了，第二个大厂房的门缓缓打开。不过，这道门很窄，只容得下一头猪通过。当这头猪走到门那边，就会有一对电极按在它的脖子附近，随着一股巨大的电流击打，它便昏过去。然后，一两个闪闪的铁钩子降下来，钩住猪下颌骨，将它悬在空中。

当然，后面的猪是看不到这一幕的，他们或许还以为门那边是饲料丰饶的猪圈，从此能过上平安美满的一生。我和女人能看到，那头叫赵麻子的猪也能看到。它一点也不害怕，爬过那道门时转过头，眨了眨又白又大的猪眼睛，说，我看见了，炼钢厂刚摔死了个高炉工，魂儿跑了，皮囊却没怎么坏掉，还有救。我去补他的缺儿。哈哈，哈哈。

它刚说完，就被电极击晕过去，给吊在空中。从一旁移动过来两柄电脑操纵的电锯，一横一竖，哇哇地尖声大叫。只见寒光一闪，横着的那把电锯将猪喉咙割开，鲜血喷溅。又是寒光一闪，竖着的那把电锯把猪肚子开了膛，心肝脾肺肾，还有一挂猪大肠哗地掉了出来。

我看见赵麻子顷刻间变成一头比花豹还敏捷的猪，身子晶莹发光，向炼钢厂那边跑去。

屠宰场（Ⅱ）

在黑夜中，看不到一个人，只有一排排悬挂在空中的猪尸体和无数自动挥舞的电锯。

世界似乎被血清洗了一样，逐渐变得清晰、通透，并且生出了另一个世界。和屠宰流水线平行之处，是一条异常繁华的街道，人潮如织。街两侧密布着无数高楼巨厦，灯光亮如白昼。这里刚下过雨，一如屠宰场刚刚血流成溪。

这另一个世界在哪里？我问女人，她答道，当然就在这里，但不是此时此刻，而是十年、二十年之后的某一刻。我们站在现在，也站在了将来！

我又问，过去呢？我们也站在了过去？女人一笑，道，当然，我们也站在了过去，你还想看看亿万个世界重叠在一起的样子吗？

我琢磨了一番，道，算了，我有点累，不看了。

女人拉住我的手，说，我们可能要分别一小会儿，不过别害怕，还会重逢的。

我想问问这是为什么，可也知道，问了也是白问，索性闭嘴。我细细瞧着那些与我擦身而过的人们的脸，心想，将来原来就是这个样子。有一天，他们会记起我们吗？他们可知道，自己穿行在血淋淋的屠宰场车间里？有个中年男人正想问他们点什么呢！

流水线还在高速地运转，电锯每割开一头猪的喉咙，就有一个闪亮的灵魂欢叫着飞走。几百头猪的灵魂简直像黑夜里的烟花一样灿烂耀眼。一波光亮接着一波光亮，远远近近布满夜空，照亮了整个世界。

我看见黑男人老四正倚在电线杆子下，茫然地看着路人的脸。他的旧式军大衣下鼓鼓囊囊的，原来是在腰间捆了二十只雷管，引信就套在小手指上。

很奇怪，老四似乎是在找一个人，或者说是在等一个人。这个人是谁呢？我猛回头，女人不见了。不远处，小红嘴儿打扮得花枝招展，往半空中吐了口烟雾，向电线杆子这边走来。小红嘴儿白了一眼老四，道，这根电线杆子可是老娘我的，你别在这儿碍事儿！

黑男人阴沉忧郁地看了眼小红嘴儿，说，丫头，我认识你，你快到别处去，这回我不带你走。小红嘴儿显然是没听明白，骂道，你在说什么鬼话啊？这儿的电线杆子都是有主儿的，你不让我站在这儿，我到哪里挣钱去？

老四叹了口气，道，没办法了，命里注定还是你，那咱们一起走吧。在这鬼世界，你活着，还不如一头母猪，早死早投生。说罢，老四抽出一把长刀，架在小红嘴儿脖子上，拖曳着她向广场最热闹的地方走。

那里立刻乱成一锅粥。人们远远地躲着，在雷管爆炸威力范围之外看热闹。警察来了，警车闪着彩灯，呜呜叫。对面大楼上，一名狙击手已经就位，枪口指着老四和小红嘴儿，准星在他俩之间晃动。对讲机打开着，只等一声令下，就扣动扳机。

老四站在银行取款间里，三面皆墙，只留正面由小红嘴儿的身体挡着。一名专司谈判的老警察手持扩音喇叭，问道，你知道吗？只要你放下刀，松开雷管引信，你就能活下去！

老四叫道，老子就不想活了！

不对，你想活着，你看，大家不都活得好好的吗？想想看，你拉响了雷管，炸得什么都没留下来，这有什么好呢？

哈哈，临死前放个大烟花，让你们永远记住我。

你想错了，谁也不会记住你。你看，大家都躲得远远的，没人记得你的脸、你的名字，明天一早，就会把你忘得一干二净。能记住你的只有你自己。

年轻人，时间还早，冷静下来，回答我一个问题，你想要什么？我们可以满足你。

哈哈，为什么现在才有人问我？过去，谁把我当个人来看？我想要什么？好吧，给我一千万，一个小时内准备好，再给我一台车子！

年轻人，为什么不提个实际点的要求呢？相信我，我们真的会满足你。

都退后！听到没有，退后！退到马路对面去！我要好好想想。

……

屠宰场（Ⅲ）

大哥，饶了我吧，刚才我可不是骂你呀！

闭上嘴！

大哥，我想活啊！我们卖身子的，不坑谁，不骗谁，没做过坏事啊！行行好，放我走吧！

闭上嘴，听见没，给老子闭上嘴！

大哥，我有娘，我不能死啊！

你要是再说一个字，我先宰了你！

……

我站在老四和小红嘴儿几步开外，长刀和雷管于我，自然是没什么威胁。在小红嘴儿惊恐万状的身体里，站着满脸忧伤的女人。

我对她说，你可以不来的。

女人答，有些话，我想再对老四说说，上一次说过了，可他没听明白。

我又问，我们不是在赶路吗，早点到不是更好吗？

女人答，这也是一段路，必经之路。

我问，你什么时候再回我身边？

她说，离得越远，走得越近。

……

我看见了老四的世界。红彤彤的，每个人都面目不清。声音嘈杂，远处的人嘴在动，但不知说什么。有血管搏动之音，比敲鼓声还大，在头顶处震耳欲聋。一只蚂蚁顺着小红嘴儿颤抖的大腿爬上来，爬到老四的手上，又上了那把长刀刀尖，在刀尖处无路可走，四下里徘徊。

小红嘴儿两只乳房紧紧卡在老四的胳膊里，变了形状，脖子后面有几缕绒毛，轻抚着老四的下巴，让他屡屡不能集中精力。她的腰身胆怯而软柔，一呼一吸，一起一伏，慌慌张张。

她扭过头，在老四的世界里，我看到一张被汗水弄花了的脸。厚厚的白粉之下，渗出油脂，仿佛掉了灰皮的墙。浓艳的嘴唇里，是白白的牙齿和粉红的舌头，本来是很干净，现在看来，却好似垃圾堆里的婴儿。还有小红嘴儿的眸子，清澈如水，偏偏隔着一层黑黑厚厚的油腻眼影，又下贱，又吓人。

但是，在这双眼睛后面，我看到女人。她几次欲言又止，然后笑了笑，摆摆手，转过身去。我不知道她说了些什么，但我知道，她说完了。

……

又走上死路了。这是怎么回事啊？

去他的，不想了。大哥，我马上去找你喽！

这丫头没变，上回求我，这回还求我。你看看她的身子，软软的，一鼓一鼓。奶子下面，心跳得比小鸡还快、还弱。再看看她胳膊抖的，和小时候从河里捞上来的小狗崽子一模一样。有条热乎乎的命活在这皮囊里头呢！

我的哥呀，我问你，这丫头做错什么了吗？没有。那她该死吗？也不该死。那她为什么就非得死呢？我的哥呀，如果我把她放了，我会不会后悔？

我知道，街对面大楼十五层有个武警趴在那儿，端着长枪，枪口正对着我，我看见他了。只是这个距离有点远，而我和丫头又太近，他开不了枪。如果那颗子弹把我的脑壳掀开了，会是个什么样子呢？我就死了，死之后呢？样子很磕碜。除此之外呢？一了百了，你恨这个世界有什么用呢？那个时候，我还会恨他们吗？我的哥呀，你能告诉我，你还在恨吗？如果你还恨，我就整死这丫头，如果连你都不恨了，那我，我就……

看样子，今晚是躲不过一死了。唉，这辈子真快！

不过，也不一定。我还是要点什么吧！随便要点，他们会给我。要打要骂，要蹲局子，不是可以再活些日了吗？可是，这日子还有什么活头儿啊？

是啊，是啊，我到底想要什么呀？

屠宰场（Ⅳ）

哎！我说你们递瓶水过来！我渴了。让个女的过来，其他人滚远点！

……

对于警察们来说，机会稍纵即逝。一个女特警换上白衬衫，腰间别了把微型手枪。她的外貌没任何特征，放在人群中，你绝对记不起她的样子。

她做出害怕的样子，走上前去，用微颤的手将水瓶扔在老四面前一步远的地方。

……

你也退后，退后！往后退！

……

老四做出凶狠的样子，眼睛里却满是疑惑。不过，他没看出有什么蹊跷，推搡着小红嘴儿，向前移动。我知道，他是太渴了，有点神志不清。

一瞬间，女特警手摸向腰间，拔出手枪，枪口直指老四前额。仅仅一尺远，想必老四这回是把那黑洞洞的枪口看得一清二楚。

不幸的是，刚刚下过雨，当然，也可能是屠宰场刚杀过猪，流过太多的血，广场上的青石地面今天异常湿滑。女特警的身体急于前倾以靠近老四，好让子弹命中老四的概率更大一些。但她的脚下一滑，腰部本能收紧，在几百分之一秒内，食指没按大脑的指令扣动扳机。

老四瞪大眼睛，挂着雷管引信的小手指轻抖了一下——

……

这些骗子，所有骗子当中最坏最坏的大骗子。其实，无论我想要什么，他们都不会给我的。我真是个大傻瓜，怎么会相信他们呢！

那么，我是先用刀宰了这丫头，还是先拉引信呢？呵呵，我真是
昏了头了。刀抹了她的脖子，子弹随后打爆我的头，可我身上的雷管
呢？我不是要给这个世界放个大烟花吗？只有百分之一秒啊！老四，
老四，你只能干一件事，而不能干两件。你看，这世界就给了你这么
小的一点空间。

嗯，那拉雷管吧，这不就是我的心愿吗？

可是，这丫头怎么办呢？她也得给炸死。难道，我又得弄死她
吗？我又得干和上次一样的事情？放她一条生路又如何呢？这丫头才
十七八岁，死了倒有点可惜。不错，她活得像头母猪，可只要活着，
她就有机会，她还可以活得像个人呀！

算了，留着这个热乎乎的身子吧！

那我还拉雷管吗？我会后悔吗？我会不会后悔？！

后悔又能怎样？大烟花只有几秒钟，而死后的黑暗却是无穷无尽
的。我将怎么度过这黑夜呢？

……

一点火星，一团蓝光，一股急剧扩散的白雾。一颗小巧的铜皮
弹头从白雾中钻出来，直奔老四眉心而来。弹头周围的景象发生了扭
曲，世界变成了椭圆形，并且迅速黑暗下去。当铜丸击碎了老四的脑
袋，搅开了他的脑浆，就像有只手拉上了舞台上的幕布。

别人看到的，是呆若木鸡的小红嘴儿。她身后血泊里，躺着个丑
陋而猥琐的男子，露着肚皮，光着肮脏的脚，一只鞋子甩在角落里。
他双手捂在缠在腰间的雷管上，小手指已从引信金属环里松脱出来。

……

屠宰场的流水线突然发生了故障，停下来。最后一头猪挂在铁钩
子上嗷嗷乱叫，胡乱挣扎，嗞嗞作响的电锯在它喉咙边静止了。有个
人降下钩子，拍了拍猪屁股，道，逃命去吧！

产　房

天真的快亮了。屠宰场一处倒塌的围墙豁口里，照进一抹暗红色。

女人走到我身边，说，你看，我又回来了。咱们走吧。

我问，现在去哪儿？

女人用一种很欢喜的眼神看我，道，咱们来世做回兄妹怎么样？

我点点头，道，虽然生活还是没好到哪里去，但彼此不离不弃。

转眼间，就到了那家存在了半个多世纪之久的公立妇产医院。走廊里灯光淡白，潮湿闷热。两旁长椅上坐着三三两两疲惫不堪的男人。走到三层手术室，里面传来女人痛苦而努力的尖叫，不久，又是婴儿脆弱而惹人怜爱的哭泣。

一个大肚子女人被推进了手术室，她一脸惊惶，满头大汗，双手紧握被单。这女人肚子里有两个婴儿，一男一女。我转身问，我们的时间是不是到了？

女人笑着点头，道，到了，而且只有这一次机会，太阳出来，我们就得烟消云散。

正说着话，医生从大肚子女人下体拽出一个死去的女婴。他沉重地鼓励道，妈妈别灰心，再使把劲儿，你还有个儿子呢！

女人转过脸，忧伤地说，下辈子不能在一起了，时间不早，你先走吧。

我拉着她的手，不忍松开。这时，黑男人老四跑了进来，道，求求你们俩，让我先走吧。

我心想，女人啊，女人，我对你所有的爱都在此时此刻！

我对黑男人说，你先走吧，下辈子要对女人好。

黑男人说，下辈子不杀女人了，不光不杀，还要对她们百依百顺，给她们当牛做马。说话间，那男婴就出生了。医生清洗口腔、剪断脐带，将婴儿交给妈妈看。说也怪，刚才还哇哇大哭的婴儿，见了母亲就咧嘴笑起来。回到医生手中，又复大哭，到了女护士怀里，又笑。医生开了个玩笑，道，这孩子一见女人就笑，将来怕是要惧内呢。

年轻护士猛地拉开窗帘，我看见一轮钢水般通红的太阳挂在半空中。

刹那间，万箭穿心……

河边

我睁开眼，午后的阳光直刺过来。我忙又闭上，回忆这是在哪儿。原来是在地下室的出口，头顶几米远，是哗哗作响的大杨树。我又隐隐听见河那边有警车喇叭声和人群嘈杂声。

我爬起来，额头上是干涸的血迹，一只裂开大口子的鸟笼子扔在旁边。我一口气跑到河边，挤进人群，远远看见白塑料布盖着具纤瘦尸体，只露出一对小巧惨白的脚丫。大脚趾涂得艳红，我是再熟悉不过了。

我不敢再看，垂头丧气地回来，靠坐在大杨树下，呆呆地望着倒在一边的鸟笼子。

这时，那只白羽毛的红嘴小鸟飞过来，站在我的膝头，用圆圆的乌黑小眼睛望着我。泪水淹没了我的世界，又酸又痛，我只得紧紧捂住双眼。

我试着说道，小红嘴儿呀，小红嘴儿，如果你愿意钻进笼子里，我养你一辈子。

红嘴小鸟在我的膝头转了几个圈，猛地一抖，飞走了。我睁开眼，在无比光亮的天空中，看到一个硕大无比的矫健影子。许久，一根粗壮的黑色羽毛飘落在脚旁。

黑镜子

黑镜子，照见我幽暗的灵魂。

一

我会反复看到这样的梦境。

一个婴儿坐在木窗台上，早晨的阳光把他晒得几近透明，空气里泛着昨夜雨水的清凉。婴儿面前摆着盆浓红色的花，花瓣上颤动着一层细水滴。晶莹剔透的口水珠儿挂在婴儿的唇尖，摇摇欲坠。透过它，我看得见尘世间的万事万物，仿佛大千世界都凝聚在这小小的亮点上。

刹那间，口水珠儿滴落，砸在柔软的花瓣上，犹如落进了广袤的海洋，飞溅出无数更加微小的水滴。花瓣如骏马腰身一般有力地抖动着，几颗水珠被抛向空中，光芒一闪，然后向花蕊中落去。花蕊深处慢慢变暗，但仍有光亮，呈血红色。一股股丰饶的汁水在脉络里搏动着，发出轰轰哗哗的巨响。慢慢地，周遭一片黯淡，一大团一大团稠红的细胞体在头顶上蠕动，更有无数微末的菌类在细胞周围忙碌。

一直向黑暗深处走去，最终脚下不再有大地般的坚实，好似悬浮在一片虚空之中。极致的黑暗过后，竟有不可思议的光明，不刺眼，也不令人惊慌，我仿佛一下子就坦然了。一颗颗世间最微小的粒子排列在眼前，呈各种形状，一些小的粒子围绕着另一些更大的粒子转动，还有一些粒子像水滴一样突然间聚合在一起，变成了一枚大的颗粒，或者相反，一枚大的颗粒突然间迸裂为几个小的微粒，同时放射出一点光亮和火焰。这点点光热，像宇宙星辰一样浩瀚。

猛然间，不知从何处传来沉重的嗡嗡声，仿佛一个庞然大物正在靠近。我不由得特别慌张，迅速穿过无数粒子碰撞的世界，顺着轰响连天的根脉，向那强烈的光亮处飞奔。当我终于重见碧蓝如洗的天空时，一架如同黑色大鸟的钢铁轰炸机正在头顶，橙红色的太阳离它仅仅一尺远。

轰炸机向地面俯冲下去，消失在地平线上。我眯起眼睛，隐约看到轰炸机的阴影里落下一个铁家伙，挂在降落伞上，距头顶越来越近，并传来风铃一般幽远的声音。我没见过这个东西，仰起脸，想看个究竟。

空中的黑点不可思议地变成世上最耀眼的白光，并且一瞬间从眼前蔓延到目力所及的无限远处。来不及害怕，来不及诧异，来不及惊慌，世间的一切色，一切声，一切形，乃至时间、空间，全部被这白光抹去。最耀眼处，就是最黑暗处。身边的婴儿、花朵化为无数微粒，继而变成虚无，如梦如幻。我的身躯在炙热中像被扒了皮一样，只是没有一点疼痛，就消失得无影无踪。

但我依然看得见这个亮到了极点，黑到了极点，热到了极点，冷到了极点的世界。我惆怅地打量着周遭。离我不远处，那里曾是城市、街道、楼房、商店，还有个医院，里面有上百个患病的人，只是我来不及看个清楚，它们就变成了气浪，变成了真空，变成了死寂。再远处的世界，大约几公里的地方，开始有形、有声、有色，我的想象力稍稍可及于此。这里是火海、巨响、惨叫，是焦土、尸体、残垣，是炭黑色、焦红色、死绿色。

天空被包裹在一团旷世的火球之中，以此为中心，一波又一波巨浪般的乳白色环形雾团向四周狂涌，好似发生了海啸的汪洋倒悬于头顶。天底之下，眼光所及，到处是倒塌的废墟，到处是火焰，到处是噼里啪啦声，火焰之中浮现出橙色的狰狞脸庞。一座钢架桥几乎熔成铁水，中间断为两截，瘫倒在干涸的河床上。楼房被摧毁，或倒塌，或仅剩下着火的骨架。大树被烧焦，干枯的树干矗立在火中。一排排路灯杆像面条一样弯曲倒伏在街边。一扇扇门窗里冒出浓烟，浓烟之中有人叫喊着跑出来，或慌不择路地从高楼上跳下来，浑身着火，惨死在黑烟里。路边停着一辆旧式大巴车，像黑色的着火的鸟笼子，红亮的火光之中，隐约看得见几十个漆黑的身影在焦急而无力地挣扎，最后倒下，变成单薄的焦黑色骨骼。郊外的田野被烧秃，裸露着黑色的焦土，焦土上都是羊马鸡鸭鸟猪狗的脆黑尸体。树林不再苍翠，冒着滚滚浓烟，飞鸟走兽发出漫天的惊吼，背负着火焰从林子里逃出来，在一片火海中不知向何处逃窜。

一个浑身着火的军人踉踉跄跄走过来，军服被烧得只剩下几缕碎布，肩头隐约可见金属军衔，腰间还挂着烧得发红的武士军刀。他的双眼是两个烤焦的黑洞，冒着烟，鼻子和嘴唇不见了，露着血红色的骨肉和焦黄色的油脂。炭黑色的肉身迸裂开，裸露的肌肤像被硝酸浸过一样，每走一步，就会迸出一道裂口，而且喷出一股血浆。他大张着红洞洞的嘴，凄惨地号叫着，仰着头，黑色的双手向前抓探，摇摇晃晃地向前走，不知要找什么，也不知要向哪里去。

一只着火的鸟儿从浓烟里飞出来，像风筝一样飘在灰黑色的天空里。

然后，一片黑暗。

二

很小的时候，祖父给了我一把铜镜子，颜色发红，据说有千把年了。镜子表面很光洁，虽比不上水银镜，但人被照在里面，却有种说不出的柔和，即便是凶神恶煞的人，也仿佛充满温情。后来，镜子就没那么清澈了，上面布满越来越多很深的划痕。而且，自打那个经常来我家门口磨镜子的老人死了之后，就再没人会这门手艺了。但我一直把它带在身边，因为那里边有我从童年开始的一切秘密，虽已模糊，但只要还依稀照得见我苍老的脸，时光便可倒流，过去的世界就会从镜子里汹涌而出。

镜子照见过许许多多的人和物，无穷无尽，比如站在我身后，捂着嘴偷笑的霓云妹妹，比如躲在一片翠绿的杨树叶子下，哇哇大叫的知了。比如挑着百货担子，摇着拨浪鼓从我家门前经过，又消失在胡同尽头的老董秃子。比如父亲书桌上那张被春风屡屡吹动一角的雪白宣纸。还比如，站在祖父跟前，摇头晃脑背《大学》的隔壁家九章哥哥。记得有一天，我把镜子交到祖父手里，让他看镜子背面，问道，这佛像为什么有几千几万个脑袋，却只有一个身子？祖父想了一会儿，刚要开口，却改变了主意，反问我，你觉得是为什么呢？当时，我本想回答，这全是胡扯蛋。可那一刻，我身边的世界仿佛亮了一下，尽管只是一下，却完全改变了我。我脱口说道，做佛像的那个人是想告诉大家，这世界会发生很多我们完全想象不到的事情。祖父又惊讶又惊喜，笑道，你小小年纪倒不是个笨蛋！

这一幅幅景象从镜子里出现，消失，再出现，再消失，直到多年后的一天，一颗原子弹在人间爆炸的情景出现。亲眼见证"人间爆炸"的人都死了，有的当场灰飞烟灭，另一些则在短时间内因强烈的核辐射而痛苦万状地死去。就像鱼儿见不到火，看到火就意味着死亡。我只能依靠想象来回到那一刻，即便是想象也剧烈地摧残着我的神经，所以，我把它称为梦境。这梦境对我来说绝对不是可有可无，并不仅仅因为我也生活在人间，对"人间爆炸"有着本能的恐惧，更因为在半个多世纪以前，我参加了这个东西的研究。

记得，当右脚第一次踩在戈壁滩上时，我完全不知自己身处哪里，只知是在地图的西北部。狂风夹杂着沙石兜头打来，让我跟跄了儿下，险些被吹走。不远处，隐约看见一个白色的动物头骨在地上翻滚。风声震耳欲聋，还有石块相磕碰的声音，仿佛整个世界只有耳朵周围的尺把大小。

司机拎着我的箱子，侧起身，顶风向前走。随我一起来的陈参谋让我拽着他的衣襟，猫起腰，在狂风里前进。走了一会儿，好像穿过一道门岗，里面有个持枪的士兵，再向前走，小路两边有碗口粗的小树，四面用木杆架着，以防被风吹走。又艰难走了几十步，前面出现一座三层红砖楼的轮廓，楼顶插了面红旗，在风沙里剧烈地抖动着。

我暂时被安置在一间空无一物的办公室里，靠窗有张旧桌子，上面铺了层薄灰。我愣愣地望着雾蒙蒙的窗外，听着石子打在玻璃上的噼噼啪啪声，一时间心里空荡荡，有种惶恐不安的感觉，虽说不知为什么，不知这感觉从哪里来，却很真实。

快到晚饭时，有个军人找我谈话。我去了另一间办公室，窗台、水泥地上湿漉漉的，显然是刚把尘土擦过。办公桌上铺了张绿毯子，属于军用品，上面洒了不少墨水点，放胳膊肘的地方磨出了两个洞。桌子角上放着一只钢丝编成的文件笼，上面压着块黄色的岩石。

此人年龄不大，如果不穿军装，和一个庄稼汉没什么两样，眼圈乌黑乌黑的，好像没睡好觉，后来发现，他的脸色一直都是这样黑，只不过眼圈更黑。他坐在桌子后面，谦逊地搓着黑粗的手，对我友好地笑了笑，道，大心先生，您来得不巧，赶上了风沙，平时，这里好得很呢！红柳烤黄羊肉随便吃，管够，嘿嘿，这辈子都不想走喽。说完，他又谦逊地呵呵一笑，道，我这人没文化，说话粗，让先生您见笑了。

此人姓张，是基地司令。从军装的布料上看，看不出他和别人有什么差别，除了领口的军衔是一颗星。所以，他应该是个将军。他离开座位，递给我一杯水，道，不瞒您说，我张某某打过仗，杀过人，但人不坏，讲信义。先生既然回来了，我就绝不负您一片赤心。这么说吧，有我一口吃的，就有您一口吃的；没我一口吃的，也有您一口吃的，绝不食言！他又问我有什么困难需要解决，我说一切已经很好了，我回祖国就是想干点事情的。

我下了楼，回到原来那间办公室，发现它在一楼左侧走廊的尽头。办公室门旁边有个阅报栏，贴着半个月以前的《人民日报》，头版上有张图片，一片田野里生长着密密麻麻的稻穗，紧紧地簇拥在一起，并且牢牢托举着一个壮实的男孩子，照片的解说词写道，河南某地水稻亩产已达万斤。我是在京城里长大的，对亩产万斤的概念没有什么感性认识，但还是觉得这照片实在太过古怪。我突然发现，我其实并不太了解我的祖国。

我从走廊的另一头水房里打来小半铁桶水，把办公室抹了一遍，再把我带回国的资料摆进木柜。我坐下来，开始努力熟悉这里，熟悉到没有陌生感，以至到了忘记这是哪里的地步。只有这样，我才能放心工作。我是个特别经不起干扰的人，让我处理理论物理以外的事情，简直就是一种折磨。另外，还要提一下水的事情，这里没有水，地下也打不出水，水是从百十公里以外的湖里面运来的，然后灌进红砖楼顶的铁皮水柜里，有一个班的士兵专门负责这事。而且，在运水的路上还翻过车，死过人。

正在发呆，一个穿粗布黑中山装，形容凌乱的中年男人走进来，臂弯里搂着一块木板，手里握了两根铁条。这男人姓邓，之前我们没见过，但相互知道，他留英，我留美，经常在同一本科学杂志上发表关于量子理论的文章。他的导师就是大名鼎鼎的法国人C教授。

邓博士把木板放下，拍拍手上的灰，和我握了手，推了推塑料边眼镜，苦笑一下，道，刚才张大胡子跟你提红柳烤黄羊肉的事情没？你可别信他的，那黄羊鬼得很，可不是轻易会让你逮到的，哈哈哈。我也笑了笑，知道在某些地方，胡子就是土匪的意思。

邓博士把卷成了卷儿、油腻腻的领子抹了下，拽掉一根线头，道，咱俩把这木板挂起来吧，就算开张大吉了。我看过去，木板上用颇有点功力的隶书写着"理论计算组"几个墨水大字。

那晚，张司令请我吃饭，座上有其他军人，有邓博士，还有几个从北大、清华物理系抽过来的青年学生。饭桌中央竟真的摆了满满一铝盆子黄羊肉，冒了尖儿。怎么说呢，我算是个老北京，涮羊肉、沾爆肚、吃卤煮，对羊肉是比较挑剔的，但这黄羊肉确实非常好吃，很嫩，一咬就化，还有股鲜味，仿佛从野山野水里来的，北京绝对没有。不过，这黄羊肉后来就再没吃到过。张司令说，我派了一个班的战士，追了上百里才逮到，还是王先生有口福啊！

我不太善于和张司令这种类型的人打交道，从小到大也没接触过这种人。中国最兵荒马乱的二十几年我一直在国外，现在回来了，中国已经是另外一个样子，看起来很有秩序。是谁把中国变成这个样子的呢？当然不是我这样的人，而是张司令那样的人。他有他改变世界的办法，而我呢，是从完全不同的方向来看待这个世界，我们之间似乎没什么交集。

可是那晚，我还是破例喝了点基地自酿的土酒，喝了不少，有小半搪瓷缸子。人散了之后，我晕乎乎地向大门外走，持枪站岗的士兵也没管我。戈壁滩上万籁俱寂，夜空如洗，沙地上还残留着热力，烤得脚掌暖乎乎的。我坐在一块大石头上，仰望星空，如同面对着汪洋大海。金黄色的月亮在我的眼前摇摇晃晃，星星仿佛海面上的粼粼波光，整个天幕都在以一种巨大的幅度在晃动。

那一刻，有股幸福感涌上心头。我像一只飘在海面上的花朵，尽管巨浪滔天，但我依然从容地浮在海面上，欣赏着夜空下的一切。这海看起来凶恶，对我却无比深情和宽容，我呢，对这海也有情有义，既不壮烈也不懊悔。

三

有天上午，我去厕所，在一束方形的光柱下发现，尿水焦黄焦黄的，黄的有些发红，像血一样。我把手伸到光柱下，觉得手上的皮肤苍老得有些透明。我有点不认识自己了。

我回到办公室。这时，这间办公室，还有相连的几间办公室里已经坐满了年轻的大学生，大概有三十几个人。我们的任务是什么呢？其实只有一个，那就是计算原子弹爆炸的初始条件和最后结果，更形象点说，就是完全在数学的虚拟世界里，精确地重现一次原子弹爆炸的全过程。那时中国所处的国际环境很糟糕，孤立无援。而且，在那个时代，打一次全面的核战争还不被认为是件很疯狂的事情，核战争几经濒临爆发。所有这一切危机的解决，似乎都寄托在这枚还不知在何处的原子弹上面，更进一步说，全部的重量都压在了一系列数学运算和最后的结果上面。

这是一个异常庞大的数学运算过程。尽管已经大大简化了运算方法，但每计算一次，仍然需要这群最聪明的年轻大学生们通宵达旦工作三个月。而且，我们设计了七套运算方法，必须把所有途径都验证一遍，直到结果完完全全可信可靠，才能进入实际制造原子弹的阶段。否则，这个耗费巨大财力物力，前后有上千万人参与的庞大工程就仅仅是空中楼阁。

不知你发现了没有，原子弹是个很有趣的东西。它和别的东西不一样，比如说火，比如说雷电。那些东西自然界中早已存在，人类先是看见它们，又发觉它们可能对人类有益，然后，才去研究它们，利用它们。而原子弹从来不曾在这个世界上存在过，它是一个巨大的未知，一个从未发生的可能性，甚至是人类最大胆的想象所不及的东西。可是人类依靠自己可怜的理性，居然真的把它召唤到现实世界中来了。更离奇的是，量子力学当中有许多是假设的东西，比如说某种粒子，我们从来就没有观察到过他们，但我们必须假设它们存在，否则，我们就没法合理地解释这个世界。

大约半年之后，第一批计算结果出来了。每个人凭借计算尺，积累了大约一麻袋的数据资料。这许许多多麻袋资料被编上号码，封存在仓库里，以备今后复算。有天午后，我独自站在那个红砖盖成的、足有五米高的库房里，打量着堆积如山的麻袋包，觉得异常震撼，又觉得自己前所未有地渺小。

我们一共有六个计算小组，每组负责一部分运算结果，最后交给邓博士和我进行统算。把每一次大规模运算称为一次磨难都不过分。因为人的脑袋会出错，即便你不出错，与你合作的其他人也会出错。或许在凌晨的某个时刻，你疲劳到了极点，只有那么一瞬间，只看错了计算尺上的一个刻度，你却没有发觉，并且在这个错误的数据基础上继续计算。这样，就导致了一个月来计算结果的误差，而且误差之大，超过你的想象。在一麻袋一麻袋数据中找到这样的错误，和大海捞针一样难。这之后，所有一切都要推翻重来，所有的意志、耐力、热情，乃至信仰，都要受到极端的考验。

我开始整夜整夜地失眠，就像沉在海水中一样，到处飘浮着数据。他们有的有规律地排列着，看起来很美丽，有的却杂乱无章，让人窒息，还有的数据发出诡异的黑色光芒，在所有数据中显得格格不入，把所有的和谐与完美都破坏了，可是你却茫然不知所措，找不出原因在哪里。

经过三昼夜的统算，第一个完整的数据出来了。当一个从北大数学系来的年轻人把数据写在纸上，交到我的面前时，我甚至都不敢看它。它仿佛在纸上闪着刺眼的银光，一看到它，就会伤到我眼睛似的。

我想起了我的导师，德国人 B 教授，一举一动都带着普鲁士贵族的派头。他曾说，只有蠢货才会去研究原子弹。B 教授的想法是，想当一名好的量子物理学家，就必须忍受终日的惶惶不安，因为这种情绪指引你发现一个又一个未知，一个又一个可能性，而这些东西，就是科学进步的契机。不要把脚下的一个个黑洞看作是陷阱，其实，那正是最坚实可靠的基石。说到这里，他就会冷静而又轻蔑地说，当真正的量子物理学家踏着一个又一个黑洞不停前进的时候，有一些蠢货就会停留在某个黑洞那里，欣喜若狂，好似发现什么宝贝似的，像头笨猪一样再也不肯往前走了。

当我对 B 教授说我要回国制造原子弹时，他那种一是一二是二、毫不通融并且不食人间烟火的冰冷神情依然没变，但也好歹用了些文雅些的词。他说，你明白吗，你是个量子物理学家，而不是个工程师，你怎么能屈尊去搞那个东西呢？这个普鲁士贵族用了"屈尊"这个词，但对我来说，这个词似乎并没什么了不得，那时，中国人还有什么尊严可言呢？所以，我没法回答他，只能又敬爱又难堪地看着他。临行前，B教授送了我一只墨水瓶大小的铅罐，里面装了一克高纯度的放射性物质。

他说，无论如何，这世界仍然值得我们去爱。说完，他冷漠地转过身，再没有一句道别的话，就领着一干人回实验室去了。

四

第一套计算方案得出的结论似乎很乐观，上级决定放几天假，恢复恢复，并且着手准备开始第二次大规模运算。这期间，基地政治部抓紧时间搞了几次政治学习。我和邓博士虽是理论计算组的负责人，却无党派。另外，基地有个老钳工，金属加工手艺十分了得，我就把随身带了多年的铜镜子交给他，看能不能使它回到我童年时的样子。

我从未参加过政治学习，在国外，也不知道世上还有这么一种东西。但我似乎并不反感它，准确地说，是毫无感觉。记得基地政治部主任把我介绍给大家时，说过，大心同志是周总理请回来的。从那之后，一切似乎对我都有了豁免权。而且我清楚地记得一个细节，当时，我不由自主地把腰伸直了。我不理解自己为什么会这样，因为我一直以为除了理论物理之外，一切都与我不相干。但那股外在的力量实在是太隐蔽、太强大，以至我觉得我赖以自信的智慧不再那么清澈透明。我不可挽回地被这个尘世拖了进来。

政治学习包括阅读领导人讲话，读报纸上的政论文章，还有大家在一起谈内心体会，有点像学术研讨会。那天好像是念了些有关"大跃进"的文章，有个年轻学生说到一个事情，他家乡土改的时候，愤怒的农民把一个地主给打死了，不是枪毙、吊死，而是有的拽着胳膊，有的拽着腿，活活地肢解了。这个事情真是太恐怖了，以至那天政治学习的其他内容都没给我留下什么深刻的印象。

邓博士坐在我的身边，一边面无表情地听学生们讲话，一边不停地用中指和食指轻轻敲击膝盖，像个听入了神的戏迷一样。突然，我发现他敲击的是一种很常用的密码。我用眼角看着他的指尖，慢慢辨认出，他敲击的内容是，人类进步，的，动力，是，对未知，的，探索，而不是，而不是，而不是……

他反复地敲打着"而不是"这个词，一遍、两遍，以至无数遍。于是，我便不再关注他的手指。过了很久，我的注意力转了一大圈，发现他的敲击频率改变了。他又开始反复敲击一个词，仇恨，仇恨，仇恨……

那天晚上回到宿舍，我竟然鬼使神差地写了一篇两千字的小文章，题目是《论亩产万斤粮食的可能性》。我的论证方法一点也不复杂，就是计算太阳光照给地球带来多少能量，这些能量又有多少能通过光合作用变成碳水化合物。这样一来，我得出结论，亩产万斤其实并不难。

我把这篇小文章用普通信件的方式寄给了《人民日报》。那时，《人民日报》对于我这个存在于沙漠深处的人来说，就仿佛夜空里的月亮，遥远，未知，又带着点寄托，可是在它身上寄托着什么呢？我不知道。不过，大约一周之后，有个来自北京的电话告诉我，国家领导人对这篇文章非常重视，指定要在头版显要位置发表，并且对我的科学精神表示感谢。三天后，报纸就通过飞机运到了基地，挂在了走廊的阅报栏里。

没人跟我提起这篇文章，大家似乎都在忙第二次大规模运算的事情。阅报栏在有点黯淡的走廊里闪着银灰色的光，孤零零的。我路过时偷偷扫过一眼，看到了加着框子重点推荐的文章，看到了自己的名字。我突然就不敢再看，赶忙走掉了，仿佛这篇文章不曾和我有过关系似的。

有一天，张司令把我叫到他的办公室，办公桌上铺着那张《人民日报》。他困惑又带着点冷笑地问道，你小时候种过地没有？我不由得有点自惭形秽，因为那眼光里分明带着不信任和冷冰冰的嘲讽，仿佛看着个很下贱猥琐的人似的的。

有一瞬间我甚至想给自己辩解，科学精神就是对未知的尊重，我并不是昧着良心写这篇文章的。这时，张司令却哈哈大笑，道，大心先生的文章写得好啊！给基地争了光！

回到办公室时，给我磨镜子的老军工正等着我。这把铜镜子现在像湖水一样明净，真是个奇迹。我把它举起来，突然一张有点陌生的脸，异常清晰地出现在眼前，纤毫毕现地简直有些刺眼。我被吓了一跳，慌忙把镜子塞进抽屉里。

这七套运算方案各有特点，好比七条通往目的地的夜路，尽管我们还看不到路尽头的样子，那里仅仅展露着一点微光，但这七条路会告诉我们有没有走错。理论上讲，每多走一条路，最后成功的把握就更大一些，只是时间不允许我们穷尽所有的可能性。

第一套运算方案是按照苏联科学家留下的数学模型设计的，朴实无华，尽管有些地方稍嫌繁复，看似在用蛮力，但这套方案让人感觉最可靠。第二套方案和第三套方案分别是我和邓博士按照各自所学的理论来设计的，基本上体现的是德国人和法国人的思维方式。最后，按照可靠性的大小，分别排在第二、第三的顺序上。从第四套方案开始，就更多地体现了我们这个理论计算组的独创意识。当然，顺序上越靠后，其中假设的部分就越多。比如说第六套方案，是北大数学系的一个姓于的年轻人提出来的，其中就假设了一种微粒，叫负某某粒子。谁也没见过负粒子是什么样子，甚至你都无法想象它会以什么方式存在，但在方程式中，它是存在着的。这个核心方程式很完美，体现着这个北大数学系学子的天才想象和对微观世界的惊人洞察力。只是这个方程式中必须有一个负数存在，否则它就没法终结运算。这个负粒子是如此不可思议，却又有着如此巨大的诱惑力，我和邓博士一致认为冒这个险是绝对值得的。这种激动和惺惺相惜之情，甚至在某个瞬间，超越了一切工作必须保证原子弹理论计算的可靠性这个最高原则。

第二轮运算在悄无声息地进行，我慢慢地从写《论亩产万斤粮食的可能性》所带来的惶惑和尴尬中摆脱出来，回到了我所熟悉的微观世界。我的感觉好多了，不再有面对现实世界当中闻所未闻的事情时的手足无措。

可是好景不长，基地政治部要求理论计算组必须每周搞一次政治学习，这已经是最低限度的要求了。并且，政治学习不能不疼不痒，要触及灵魂，要真正地改造思想。张司令把邓博士和我叫了过去，呵呵一笑，道，你们两个书生可能没经过这个，到时候不要辩解，虚心接受就行了。

那天天气很恶劣，刮大风，砂子打着玻璃窗，挨着窗缝的桌面上铺着扇形的散状尘土。有那么一刻，我觉得政治部的军人真是一些极其强悍的人，在这样令人生畏的天气里，他们居然一点也不惶恐不安。相比之下，我真是个生性怯懦的人。昏黄的电灯摇摇晃晃，十几只戈壁滩特有的花脚蚊子在灯影间穿梭。政治学习从晚饭后持续到半夜还未结束，我和邓博士一直站在众目睽睽之下，很累，有点昏昏然。

我听见各种声音在响，像没有重量的石头飘浮在空气中，撞到我的脸，我的脑袋，却仿佛撞在了透明的气球上。我看见他们在外面的世界漫天飞舞，却进不了我的内心世界。我特别焦虑，因为我觉得他们说得很对，比如说关于穷人的那部分。我也很想真心诚意地回应点什么，可我一句话都说不出来，我没法用我这世界里的语言来表达。

终于，我能辨认出一个声音来了，是那个姓于的年轻人在发言。

他的语言是滚烫的，眼光是灼热的，脸颊因为缺氧而发红。他说道，大心先生《论亩产万斤粮食的可能性》这篇论文的最根本错误在于，你只看到科学研究中的可能性，但是你没有看到科学研究的约束，没有看到现有条件的局限，说到底，人是有限的，人的可能性是有限的可能性。一步跨越到无限可能性的想法是，神学，而不是，科学。

我当时在想，这个年轻人大概是救了我。他拿着锤子，走到我的世界边缘，一下子把坚硬的玻璃罩子给砸碎了。他向我伸出援手，但他没有侮辱我，没有揭开我的伤疤，没有痛骂我卑贱的灵魂，他的善意是多么可贵啊！现在，我可以顺着这个裂缝爬出去了。我一时百感交集，差一点当着大家的面痛哭流涕，把自己大骂一通。这是真正的忏悔，换个词，也可以说是真心诚意的自我批评。但这时，政治部的军人突然高声说道，《论亩产万斤粮食的可能性》这篇文章非常正确，没有任何错误，你这样说，就是反对"大跃进"！

年轻人说了一句话。这句话由几个词组成，这几个词若分散在各处便都是些普通的词汇，但聚合在一起，就像发生了核聚变一样，刹那间就爆炸了，一点准备都没有。我的眼前一片白光，突然就失忆了。我的理性告诉我这几个词可以组合在一起，但我却不敢想象他们组合在一起的样子，就像我只能在梦中见到人间爆炸一样。刚刚给砸碎的玻璃罩子又封死了，一切又悄无声息。我透过有点变形的玻璃，看到保卫处的几名军人走进来，径直把年轻人带走了。

后来的事情就比较模糊了，我没办法按逻辑把它还原起来，也许是因为年代太过遥远，也许是我的脑袋有意地把它忘掉了。我只记得一个场景。有天晚上，办公室的走廊里洒满月光，空无一人，我静悄悄、轻飘飘地向前走，仿佛随时可以在银光中飞舞起来。年轻人吊在办公室的门框上，像只蝴蝶，有月光的一面灿烂刺眼，没有月光的一面冰冷如霜。我茫然无知地走上前去，抱住了他的身体。他很瘦弱，像树叶一样很轻，但有股很年轻的味道，这味道驱散了死亡的味道。我把脸颊埋在了他的胸膛里，轻轻悠荡、旋转，像在乌黑的大海里飘游，巨大的月亮在头顶、脚下，在四周围翻飞。

五

我们并没有取消年轻人提出的运算方案。尽管我们有点担心，在这条路径的某个关键环节上存在着一个巨大的秘密，只有他能理解，而这个秘密及其答案已经被永远带走了，我们还是决定冒险沿着这条幽深的小路走一走，在年轻人曾经流连过的地方停下来，把他发现的奇珍异宝带回来。

这七套运算方案实际上代表了七种理解微观世界的眼光。每种方案都不全面，怎么说呢，有点像盲人摸象。因为量子世界完全处在人所有感觉器官所能感知的范围之外，我们看不见它，听不见它，摸不到它，也闻不到它。但它会通过一些方式来告诉我们，它存在着，就像风吹过树叶，虽然我们看不见风，但我们看见树叶动了，所以知道有风。这七套运算方案很像那些树叶，只不过更精密罢了。在每一次大规模运算时，最可怕的事情就是被其他运算方案的思路所误导。虽然每条路径自身是对的，但用到其他路径上就可能大错特错。

在进行第二次大规模运算时就遇到了这样的情况，而且整整耽误了三个月时间。这三个月里，美国在海岛、地下、深海、高空进行了十五次核试验，苏联进了十九次核试验，包括原子弹、氢弹、中子弹，当量从几万到几千万吨，形式有核炮弹、核导弹、核地雷，等等，等等，应有尽有。据说，当一枚五千万吨级氢弹在北极附近的一个小岛上爆炸时，有人看到在那个比山还要大的乳白色气团中央，站着一个紫色的人的形象，与此同时，一个日本的地震观测站则宣布北极发生了一次人类历史上最大规模的地震。

有一次，张司令把我叫到办公室，掏出一把手枪，说道，你们要是再弄不出这个东西，他们可就要把这个东西扔到我们的脑袋顶上来了！

我呆呆地看着那把手枪，好像它就是个铁家伙。我这辈子没听过枪响，没见过杀人，没见过血腥，没见过人死时的痛苦，自然对这个东西也没什么感性认识。我不知该说什么，因为我的面前没有路，只有悬崖。我不知道路在哪里，也无法想象它是什么样子。

张司令把手枪拉了一下，我知道子弹上了膛。他把枪口对着自己的太阳穴，狠狠地说，搞不出原子弹，我先把自己毙了，然后大家散伙各奔前程。当我走出门，到一楼的时候，真的听见楼上传来枪响，一声之后是长久的静默，接着是密集的响声，有四五声。我站着没动，看见有人跑到楼上去，接着听见张司令的哈哈大笑声，说道，痛快！痛快！痛快！再过一段时间去他的办公室谈事情，看到屋顶上有几个枪眼，不太规则，但你只要一抬头就看得见，很触目惊心。

我开始陷入持久的麻木状态，没有痛，没有饿，没有恐惧，没有温情，也或许是所有这些感觉强烈地混合在一起，才形成了我现在的情形。我已经有几天没睡过觉了，但依然不困。我愣愣地盯着办公桌上的一张草纸，上面用铅笔写着第二套方案的运算框架。我知道，问题可能出在某一处，也可能出在纸上没有的地方，反正有成千上万种可能性。

正想着出神，有滴红色的液体突然滴在纸上，我一愣，连忙用手去擦，生怕把什么重要的字符给遮住了。还没擦干净，又一股浓稠的液体喷了上面。我着急了，小心地拿起草纸，往地上甩上面的液体，甩了一地，视线还没离开纸上的方程式。直到无论我怎么甩，还是不断有液体流到纸上，那上面的字符无可挽回地看不清了，我才意识到是流血了。

我真正地走到了无人之地。一切都是原来的样子，可是很陌生，除了邓博士少数几个人，我无法和任何人交流。他们说的我不懂，我说的他们也不理解。有一刻，我会特别奇怪，我们这些完全不同的人为什么会到一起？真是太古怪了。

我呆呆地盯着窗户一侧的红砖和砖缝间的水泥疙瘩。一片枯黄的叶子卡在水泥疙瘩的缝隙里，在风中飘摇，发出咔咔的脆响。我忽然发现自己的生命其实就像这片干枯的叶子，那么渺小，那么短暂。此时，真是生不能给我快乐，死不能给我解脱。

在漆黑的夜里，我摸出铜镜子，对准自己的脸，什么也看不到。我默默地想，此时，这镜子照过的事情是否能重现呢？不仅仅是我童年以来的情景，也包括这镜子诞生之后一千年里曾经在这镜子里出现过的场景。比如，一个身着古代霓裳对镜梳妆的女子出现在镜子里，她看不到我，专心致志地端详着自己的脸，她的身后是嫩绿色的柳枝和斑斓的阳光，窗子上映出一个年轻人的影子，女子欢喜地站起身，把镜子一扣，然后一切回到黑暗。比如，镜子里映出一座红绡帷帐，几点红烛影影绰绰，两个白色的躯体在做着销魂的事情。比如，镜子里会突然出现杀头的场景，一群人跪在广场上，后脑勺留着辫子，后背插着白木板，刽子手高高地轮起大刀，瞬间人头落地，广场里围观的人们大声叫好。然后，一股血喷在镜子上，满世界都变成了红色。

在黑暗中，会忽地出现一双血红的眼睛盯着我看，我吓得赶紧把镜子放下，一身冷汗。过了许久，我又鼓起勇气重新拿起镜子，我知道这面镜子记住了太多的秘密，而且只有在黑暗里才能把它们照出来，如果我无法忍受恐惧，那我就不能把这些秘密打捞出来。

天将亮，世界开始在镜子里露出形迹。有个东西在镜子里闪了一下，我连忙把它停住，慢慢地向后倒，让它再重复一次。原来是 B 教授的一句话，他说，在量子世界里是没有方向的，也许，你觉得你要去的地方有十万八千里远，但你可能迈一步就到了。

我一下子窒息了，差一点就死掉。因为我意识到，苏联人的运算方案是按照线性逻辑来设计的，就像一条路，从起点开始，要经过哪里，有多远，要耗费多少能量，把这一切都计算出来，就自然而然得出终点的状态。而 B 教授的思路不是这样的，他认为，当超过一个界限之后，线性逻辑将被打断，而那个未知，就存在于线性逻辑断裂的地方。实际上，我们的工作已经做完了，可是我们还在伸长脖子，吃力地望着某个方向，以为那里才是目的地。

我用尽最后一点力气叫来了邓博士，还有年轻的大学生们，生怕此刻死掉，这个秘密就永远没人知道了。然后，我喊出一个年轻人的名字，告诉他，数据就在他刚刚封好的麻袋包里面。

六

第二次大规模运算结束了，而我，也来到这个处在戈壁沙漠中央的核试验基地一年多。现在的生活，就是验算、修改、调整、复算、推翻、再调整、再复算等一系列工作，寂静而又惊心动魄。我从来没离开过这里，没给家人写过信，打过电话，也没收到过任何来自外界的与工作无关的信件和电话。离开家人的时候，我说过，要做好三年五年没有消息的准备，但我不是出事了，只是在世界的某个角落里搞一项研究。我常常站在基地一处倒塌的围墙豁口上，望着四周茫茫无际的沙漠，不知何年何月，何时何地，从哪里来，将要向哪里去。

最近一段时间，我猛然发现一个情况，我们吃的好像大不如从前。过去虽然也说不上好，但玉米窝头、高粱粥、咸菜疙瘩还是管够的，周末和逢年过节还有肉。但好像有段日子没见过肉了，窝头也要快点吃，吃得慢了，盆子里就再也没有。

我隐约觉得外面的世界可能发生了什么事情，但没人说它，好像它从来不曾存在过一样。我相信这件事很大，不然，这与世隔绝的基地为什么会像湖水中的青萍一样跟着动了一下呢？大约是在第三次大规模运算接近尾声时，有天后半夜一点钟，我和七八个年轻人开小会，讨论调整某个计算方法的事情。我听见楼下有卡车声，大约一个排的战士在往食堂冷库卸东西。那是夏天，窗户开着，我听见张司令在高声讲话。事情有点不同寻常，我一边说话，一边有点走神。我听见张司令喊道，我下一道死命令，这些猪肉只有理论计算组的人可以吃，其他的人谁敢动一下，马上枪毙！如果谁见到我吃一口，谁也可以马上枪毙我！

第二天早晨，当我走近饭堂时，闻到一股味道，无法形容。那是快要渴死了的人的舌尖上滴了一滴水的味道，是一根铁钉子掉进了硫酸池里的味道。这味道扭曲而且强烈，使得这世界看起来摇摇晃晃，尤其是那座看起来特别坚固的水泥红砖楼，竟然有点妖娆欲滴。我魂不守舍地在木桌前坐下，发现在桌子正中央，摆着一小碟咸豆角，而豆角中间，零星分布着几粒肉末。同时，一颗硕大的口水珠儿，毫无征兆地从我嘴角落下来。

理论计算组的人和基地的军人坐得泾渭分明。他们那里的空气是清晰的，却又被来自我们这里的味道搅动着，就像烈火上方的滚烫空气使光线发生了折射，一切都改变了样子。接着，我听见那边有人被口水呛到了，发生了烈剧的咳嗽，却又竭力地遮掩，仿佛是什么见不得人的事情。那顿饭吃得异常艰难，我仿佛后背贴在冰冷的铁板上，嘴里却吃着烧红的炭块一样，以至之后几天都神志不清。

没过多久，北京方面电话通知我回去参加一个会议。临走前一晚，张司令把我叫过去，桌前摆了个布袋，道，这是十斤腌猪肉，你带走。我慌忙说，这怎么行。他冷漠地说，你要不走，这也是你的。我说，我怎么忍心啊！张司令拍了桌子，恶狠狠地瞪着我，道，已经饿死了人，你不吃，你家人也需要。我张胡子说话算数，拿走！

我拎起布袋向外走，张司令轻声问道，跟我说句实话，你还回来吗？

那晚，我仿佛躺在一条漂在海面上的小船，久久不能入睡，真不知外面已经成了什么样子。后半夜，有什么东西不轻不重地碰了一下我的脸。我睁开眼，近在咫尺的地方，有几缕头发，一双雪白的眼珠，还有干裂翘皮的嘴唇。借着月光，我看到一张女人的脸，旁边，还有一张更小的女童的脸。

我吓得坐起来，女人一把抱住我的腿，用一种类似疼痛哼叫的颤抖着的声音说，人世间的活菩萨呀，救救命吧！女童有点害怕，学着妈妈的样子，抱着我的另一条腿。我感觉到一个很小，小得可怜的生命紧贴在我腿上。女人反复地叫着，一遍，两遍，无数遍，我突然明白，她其实不是在叫我，而是在叫一个远比我有力量的神。

我推开女人和孩子，站起来，把腌猪肉放在女人手里，默默转过身，等待他们离开。寂静许久，身后传来窸窸窣窣的声音，脑袋磕在水泥地上的声音，泪水鼻涕抽吸的声音，还有仓皇离去的声音。等我转过头，腌肉还在那里，只是被挖掉了一角。

我想把腌肉重新包起来，可是周围好像有什么亮了一下。于是，我把它留在离门很近的地方，又将桌子上削铅笔的小刀放在旁边。我重新躺下，严严盖好被子，背对着门，把铜镜子摸出来，挂在床头。门咯吱一下开了，在静夜里格外刺耳，有孩子怯生生地叫我。可我不敢答应，浑身紧绷绷地的，一动不动，让他以为我睡着了。

在镜子里，我看到一只受了伤的红嘴小鸟，战战兢兢地落在摇摆的枝头。天上乌云密布，大雨马上就要倾盆而下。一阵狂风吹过，发出哗哗的鸣响。小鸟从枝头跌落，乌黑的小眼睛惊恐万状。突然，一只像轻风一样透明的手托住了它，在空中轻轻晃动，然后，猛一用力，小鸟便尖叫着飞上高空。它的身体奇迹般地强壮了起来，有力地拍打着翅膀，一下子便穿过了湿重的云层，与光亮耀眼的太阳擦肩而过。

门咔嚓响了一下，一切回归寂静。许久，门又响了一下，镜子里出现了一条血红色的河，河岸是焦黑色的土地，寸草不生。河里冒着水银色有毒的蒸气，任何生命沾到这蒸气都会立即死亡。一只白色的孔雀凄惨地尖叫一声，沿着河面低飞。它好像被箭射中了一样，突然掉到河水里，在浓红色的水中翻滚。渐渐地，孔雀沉入了河底，河水像被煮沸了一样，慢慢滚涌着。又是一刹那间，孔雀从河水里飞起，血红色的水滴像雨水一样洒在大地上，嗞嗞直响。此时，孔雀已不是白色，浑身遍布惊艳的五颜六色。它落到河边，喝河里血红色的毒水，河水渐渐被喝干，它身上的羽毛也越来越艳丽。它飞上天空，身上的羽毛在空中闪着灼目的光彩。

天亮了，门不知开关了多少次。我下了床，看见地上还留着一块拳头大的腌猪肉。

七

从基地到最近的军用机场有两百多公里路。那天天气异常好，若在平时，将是一幅很美的画。一望无际的戈壁滩上是蓝色天空，路边每块岩石都折射着晃动的光线。只是路两边新栽的杨树都被扒了皮，白晃晃的，好像他们天生就是那个样子。每隔不远，就有一团灰色的东西丢在沙地上，好像一个较大的沙丘，或一块特别大的岩石。可我知道，他们什么都不是，而是一个个在找吃的路上饿死的人。

我有点魂不守舍。我逼迫自己想今后几次大规模运算的事情，想着想着，我就从外面的世界退了回来。一切可怕的声与光都被隔在了外面。我就像一只被罩在了玻璃盖子下面的青蛙，蹲在那里，透过并不平整的玻璃，看到折射过来的变形的世界。我想，如果有一天，这个玻璃盖子碎了，我一定会像被烈火焚身一样痛苦地死去。

到了北京我才知道，这趟回来是要见一个人。请原谅我会出现越来越多特别严重而且剧烈的失忆，就像那个北大数学系的年轻人说出某句话时一样。失去记忆的事情就像原子弹爆炸的一瞬间，它存在过，但我不敢去直面它，只好躲到很远处藏起来，或干脆闭上眼，等到那爆炸过去，再从洞里钻出来。那些残存的细节，就是核爆炸过后留下的焦黑的尸体、扭曲的钢铁、坍塌的房屋。

我记得车子在宽阔的街道上走了一会儿，路灯如大大的火球，一个接一个从我的额头侧上方掠过。然后，车子拐进了一个小胡同，没有路灯，很暗，很凉。接着，车子穿过一道红墙，红墙很高，墙下的小门只有两盏小灯。走不了几步，迎面突然有一个非常大非常大的湖面，一股潮湿、冰凉的水气浸得我不由打了个冷战，仿佛走进了另一个年月，另一个世界。

走进了一间旧式建筑物，里面很亮，红地毯很厚很软，踩上去像踩在云雾里一样。我和一个人握了手，而我一直低着头，前面一片白光。我听见那人说我的《论亩产万斤粮食的可能性》文章写得好，我的脑子里一片空白，嘴里咕哝了什么含混不清的话。

坐在我右侧沙发里的是个军人，穿了件浅色中山装。他懒洋洋地靠在那里，身材瘦弱，软绵绵的，像只有病的猫一样，没精打采，漠然无神。别人都在集中精力听那个人说话，唯有他昏昏然。而且，从他身上，我闻到一股特别浓重的中药铺味道，使得此人更少一些人间烟火气。他突然坐起身，在离我很近的地方问我，原子弹什么时候能搞出来？一阵麝香、冰片的尖锐味道扑面而来，在其中，我也猛然闻到一股燃烧过的黑火药、带血的弹片、枪管上的油污，以及泥水与血水混合在一起的味道。他的声音很细很弱，像尖叫一样，但它很清晰，在大炮轰鸣、伤员惨叫、地动山摇之时，你也一定能分辨得出这声音。

我刚要张嘴，整间屋子突然被一声巨大的响声灌满了，什么也听不见，脑袋眩晕，有种呕吐的感觉。我看见所有一切都停顿下来，有个儒雅的学者手举一只茶杯，一滴金黄的茶水滴飞溅出来，悬浮在空气中。有股香烟从一个满头白发的人的嘴里吹出，凝滞在他面前不远处。一个穿着白衬衫的女服务员弯腰清理茶几，一动不动，一只黑色发夹从头上脱落，停留在半空中。屋子里所有的笑脸都成了石膏面具。

还未来得及辨别这声音从哪里来，意味着什么，一声又一声巨响便接踵而来。周围的色相被一下一下一层一层洗去，直到彻底变成白色，最后又碎裂成无数片。于是，一片黑暗，我失忆了。许久，我从混沌中恢复过来。我看见，说我的文章写得很好的那个人在愤怒地说着什么，但其中的意义我无法理解。我看见我旁边的军人慢慢拿起茶杯，试着吹开浮在中间的茶叶。他的手在微微颤动，以至我听得见茶杯盖敲击杯身的清脆而急促的声音。

我一直都不明白那个人为什么愤怒，甚至他当时说了什么我都没记住，浑浑噩噩的。等我搞清楚了，是在多年后，在历史书里面，好多当时在场的人都提到过这件事。那时，我和原子弹，那个人和那件事都已经成了历史，而且是历史书上写的历史。

说到这儿，我不得不提起一个人，就是霓云妹妹。她不是我的亲妹妹，而是姑妈家的女儿，我从小就知道我们有血缘关系。有一年冬天，窗玻璃结了厚厚的霜，只有中间一块有个圆圆的洞。霓云坐在坑上一角，而我蹲在炉子边，把一只水银温度计向炉壁靠近。不知为什么，屋子里只有我们两个人，而且热气腾腾，脸发胀，手指痒痒的。

生铁炉壁的某一块被烧得通红，毛边纸碰在上面，立即会冒出一团火。我想看看温度计里的水银触到顶端会出现什么情况，并且被这个未知诱惑着，不惜拿那时还很贵重的物件冒险。霓云手捧着一本图画书，书遮住了脸。我听见从她那里传来很艰难的喘息声，似乎粗重的声音泄露了她的心事，而且是件很丢人的事，而她又很紧张，拼命想屏住呼吸。她几次努力都无济于事，于是，和自己的身体处在了僵持状态，就这么一直无可奈何地喘着粗气，声音越来越大。我换了一个角度看她，她脸红红的，瞪大眼睛，好像怕我看到，连忙用书盖住了脸。这时，啪的一声，我低头看，玻璃泡破了，遍地是大大小小的水银颗粒。

八

北京的胡同很长，前后都望不到头，天空也就是那么窄窄一条。我家胡同口有棵百年大槐树，夏天时，会在大半条胡同里投下斑驳的影子，会把周围染上阳光穿过叶片时透出的亮绿。我踏在一块一块或明或亮的光影上，奔跑着，不知不觉就长大了。

有那么几年，我觉得霓云是恨我的，恨得浓得化不开，只要一碰必然会给烫一下。于是，我和她就渐渐远了，几个月，半年都不见面。即使在一起了，也是她做她的事，我无所事事。再后来，我们都长大了，很懂事地相处。所有从童年到成年该有的事情，填充了那几年的时光，我甚至觉得我们彼此遗忘了。我离开北京去美国的时候，霓云把一只手放在我手背上，低着头，背对着我哭。她的手一直柔弱地颤抖着，伤心、悔恨、惆怅、不情愿等情绪，一股脑地倾倒给了我。我有些猝不及防，但全部都在一瞬间读懂了。

　　我逐渐走进了量子物理的核心地带，当然，也从青年向中年走。霓云一直在给我寄情意绵绵的信，当然她从不提男欢女爱之类的事情，而我也明白，我们不能成为夫妻。我呢，在异国找到了我的爱人。从那时起，通向儿时的时空隧道被混凝土一样的东西堵住了，一切鲜活的情感都变得很陌生。

　　真正把我震撼了的是霓云给我写的最后一封信，那时，她已经嫁人，而且是两个孩子的母亲。她说，无论过去，还是将来，她最爱的人都是我。我发现，有些感情是人世间没有的，也不能存在于人世间，但它让我们都很渺小。从那之后，霓云再不给我写信了。而我，时常在深夜里，或者在梦中，看到一个场景。十一二岁时的霓云穿着白色的，带有竖条纹的旗袍，站在胡同口，脸庞半掩在一座石狮子后，痴情地望着我。但她没有向我挥手，也不说一句话。这个场景是完全静默的，而且像照片一样，渐渐泛黄，某些细节慢慢模糊。在天空中，在那棵大槐树的影子里，会留下很深的划痕。而我，会被这场景拽到记忆的深渊里，越陷越深，无法自拔。

　　提到霓云，就还得提到另一个人，是小时候住在隔壁家的九章哥哥。因为，霓云最后嫁给了他，是他的妻子。九章哥哥比我大四岁，严格来说，还是我大学的学长，只不过他毕业那年，我刚入学。他毕业之后，留学英国两年半，拿到了博士学位便回国了。即便回国之后，我和九章哥哥也并不陌生，我们同属于这个工程的两个部分。

　　我在北京逗留三个月，少受了许多饥馑的折磨。我去找过九章和霓云，可他们的屋子紧锁着。我猜测，他们可能也和我一样，去了中国的某个角落。我离开北京两年了，北京变化很大，竟有恍如隔世的感觉。小时候，经常在我们那一带卖货的老董秃子，现在是七十多岁的老人，穿着绿军衣，扎着武装带，和一群十七八岁的高中生一起贴大字报。我记得，儿时在澡堂子里，他经常抽冷子去揪男孩子们的小鸡鸡，讲一些有关男女之间隐秘的笑话，让我们这些男孩子又惊又怕。而这回，他冷冷地看了我一眼，很陌生，我想他已经不记得我了。

有一天晚上，我去九章工作的研究院。天色很黑，但我走进院子时，却仿佛走进雪地里，到处贴着白报纸，一层又一层，森林一样，而我，如同走在密林中，很幽深，有点害怕。我用余光瞟着纸上的字，那字写得又粗又大，黑墨闪着亮光，在夜里飘动，像墓地。

办公楼灯火通亮，我隐隐听见有人在吼叫，而有人在嚎叫，吼叫得异常愤怒，几乎变成了嘶叫，而嚎叫得异常痛苦，几乎成了惨叫。这无数嘶叫、惨叫声，经过夜色折射，或强或弱，或远或近，隐隐约约，有的从漆黑的天顶传来，有的从脚下颤抖的大地传来，穿过骨骼，直震脑髓。九层坚固的苏式办公大楼此时仿佛产生了扭曲，像腰肢一样左右摇摆。黄色、白色的办公室灯光在夜色中留下一条一条粗大的光带，仿佛灵幡。

我战战兢兢地踏上水磨石台阶，台阶异常光滑，中间稍稍向下凹，这是被无数人踩过的结果。空荡荡走廊里亮着刺眼的黄灯，向左向右向前向后一眼望不到头。有的办公室门敞着，一大块方形白色光斑投在地上，光斑里有人影在急促地晃动。此时，各种声音更加巨大，我仿佛站在一面大鼓的鼓皮正中心，四面八方的声音经过走廊的放大，交汇在我这里，震耳欲聋。

虽然有无数声音，我却看不见一个人。我低下头，水磨石地面上用红漆刷着一句话，每个字都有一个人那么大。这句话是由一些充满暴力的词汇组成，这些向外散发着血腥味的词汇中间包围着九章的名字。我沿着这句话向某一条走廊深处走，尽头处，有扇门开着，有强光射出来，有嚎叫声撞出来。

我一步一步向前走，发现脚下湿滑，原来从那道门里流出一股一股浓稠的血水，开始像许多条小径，后来汇合在一起，满满地铺在水磨石地面上，冒着热气、腥气。临近门口，我看见有条腿在半空中吊着，晃晃荡荡，一条棕色的武装带在强光中一闪，不见了，然后传来撕心裂肺的叫声。

我又向前走了一步，屋里的强光直射在我脸上。光特别强，而且特别白，仿佛屋子里的一切都和我不在一个时间空间里，我在看一个虚幻的场景。一个穿蓝黑色粗布中山装的男人双手缚着，吊在屋顶，垂着头，头发遮住额头。然后，我便只看得见场景，而听不到声音。白光愈加强烈，强烈到迅速变黑，仿佛黑白胶片的底片。我看到一张黑色的脸慢慢抬起来，看着我，灰色的眼睛睁开，白色嘴唇微微动了几下。我还未来得及辨认一下这张脸是不是九章，记忆就中断了。

最后一个关于九章的片段是这样的。我站在那个苏式建筑的楼下，脚踩水泥地，向上望着。这座建筑物是黑色的，比夜色还要黑。按照正常的比例，它应该是上小下大，但我看到的却是楼顶异常巨大，好像发生了倾斜，根基脆弱不堪，很快就会坍塌。在楼顶部的某扇窗子里，九章站在那儿。照理说我看不清他的脸，但奇怪的是他的脸异常清晰。鼻子刚刚流过血，一个眼圈乌黑，嘴角挂着块瘀血。他面无表情地看着我，特别委屈，特别困惑，特别陌生，仿佛想问问我，这世界是怎么了？可是，他好像知道我也不能给他答案，于是，他默不作声。

接着，我看见他上身前倾，双眼无神，像个服装店里的木制模特。我想大叫，可是浑身酸楚，一点力量也使不出来，嗓子空空如也，发不出声音。然后，有一团强大的气流撞在我的腿部，无数颗粒状物体打在我的身上，像针刺一样痛。我低下头，看见有个尸体趴在面前，脑浆呈散射状撒在沥青地面上，伴着一股一股向外喷溅的血水，红红黄黄的。一条胳膊和腿以一种怪异的姿势摆在那里，常人是做不到的。幸好，他的脸是朝下的，无论多么残缺不全，我都看不到。

　　这一刻，我的理解力和想象力完全被摧毁了，仿佛踩在一片瓦砾废墟上，不知该向何处去。

九

　　现在，已经开始最后一次大规模运算。每一次运算，都仿佛扒了一层皮，可以想象，在扒了六层皮之后，走到了今天，每个人的哪怕一点点心力都耗尽了。每一次拿起计算尺，都不异于跌倒在地，然后重新鼓起勇气爬起来。

　　我盯着镜子，专心琢磨死去的年轻人提出的负粒子概念。真是奇怪，一个负数代表什么呢？它要告诉我们人世间存在着什么样的东西呢？质子、中子、电子，乃至微观世界里的各种各样奇怪粒子其实都不难想象，他们存在于时间、空间之中，无非是观察到它们的难易程度有区别。而负粒子会以什么形式存在于时间、空间中呢？抑或他们并不存在于时间、空间中？那么，时间、空间以外的世界是个什么样子呢？难道是天堂？地狱？三界之外？那么，这还是科学研究吗？

　　我正在沉思中无法自拔的时候，恍惚看到镜中的我背后，站着一个人，隐约就是死去的年轻人。我猛地转过头，发现背后空空如也，是小台灯照不到的黑暗。我回过头，看着镜子里模模糊糊的自己，心想，负粒子也许就像这镜中的影子，有个真实的我，就有一个影子世界的我，这个影子是否真实存在，或者以什么样的形式存在其实都不重要，但是它引导我们认识我们自己，它暗示我们，它所在的地方，存在着一个巨大的未知。当我们竭尽全力地接近它时，发现它或许更像一扇门，一个全新的世界就在门后。

　　我真的很羡慕镜子中的我，在里面，我是站着的，甚至踮起脚轻轻一跃，就可以飞到半空中，俯视浩瀚的宇宙。可是镜子外的我，是跪着的，是趴着的，身体重得像铅一样。有一刻，我觉得自己站在了一个淡紫色的辽阔空间里，大地起起伏伏，像沙漠一样，但这里并不可怕，遍地闪着点点钻石一样的光芒。我一点也不恐惧，不害怕肉身皮囊因缺衣少食而坏掉，不害怕离群索居的孤独。我在紫色的沙地上前行，天际有一个比山还要大的浓紫色太阳，慢慢地转动。我向那里走，身体渐渐变得透明。

地上有一串脚印，这里没有风，没有雨，是永恒的，所以，这脚印永远都不会消失。无缘无故地，我就知道这脚印是年轻人留下的。他什么时候经过这里，从哪里来，又向哪里去，我都不清楚，但在这永恒的世界里，我奇迹般地与他的足迹相遇了。他或许几万年前来到过这里，留下了什么秘密，这秘密永远静默，直到有一天，有人来发现它。

对着铜镜子奇思异想是件很幸福的事，只可惜这种快乐总是很短暂。在我们理解了负粒子的本质之后，最后一次大规模运算的大门似乎对我们敞开了。但是，动起手来才发现，这次计算的体积异常巨大，粗略估算是以往计算的三倍。如果说德国人的计算思路是一个箭步迈到看似很遥远的目标处，那么，这次运算则更像是，目标似乎就在眼前，却怎么走也走不到。

一天半夜，我和邓博士嚼着窝头，就着有肉末的小咸菜。这个时候，饥馑已经过去。我说，如果年轻人不死，诺贝尔奖肯定是他的了。邓博士轻轻笑了笑，道，能干这行当，什么奖的早看淡了。比如说你吧，你的关于某粒子蜕变的博士论文就很厉害，如果不回来搞这玩意儿，早晚也能得奖。我开玩笑道，其实你也能得奖，哈哈哈，咱们俩相互吹捧一下。我俩相视大笑。邓博士笑得肩头直颤，许久，他眼圈一红，抹了把泪，用筷子敲着绿漆茶缸子，轻轻哼一首艳曲，隐约是《西厢记》当中，莺莺与张生初见的那一幕。在深夜里，这曲子听来特别缠绵悱恻。听着听着，我也忍不住落了泪。

流了半晌泪，窝头也嚼完。邓博士道，这下心里好受多了，干活儿吧。我把手指放在邓博士的手背上，轻轻地用密码敲了一句话，我想告诉你一件事情。邓博士一愣，认真地看了看我，也用指尖在我的手背上敲道，什么事？

我道，我有个表妹，叫霓云。他笑了一下，敲道，很漂亮是吗？我道，是的，过去住在北京，一年前去了农村。邓博士敲了个问号。我道，去年我从北京回来时，没有直接飞回来，而是去看了她。邓博士问，见到了吗？我答，没见到。邓博士问，她走了？我答，没走。

邓博士困惑地看了我一眼，低下头，慢慢敲道，她死了？我闭上眼，点点头。我继续敲道，我去的那个村子的地荒着，长满野草。全村人都饿死了，没有人逃荒，因为村长不让走，最后连村长也饿死在自家炕上。通往村子的小路旁水沟里，倒着胀得像气球一样的尸体，十几具，几十具，草丛里隐隐可见白色的骨骼。在一个叉道口，一具尸体跪着，脸朝下贴在泥地里，白色蛆虫从耳朵里爬出来。一具在襁褓中的婴儿尸体摆在前面，婴儿的面容腐烂得面目全非。

整个村子空荡荡的，一个镇干部把我带到草房前。我走进去，窗上的纸破裂不堪，横竖钉着几个木板条。几束阳光射在土炕上，地上。炕上摊开着一张破烂的被，被子中间鼓出了一个小得可怜的人形，像个孩子。头的方向，露出几缕枯黄的发辫，下面露出两只脚，很瘦很黑，脚跟的地方有很深的裂痕。屋子里有种很古怪的恶臭味，很吓人，很刺鼻，很陌生，比化学实验产生的味道还要可怕。

被子下面盖着的，就是霓云。

我轻轻在邓博士的手背上敲道，我该用怎样的精神力量去面对这个世界呢？

十

在第七次，也就是最后一次大规模运算的尾声阶段，我们遇到了最可怕的情况，运算结果和前六次有很大反差，甚至可能推翻过去得出的结论。理论计算组又花了一个月进行复算，可是结果大致相当。我和邓博士都不知所措，因为我们看不出从框架设计方面有什么问题。

当然，你可以说，只当第七次运算不存在好了，依靠前六次计算的结果就行。科学研究可不是这样，无论你做了多少事情，花了多少工夫，只要提出一个正确的反驳，你所做的一切都将成为泡影。这是科学研究残酷的地方。

而我的身体也在这个阶段变得很糟。每隔一两天，头就会像裂开一样地疼一次，持续很长时间，什么也干不了。其次是严重的耳鸣，声音大到我听不清别人说话，耳朵好像堵了块棉花。

今天早上又毫无征兆地摔了一跤，我在额头上贴了块医用纱布，继续研究方案。有个军人来找我，张司令要我去一趟。张司令的身体看起来也不大好，从三四个纸袋里倒出各种药片，然后一把塞进嘴里，连口水都不喝，硬生生给咽下去。他的眼圈更黑了，像是个病入膏肓的人。

他照旧递了杯水给我，说道，一转眼，咱们都相识三年了，现在可以说点心里话不？我答道，当然，当然，你这人靠得住，我打心眼儿里信任你。张司令哈哈一笑道，我这个人，胡子出身，当然，当胡子之前给别人家放羊，家里穷得叮当响，大人合穿一条裤子，小孩子没裤子穿。有一天，我爹对我说，你走吧，进城讨饭也行，上山当土匪也行，反正家里没吃的，养不活你了。

张司令问我，王先生你呢？看你斯斯文文，家境应该还阔绰吧？

我轻轻一笑，答道，我打小在皇城根儿下住，裤子是不缺的。张司令哈哈大笑，道，最近有本书叫《金光大道》，写一个穷人家孩子到地主家要饭，被狗咬的事情，看着看着我就哭了。王先生没做过这种坏事吧？我想了想，道，我家不养狗，而且祖父的人很好，他曾说，既然人家能舍下脸来要饭，肯定是遇到了难事，不能怠慢。

张司令低下头，捉摸了片刻，道，老爷子是个好人。不过，你想听听我的想法吗？我有点惊讶，忙道很想。他缓缓道，我们穷人站在泥水里讨生活，你们富人飘在空中过神仙日子，你以为自己美得很，白胖胖，香喷喷，但你们不知道，在你们飘在我们头顶上时，我们看到的是你们的屁股，你们最下贱、最见不得人的玩意儿，我们看得一清二楚。

张司令用"你们""我们"说话的时候，尤其是把我说成是"你们富人"的时候，我心里特别不舒服。我觉得他说得虽然有道理，但一个人如果这样看待世界，那他的内心一定充满仇恨，而人世间怎么可能建立在仇恨的基础上呢？那样的世界该有多么可怕！我为自己辩解道，我不是穷人，也不是富人，我只是个手无寸铁的量子物理学家。

张司令呵呵一笑，道，你多心了，你是帮穷人拿稳印把子的人，是世间的活菩萨。这话从张司令嘴里说出来，倒让人陡生感动之情，我眼睛一红，道，我不是什么活菩萨，而且，我的心恐怕要比看起来的脏得多。你还记得我写过的《亩产万斤粮食的可能性》那篇文章吗？过去，我从未意识到它有多么可怕，直到知道饿死了人。我的嘴猛然间不受了控制，脱口而出道，穷人这个词，永远都是指当下那些活生生的，受苦受难的人们，而不是指过去或将来那些已经不是穷人，或者根本就不存在的穷人。

张司令轻声道，今天叫您来，是另有一件事。邓某某这人靠不住，对我们的研究是个大隐患。如果组织上找您了解情况，您要认真配合。张司令盯着我的眼睛，非常缓慢地说，我还要告诉您，原子弹，就是我们这个国家的最高利益，除此之外，没有任何利益高于它，任何利益都要让步！我的话，您明白吗？

十一

张司令说的邓某某，就是指邓博士。他被带回了北京，音信全无。政治部的军人每天找我和理论计算组的人谈话。而我，实在是想不出邓博士有什么可以怀疑的地方，甚至还认为，怀疑谁也不应该怀疑他，没有他，我们怎么可能走到今天？

可有些东西看起来简单，其实并不简单。当我坐在几个军人和一张桌子对面，一切性质都变了。我似乎一下子变得特别渺小，面对着一扇黑色的、巨大的闸门，心生恐惧。这种谈话可能持续几个小时，十几个小时，直到脑袋发涨，对事物的真实性失去了判断力。

而且，最后一次大规模运算还没有结束，岂止没有结束，简直有全盘皆输的危险，而问题出在哪里，却迟迟没有被发现。大约过了一个月，我已经身心交瘁，任何一点小事情，都可能是压垮骆驼的最后一根稻草。

一天凌晨四点钟左右，我还在和政治部的军人谈话。我有点迷迷糊糊的，有个军人突然对我说，大心同志，你可能不知道，理论计算组的许多年轻同志来这里之前，都有过电报密码的培训。我一下子受到了惊吓，而且还因为这惊吓是在我脑袋不清醒的情况下发生的，那种恐怖的感觉就愈加可怕。

军人死死看着我，道，据你观察，邓某某对无产阶级专政是什么态度？这时，我的脑子里出现一幅异常清晰的情景，邓博士坐在那里，前面是回忆土改历史的年轻人，他的手指急促地在膝盖上敲击着那句话，人类进步的动力，是对未知的探索，而不是仇恨。他的旁边，坐着我，微微侧头看着他。

我觉得自己像个很卑贱的人，带着一大群人走到这个图景前。我看了一眼图景里的邓博士，明明知道他是个好人，但我又胆怯地回头望了一眼身后的一大群人，觉得他们冷冰冰的，冷酷无情。我吓得要命，因为我知道，只要我伸手指着图景里的邓博士，说，就是他，这就是他说过的话，我就暂时安全了，就可以继续从事科学研究，躲到我自己的世界里去了。

于是，我嗫嚅地说，邓某某大概是有点不满意吧。军人认真地看了我一眼，低下头，记下了这些话。我虚脱了一样，后来发生的事记不大清楚了，很快就离开了那间办公室。

我的头昏沉沉的，但有一根神经却兴奋得要命。我特别想倒头睡去，却无论如何也睡不着，浑身疼痛酸楚，思绪像一匹脱缰的野马，拽着我狂奔，任其跑下去，就会生出特别绝望的情绪。于是，我去了存放计算数据的库房，用残存下来的一点心力和意志，想一想关于最后一次运算的事情。

我没有打开灯，几缕银色的月光从装着胳膊粗的铁栅栏的窗子里撒进来。四五米高的仓库已被一只只塞得满满的麻袋填满，麻袋山的顶端已经触到天棚。我一屁股坐在库房中央一小块空地上，背靠着一只麻袋包，稍一用力，麻袋包里就传出清脆的纸声。

此时，我渐渐适应了仓库里的黑暗。我仰脸望着黑洞洞的棚顶，仿佛望着浩瀚宇宙。我浑身瘫软，本来，我就感到自己已经不能直立行走，而现在，觉得自己就像一摊烂泥。这一刻，无知，无识，无情，无义，无我，无他，只有持久的、迟钝的疼痛。

堆积如山的麻袋包渐渐发出亮光，仿佛每一个数据都活了一样。我对这些麻袋包异常熟悉，即便他们堆在最底下某个角落，我也知道那里面装了些什么内容。每个麻袋包都闪着不同的颜色，每个数据也呈现深浅不同的亮度，重要一点的就像个恒星，持久而明亮，次要一点的就像个行星，几乎看不见，或者像个流星，在某个时刻，一闪而过，是这个广大无边宇宙里的过客。而有些数据却像黑洞，待在那里，比黑夜还要黑，没有一点点光从里跑出来，不告诉你一点点信息。它们神秘、寂静、深不可测，它们是一扇门，门后就有天大的秘密，可是只要你拉开那扇门，就会粉身碎骨。

这时，好像有什么逼迫我去问自己一个问题。假如，有一天，一个巨大的未知来到你面前，如果你选择直面它，你或许会被这个未知摧毁，付出生命代价，但你会窥视到一丁点秘密；如果你选择回避它，你或许会保有暂时的安宁，但你注定对新世界一无所得。我该如去抉择？

想到这儿，一滴很热的泪水从眼角默默地流下来，像强酸一样，在脸上烧出一道疤痕。我明白了，我之所以不能面对这个世界，之所以不能从一片瓦砾废墟中站立起来，是因为我迟迟不敢面对那个未知。我在强光之中吓得闭上了眼睛，失去了记忆，僵住了手脚，我似是而非、左顾右盼，我卑躬屈膝、随波逐流，全是因为我不敢瞪大了眼睛注视着那团世上最耀眼的火光，哪怕牺牲生命也在所不惜！

我还自诩为一个量子物理学家，可是我非但没有向未知迈进一步，反倒是在未知面前掉头而去，真是脸面全无，名誉扫地啊！

接下来，我自然而然地意识到了最后一次大规模运算的症结所在。我们虽然明白负粒子是一个有着决定性意义的未知，但是我们没有尽其所能地把它表达出来，也就是说，这个巨大的计算框架之中，还缺一个方程式。这样，负粒子才不仅仅是一个不可思议的东西，而是一个和我们有关系，和整个核裂变过程有关系的东西。

简直是有如神助一样，这样一个方程式像画画一样出现在我的脑子里，没有经过任何逻辑推理。我默默地把它记下来，其实也无须记下来，它比刻刀刻在石头上的印痕还要深。

此刻，没有惊喜，没有疲惫，总之没有一切情绪化的东西。我觉得，我终于可以坦然地面对这个世界了。可是这时，我却真的一下子掉进了黑暗里面。

待我醒来的时候，躺在病床上，准确地说，是躺在一张马上要推进手术室的不锈钢床上。张司令以及一干军人，还有理论计算组的人围在我的旁边。我觉得我的身体像纸一样脆弱，像木头一样麻木，像棉花一样轻，有种很异样，很舒服的感觉。我明白这不是什么好兆头，很可能这一进去，就再也出不来了。

我发现我的嘴还能说话，耳朵还能听见声音，于是，我问道，张司令，我有个问题。张司令好像变了个人似的，整个人充满温情。我想，如果这世界是由温情组成的该多好！我问，当年，美国人有没有可能不扔下那枚原子弹？张司令想了想，回答道，如果对方手里有这个东西，而我们没有，你能指望他们不用吗？

我沉默良久，心想，这个世界的逻辑竟然就是这样残酷。没有它，我们的民族恐怕连一次机会都没有了，还何谈其他呢？我小声叫过一个理论计算组的年轻人，把方程式告诉了他，然后，闭上了眼。

十二

当我再一次有意识时，我知道自己还活着。只是，周围黑洞洞的，寂静无光。我想开口说话，可是我感觉不到我的嘴在哪里，也发不出哪怕一点声响。我挣扎了许久，周遭一切如故。我想，这恐怕就是要面对的世界。

可这是为什么啊？世界怎么变成了这个样子？原因可能只有一

个，那就是我的肉身在手术中遭到了损坏，失去了听觉、视觉，失去了控制嘴巴、手臂，乃至整个身体的能力，只有大脑幸存了下来。这样，我的意识还存在着。我进一步检查我与外界联系的通道，发现我的嗅觉还在，因为我闻到医用酒精的刺鼻味道，还有医院里特有的浓重药味。接着，我发现我的身还保持着触觉，有人在抚摸我的额头，抬我的手臂，一个冰凉的东西贴在我的胸口上。

我还发现我的一根小手指可以轻微地动弹，我的一切感觉都是被动的，只有那根小手指尖可以根据我的意志动一下，尽管是那么微弱。我想，这恐怕是向外界传达信息的最后一条途径了。可是现在，我浑身被裹在闷热的被子里，像死了一样，无论感觉到了什么，都无法做出回应。

外面的世界现在怎么样了呢？我已经把方程式给了理论计算组，后续工作并不复杂，现在，最后一次大规模运算应该结束，原子弹开始进入实际制造阶段。可是，我肯定是看不到，也听不到了。如果还留在基地，等原子弹爆炸时，我或许感觉得到大地的颤动。可是，我发现，我已经离开那里了，因为空气中没有沙尘的味道，没有沙砾打在皮肤上针刺一般的疼痛。我现在所在的地方大概是北方的某个地方。这里空气很干爽，让我很舒适。这里也很安静，我终日处在寂静黑暗的世界里，偶尔有人触碰我的肌肤。或许是在上午，我被放在温和的阳光下，皮肤暖融融的，这时，世界仿佛不再是绝对的黑暗，而是会有一团团暗紫色的气流，不知从什么地方涌进来，那感觉真是很好。

最初的一段时间里，我特别焦躁，岂止是焦躁，简直可以用疯狂、崩溃、痛苦来形容。一切就好似把人关在一个黑屋子里，动弹不得，不能说话，不能看东西，没有任何交流，而且我知道这种情形会永远持续下去。这段时间大约有几个月或一年，我也不知道，在一片寂静黑暗中，时间、空间似乎都慢慢消失。你或许觉得我可以确定一个抽象绝对的时间、空间，可是这没用处，也没意义，因为那个透明的框架里没有任何实在的东西，除了一片黑暗。

这段时间过去之后，我试着重建我的世界，或者说，我的世界自然而然地、不依我的意志地自我重建了。这个世界与过去在铜镜子中看到的那个淡紫色世界出奇地一致。这里是一片细腻的沙漠，比海水还要细，踩上去就像飘浮在空气中一样。这里以一种觉察不到的温度存在着，而且是永远恒温，永远不会觉得热，永远不会觉得渴，也永远不会觉得饿。沙漠起起伏伏，广大无边，有巨大的山丘，有深邃的凹壑，山丘顶端几乎顶到了浓紫色太阳，凹壑比海洋还要大。但这里没有树林，没有生命，没有河流，没有海水，没有风，没有雨。

到处散发着闪亮的淡紫色光，仿佛无边无际的沙子里有钻石一样。这里似乎也没有空气，因为我感觉不到自己在呼吸，总之，这里没有一切危及生命的东西，一切都是永恒的，不生不死。

不知道这个世界为什么会这样，但是它越来越真实，越来越丰富。我真切地看到了它，融入了它，慢慢忘掉了真实的世界。而且，什么是真实的世界呢？就是我过去生活的那个世界吗？可那个世界难道不是依赖于我的全部的感官而存在的吗？如今，我的视觉和听觉都不存在了，它还能称之为真实的吗？

起初，我只是打量着这个世界，看着它在生长、丰饶、美丽、温暖。直到有一天，我看到了我自己。我是一个乳白色，略带紫色的半透明发光体，有头，有身躯，有四肢，但都不清晰，像云一样。我的身姿还算健美，奔跑起来仿佛在天空里飞，轻松，愉快，充满惊喜。虽然沙子山丘一眼望不到顶，但我只是伸了伸脚趾，就跃到了顶端，离深紫色的巨大太阳似乎只有尺把远。我站在山丘顶端，极目望去，淡紫色的世界连绵起伏，一小片、一小片各种形状的水银色湖泊撒在远远近近的沙漠里，一条一条细细的河流在凹陷处闪着紫色亮光。太阳光芒像尘埃一样，充满整个天空。

我从顶端纵身一跃，以一种飞翔的姿态向巨壑底部奔跑，太阳越来越小，只有豆粒般大。这里广大无边，黯淡寂静，我转过头，黑色的沙地上留着一条短短的模糊身影。我就像在一只旷世巨大的碗底，这里光洁如镜，连一只脚印都没有，仿佛我是在无限长久的时间里，到达这里的第一人。

我跃出巨壑，来到水银一样宁静的湖边。刚才在山丘顶上看去，它还仅仅是几小块不规则的光斑，现在，它是浩瀚的镜子，而且是真正的镜子，延伸到无限远处，没有一丝波纹。我打量着里面我孤零零的倒影，有点陌生，有点惆怅。我把脚尖踏进水中，一缕缕水圈打破了亘古的永恒，世界在水中的倒影晃动起来。

我冲入淡紫色的水底，依然宁静，依然清澈，没有气泡，我也不需要呼吸。周围光滑如丝绸，让我的身体没有一点阻碍。我抬头望着湖水世界的顶部，在紫色的世界之上，有半个湖面大小的太阳往左右两个方向缓慢摆动，像时钟一样有规律。在水中，与在紫色沙漠上一样自由、清晰、温暖，只是在水中可以悬浮，可以游荡，可以慢，可以快，比鸟儿在空中还要自在悠闲。

十三

对于我，这个淡紫色世界越来越成为一个真实世界，尤其是随着岁岁年年时光的流逝，这种真实就愈加完美，没有裂隙，没有空白，它就是我的全部。唯一能阻止这种真实向极致推进的东西，是我的记忆。因为我的记忆里残存着过去曾经生活过的世界，那里的景象，那里的人，那里发生过的事情，都在我的记忆里留有印记。

比如，有一天，我正在湖边顾影自怜。一阵阵轰轰巨响不知从何处传来，天摇地动，整个世界像玻璃做的一样，似乎马上就会碎裂。我仔细寻找这声音的来源，发现它来自于我的皮肤。有强烈的声音撞击在那上面，虽然耳朵听不见，但是我的皮肤能感受得到，它现在已经异常敏锐。这声音狂躁、愤怒，还夹杂着一些害怕什么宏大目标失败了的伤感和焦虑。不属于一个人，而是许多人，他们在一起高喊着什么，在离我躺着的地方不远处成群结队经过。我吓坏了，飞快地逃离了湖边，向山丘顶上奔跑。我惊魂未定地站在山丘顶端，太阳不知去了哪里，除了天空中央还有一些淡淡的微光，我的周围黑洞洞的，四处远望，大大小小的紫色沙丘迷迷糊糊，遥远而又微末。下面，万丈深渊里，隐隐看得见亿万个黑色的精灵，他们密密麻麻地拥挤在一起，在嚎叫，痛苦、无助、迷茫。许久，我才镇定下来，蜷缩着蹲下来，独自侧耳倾听这仿佛永生永世的叫声。

这种令人惊恐的情形持续了很长时间，三年五年，七年八年，我不清楚。时间在流逝，有一天，我发现，有一种我熟悉的气味消失了。这是一种女人的气味，更确切地说是我妻子的味道。许多年前，她身上有种花的香气，清淡但醒目，柔弱但锐利，那花随时都会枯萎，但瞬间就化作永恒。那香气是如此清晰，我甚至记得起她坐在钢琴旁，扭头对我微笑的脸。后来，花香变成了母亲的气味，有婴儿的口水味，有奶水的气味，有嘴唇亲吻额头的气味。再后来，是一个年老女人的味道，有檀木香味，很干燥，很沉重，这之下，其实还有种死亡的味道，这味道并不好闻，但它越来越大，直到有一天，所有的味道一起消失了。

我难过了很久。可是我什么也无法改变，只能被动地接受，甚至连死的能力都没有。我一个人徜徉在淡紫色沙漠里，一会儿走到山丘顶峰，望着银光闪闪的大千世界，紫色阳光照射得我浑身透明，好似虚无。我有一丝伤心，一丝深爱，一丝留恋，可是在这个沙漠世界里，这一切情绪似乎都不必要。可是我保留着这份爱意，希望一切因它而有意义。

一会儿，我跃入水中，静静地潜入水底。水下沉静黑暗，但千姿百态，一时间，让我忘记了一切。我沿着水底的岩石游动，水流带起细沙，像云彩一样，我钻进细沙当中，看到每一粒沙子都闪着黄金色的刺眼光芒，如梦如幻。我钻出沙子变成的云，坐在一块圆形的水底岩石上，低下头，看见自己的影子。影子飘忽不定，随着水流摇动。我伸出手，抚摸着这淡紫色的影子，而它也伸出，仿佛两只手轻轻握了一下。

这时，我看到一个影子从岩石上一闪而过。我慌忙抬起头，水面方向光芒四射，巨大的紫色太阳仿佛一把巨伞，又好似一块飘浮在水上的透明岛屿。在紫色的光晕里，我看到一个美丽的白色身影在轻快地游荡，丝毫也没注意到下面的我。

我低下头，起初并不明白那白色身影对我意味着什么，似乎相忘于江海也是件不错的事情。可是有份爱意让我猛然间站起来，朝白色身影游去。游得近了，那身影转过脸，对我微微一笑，面容有些模糊，有点像妻子，也有点像霓云。

十四

天气好的时候，会有人把我推到一个固定的位置。不远处有棵大树，因为我能闻到树皮和树叶的味道。春天夏天的时候，我还能闻到草丛的味道，还会有蚊子落到我身体上，然后会有针刺一样的微小疼痛，但我已习惯了。头顶侧方有一道铁栅栏，刮风的时候，哪怕是一阵微风，我的皮肤也能觉到气流发生了扰动，就像鱼儿能感到最微小的水流变化一样。

　　某一天，我察觉到一件事，这事情让世界发生了决定性的改变。它是这样的。傍晚时分，干热正在退去，夜风带着凉意轻抚在我的身上。铁栅栏外是一条不大的街道，不时有车辆经过，让我的身体感受到一阵来自大地的震颤。我分辨着各种各样的味道，有汽油味，有灰尘味，有一些小昆虫味，有不远处一家小吃店的味道，有不知谁家的晚饭味，还有切开的西瓜汁水味。这些味道混合在一起，成为夏夜特有的气息。

　　还有各种各样的人的味道从我的鼻子旁边飘过，有奔波了一天的人的浓汗味，有刚洗过澡的人的肥皂味，有腋下的狐臭味，有花露水的清凉味，有火气很大的人的口臭味。从这些人的气味当中，我辨别出一种花香味，很淡，待其来到我的近处，我发现这花香味之中还有少女身体的味道，与许多年前我的妻子留下的味道相似，而且让我记起了她。

　　这味道停在了不远处，在铁栅栏之外。可能是因为在黑夜里，女孩子没有发现我。不一会儿，又有一股汗味从另一个方向渐渐靠近，但这汗味并不难闻，是年轻人的味道，有种力量、野性在里面。两种味道不动了，长久地停在那里。

　　渐渐地，我发现这两种味道混合在一起，形成一种新的气味。这气味与以往所有的味道都不同，没有暴躁，没有怒火，没有怨恨，而是如一汪清泉，或一缕幽香那样，慢慢地浸入到人的心脾之中。闻到这样味道的人，必会被其中的柔情所征服、感化，不再做出虚妄、残忍、偏执的事情。

　　我发现，有时改变世界的，并不是一个宏大的理想，不是想给这个世界动大手术的疯狂，不是一种蛮力，而仅仅是一缕幽香，一种气味。我默默地把这种气味称为爱的气味，并且期待它能够持久下去。

　　从那一天起，我意识到这世界真的变了，因为这世界的味道变了。随着时光的流逝，这味道没有夭折，而是愈加强大起来。它持久、彻底地改变了这世界的颜色、肌理、面目。

现在，世界已经完完全全是另一种味道。它变得更好了吗？我不知道，但我能肯定那最初一刻的味道是好的，就像新生婴儿身上的气味。可是，婴儿会长大，可能保留身上珍贵的东西，也可能失去。

有时，我觉得这世界的气味越来越难闻，最初那一点点纯粹的爱的味道不见了。如花一样的少女香味变成了浓烈刺鼻的香水味，如果细细闻来，还有沾满汗水的肉身味道，仿佛几天都没有洗澡，飘发着令人窒息的气味。本来那味道里包含着柔情、爱意、宽容，后来却越来越扭曲、变态、恶心，还散发出阵阵血腥味。

不仅如此，空气里的灰尘越来越大，而且有种化学品的刺鼻味道，让我浑身火辣辣的，仿佛有毒、有腐蚀性一般。有时，我觉得自己好像浮游在滚烫的海水上，起起伏伏，上下翻滚，很难受，喘不过气来。海水上到处飘着脏东西，不时沾到我身上，虽不致命，但与我那淡紫色的世界相比，却仍是不堪生活之地。

十五

倒是我的那个淡紫色世界没有变，那里是永恒的，不需要新的东西。我和另一个白色精灵自由自在地嬉戏、飘游，没有恐惧，没有牵挂，没有重负。浓紫色的太阳将要落下去时，我和她坐在世界的巅峰，仿佛是在金色的大海里洗澡。

我知道，我紫色的世界不可能永远存在下去。那么，我仅仅在等待一件事，那就是生命的终结……

有一天，我和她坐在湖水边，打量着各自的身影。突然，天空的顶部抖动了几下，好似有张巨大的鼓皮被敲打着。这本来不是什么古怪的事情，只是我猛然发现这其中有我特别熟悉的东西。我本以为自己老了，再不会记起任何内容，但记忆深处的某个东西却被这几下抖动打捞了出来。

天空反复地，有规律地抖动，整个世界在晃动。我明白了，是有个人在用手指轻轻敲打着我的手背。他一遍又一遍地问我，你还好吗？

怎么说呢，我已经在一个没有语言的沉默世界生活得太久，一时间对这些词汇的意义很生疏。我焦急地想做出回应，生怕耽搁得久了，他会以为我彻底死了。我胡乱地动着我的小手指，想说出点什么，虽未形成任何意义，但那个人更有耐心了，持续地向我发问。

慌乱间，我敲打出一个词，谁。那个人回答道，我是邓某某。我的世界猛然裂出一道直达天空的缝隙，乌黑色的洪水涌了进来。我是那么恐慌、错乱，又悲喜交加。我颤抖着敲打道，对不起。他说，还提这些干什么？

他告诉我，国家给当年参加制造核武器的科学家们授了勋，其中，有我一枚奖章，他把这枚奖章带来了。我问，你从哪里来？你的身上有种不同的味道。他说，我从某某大会堂来。我问，某某大会堂是什么地方？他说，你忘了？在某某广场一侧，咱们当年去过啊？我说，我实在想不起来了，现在，我的世界完全是另外一种样子。

许久，我说，如果有一天，一个旷世未有的未知出现在眼前，无论它的光亮多么耀眼，响声多么巨大，我也一定不再畏惧，不再逃避，而是勇敢地站在它前面，一窥其中的秘密，哪怕粉身碎骨也在所不惜。

寂静了很久，我不知他在干什么。忽然间，一朵花来到了我的鼻子前。

浓紫色的太阳瞬间爆炸，巨大的气团遮蔽了整个天空。我仰起头，静静地看着这一切。我拉起她的手，飞身跃起，向爆心飞翔。我们越过山丘、巨壑、湖泊，穿过云彩，穿过风，穿过雨，穿过冰雹，穿过雷电。一点害怕也没有，没有高温，没有窒息，没有死亡的威胁。周围越来越白，越来越亮，各种世间的景象渐渐消失。周围越来越黑，越来越暗，仿佛一切回到了初生的原始状态。太阳渐渐变成绝对的黑色，像是一面悬挂在天空里的镜子，世间万物在里面都有倒影。我来到太阳跟前，向里面望去。这时，我看见了我，尽管面目不清，但我知道那是，我。